大魚讀品
BIG FISH BOOKS

让日常阅读成为砍向我们内心冰封大海的斧头。

血缘

[美] 奥克塔维娅·E. 巴特勒 _ 著
Octavia E. Butler

莫昕 _ 译

中国友谊出版公司

致维多利亚·罗丝
为你的友情和鞭策

To Victoria Rose, friend and goad

目 录

序幕
Prologue

最后一次回家途中，我失去了一只胳膊。我的左臂。

我还失去了大约一年的时间，失去了许多舒适感和安全感，在失去之后我才知道有多么宝贵。警察释放凯文后，他来到医院，陪着我，让我知道我没有同时失去他。

但在他能来找我之前，我不得不说服警察，他不该进监狱。这花了些时间。警察就像鬼影一样，不时出现在我床边，问一些我很难理解的问题。

"你的手臂是怎么受伤的？"他们问，"谁弄伤的你？"我注意到他们用了"伤"这个字，就好像我只是挠破了胳膊。难道他们以为我不知道胳膊已经不见了吗？

"意外，"我听到自己低声说，"是个意外。"

他们开始问我关于凯文的问题。他们的话一开始似乎含糊不明，我没有太注意。不过，过了一会儿，我重新回想起这些话，突然意识到这些人想将我手臂"受伤"归咎于凯文。

"不，"我靠着枕头，无力地摇摇头，"不是凯文。他在这儿吗？我可以见他吗？"

"不然是谁？"他们坚持说。

尽管有药物的作用和隐隐的疼痛，我还是尽力思索，但我没办法给他们一个如实的解释，一个他们会相信的解释。

"是个意外。"我重复道，"我的错，凯文没错。请让我见他。"

我一遍又一遍地重复这句话，直到那些警察模糊的影子离开。我再次醒来时，发现凯文正坐在我的床边打盹。我想了想，想知道他在那里待了多久，但这不重要。重要的是他就在那里。我放心了，又睡去了。

最后，我醒了，觉得自己能够条理清晰地和他说话，并理解他说的话。除了手臂——手臂曾经在的地方——有奇怪的搏动之外，我几乎感觉很舒服。我动了动头，想看看那个空荡荡的地方……半截骨头。

凯文站到我身边，用手捧住我的脸，把我的头转向他。

他没有说话。过了一会儿，他又坐下来，拿起我的手握住。

我感觉我好像举起了另一只手，触摸他。我感觉好像我的另一只手还在。我又一次想去看，这次他让我看了。不知怎么，我一定得看一看，好像这样才能接受我已经知道的事实。

过了一会儿，我靠着枕头躺下，闭上眼睛。"胳膊肘以下。"我说。

"他们必须这么做。"

"我知道。我只是想开始习惯。"我睁开眼睛，看着他，然后我想起了我先前的访客，"我有没有给你惹麻烦？"

"给我？"

"警察来过。他们认为是你干的。"

"哦，那个……他们是警长的手下。你开始尖叫的时候邻居报了警。他们询问了我，拘留了我一段时间——他们就是用的那个词！但你说服了他们，让他们还不如放我走。"

"很好。我告诉他们这是个意外。是我的错。"

"那样的事情不可能是你的错。"

"那不好说。但肯定不是你的错。你还有麻烦吗？"

"我觉得没有了。他们肯定事是我干的，但没有证人，而你也不愿意合作。另外，我觉得他们也想不明白我是怎么弄伤你的⋯⋯能让你受那样的伤。"

我再次闭上眼睛，回忆起我怎么受的伤，回忆起那种痛。

"你没事吧？"凯文问。

"没事。告诉我你跟警察怎么说的。"

"实话。"他摆弄着我的手，沉默了一会儿。我看了看他，发现他在看我。

"如果你对那些警察说了实话，"我轻声说，"你现在还被关着呢——在精神病院。"

他笑了。"我尽可能地说了实话。我说听到你尖叫时，我正在卧室里。我跑到客厅去看出了什么事，发现你在挣扎，想把你的胳膊从似乎是一面墙上的洞里挣脱出来。我跑过去帮你，这时我才意识到你的手臂不是被卡住了，而是不知怎么被吸进了墙里。"

"说'吸'不准确。"

"我知道。但把这个词说给他们听似乎正好，恰巧证明了我什么都不知道。我说的也没有差太多。然后他们让我告诉他们怎么可能发生这种事情，我说我不知道⋯⋯我一直告诉他们我不知道。老天，达娜，我真的不知道。"

"我也不知道，"我低声说，"我也不知道。"

河流

The River

在 1976 年 6 月 9 日之前很长一段时间，其实麻烦就已经开始了，但一直到 6 月 9 日我才开始意识到这一点。那天是我的二十六岁生日，也是我遇到鲁弗斯的日子。那天他第一次召唤我到他身边。

我和凯文没什么过生日的打算。我们俩都太累了。头天我们从洛杉矶的公寓搬到了几英里¹外的阿尔塔迪纳，我们自己的房子。搬家对我来说，已经算是值得庆祝的了。第二天我们还在开箱整理东西，确切地说，是我还在整理。凯文把他自己的办公室整理好后，就不干活了。他把自己关在里面，不是无所事事，就是在想事情，因为我没听到他用打字机的声音。最后，他出来了，我正在客厅给书分类，把它们放到大书架上。这个书架上的全是小说。我们的书太多了，得整理好才行。

"怎么了？"我问他。

"没事。"他在我旁边的地板上坐了下来，我还在忙活，"只是纠结我自己的怪毛病。你知道吗，昨天搬家的时候，我对那个圣诞节的故事有了好多想法。"

1　英制长度单位，1 英里约等于 1.6 公里。——译者注 (本书注释如无特别说明，均为译者注。)

"现在有时间写下来了，却一个想法也没有了。"

"一个也没有了。"他拿起一本书，打开翻了几页。我拿起另一本书，用书拍了拍他的肩膀。他惊讶地抬起头，我把一摞非虚构类的书放在他面前。他不高兴地盯着书看。

"见鬼，我为什么要出来？"

"为了得到更多的想法。不过，等你忙着的时候想法才会出现呢。"

他看了我一眼，我知道那眼神并没有看上去那么有恶意。他的眼睛颜色很浅，几乎无色，让他看起来不管怎样都不太友好，好像在生气。他就用这种眼神来威吓人。那些陌生人。我朝他咧嘴一笑，继续干活。过了一会儿，他把非虚构类的书拿到另一个书架旁，开始把书放上书架。

我正弯腰把另一个装满的箱子推给他，突然感到头晕、恶心，我赶快直起身来。周围似乎变得模糊、昏暗。我扶着一个书架站了一会儿，不知道是哪儿不对，然后，我腿一软，跪倒在地。我听到凯文惊叫了一声，他问我："怎么了？"

我抬起头，发现自己看不清他。"我有些不对劲。"我喘着气说。

我听到他向我走过来，我看到模糊的灰裤子和蓝衬衫。然后，就在他快要碰到我的那一刻，他消失了。

房子、书，一切都消失了。突然间，我出现在户外，跪在地上，头顶上是树。我身处一块绿地中，在一片树林的边缘。我面前是一条宽阔宁静的河流，河中间，有一个孩子正在扑腾，叫喊着……

溺水了！

这孩子有危险，我马上做出了反应。等这事完了我再问问题，搞清楚我在哪里，发生了什么事。现在我先去救孩子。

我跑到河边，衣服也没脱就蹚进了水里，迅速游向孩子。等我到他身边时，他已经失去了知觉。是个红头发的小男孩，脸朝下漂浮着。我把他翻过来，牢牢抓住他，让他的头露出水面，拖着他往岸边游。这时岸上出现了一个红头发的女人，等着我们。确切地说，她在岸上来回奔跑着、哭喊着。她一看到我在水里挨了地，就跑了过来，从我手中接过男孩，一边抱着他向岸边走去，一边用手摩挲着孩子检查呼吸。

"他没呼吸了！"她喊道。

人工呼吸。我见过，也听人说过，但从来没做过。现在是时候试试了。这女人现在这状况起不了什么作用，眼前也没有别人。我们一到岸边，我就从她手里抢了孩子。这孩子不过四五岁，个头也不大。

我把他仰面放下，让他的头往后倾，开始做口对口人工呼吸。我向他口中呼气，看到他的胸口随之上下起伏。突然，那女人开始打我。

"你害死了我的孩子！"她尖叫，"你害死他了！"

我转过身，设法抓住了她的拳头。"住手！"我喊道，声音里尽量带着威严，"他还活着！"他还活着吗？我说不上来。老天，求你让他活着。"这孩子还活着。现在让我救他。"我把她推开，幸好她个头比我小一些。我把注意力转回到她儿子身上。在呼吸的间隙，我看到她茫然地盯着我。然后她跪倒在我身边，哭了起来。

几分钟后，男孩开始自己呼吸起来，又是喘气，又是咳嗽，又是呛水，一阵呕吐，然后哭喊着要他的母亲。他这一番动作，说明他没事了。我一屁股坐下，感到头重脚轻，如释重负。我成功了！

"他还活着！"女人喊道，她一把抱过孩子，捂得他透不过气来，"哦，鲁弗斯，乖宝……"

鲁弗斯。小孩子长得还算漂亮，却给起了个难听的名字。

鲁弗斯看到抱他的人是他母亲，紧紧抓住她，哭得声嘶力竭。他的声音倒是没受什么影响。突然，响起了另一个人的声音。

"你们到底在搞什么？"男人的声音，蛮横不满。

我转过身，吃了一惊，眼前正对着一个枪筒，这是我见过最长的来复枪。只听一阵金属撞击声，我吓呆了，以为自己要因为救了那个男孩而被枪杀。我要死了。

我想开口说话，但突然发不出声。我感到恶心和眩晕。视线模糊极了，我看不清枪，也看不清枪后面的人脸。我听到那女人在厉声说话，但我极度恶心，惊慌失措，完全听不懂她说了什么。

然后，男人、女人、男孩、枪，都消失了。

我又跪在自己家的客厅里，离我几分钟前摔倒的地方有几英尺¹远。我回到了家，浑身湿透，满身泥泞，幸而完好无损。房间另一头，凯文呆立着，盯着我之前所在的地方。他在那儿站了多久？

"凯文？"

他转过身来，面对我。"怎么……你是怎么过去的？"他低声说。

"我不知道。"

"达娜，你……"他走过来，试探地摸了摸我，好像不确定我是不是真的。然后他抓住我的肩膀，紧紧抱住了我，"发生什么事了？"

---

1 英制长度单位，1英尺约为30.48厘米。

我抬手想掰开他的手，但他不肯松手。他跪倒在我身边。

"告诉我！"他说。

"要是我知道该怎么说的话，我肯定会告诉你的。你弄疼我了。"

他终于放开了我，盯着我看，就好像他才刚刚认出我。"你还好吗？"

"不好。"我低下头，闭了会儿眼睛。我怕得发抖，余悸夺去了我全身的力气。我前倾抱住自己，想要镇定下来。危险已经消失了，我也只能这样不让牙齿打战。

凯文站起身，离开了一会儿。回来时他拿着一条大浴巾，从肩膀把我裹了起来。这让我舒服了一些，我把浴巾拉得更紧了。我的后背和肩膀上有些痛，那是鲁弗斯的母亲用拳头打过的地方。我没意识到她下手那么重，而凯文也帮不上我。

我们一起坐在地板上，我裹着浴巾，凯文搂着我，他只要在我身边，就能让我平静下来。过了一会儿，我停止了颤抖。

"现在告诉我。"凯文说。

"什么？"

"所有事。你身上发生了什么？你怎么……你怎么会那样移动？"

我无声地坐着，想要厘清自己的思绪，我再次看到来复枪对准了我的头。我一生中从没如此惊慌过，从没感到离死亡如此之近。

"达娜。"他轻声说。他的声音似乎让我和那段记忆拉开了距离，但还是……

"我不知道该说什么，"我说，"一切都太离奇了。"

"告诉我你是怎么弄湿的，"他说，"先说这个。"

我点了点头。"有一条河，"我说，"树林里有一条河流过。有一个男孩溺水了，我救了他。就是这样弄湿的。"我迟疑着，试图把事情想清楚。不是说要把发生在我身上的事想通，而是至少我可以把它讲清楚。

我看着凯文，看到他尽量保持不动声色。他在等。我更镇静了一些，从头讲起，从最开始头晕的时候讲起，回想起了一切，详细地重现了所有的一切。我甚至想起了一些我没有意识到自己会注意到的事。比如说，我曾靠近的那些树是松树，又高又直，针叶和树枝大都聚在树顶。在我看到鲁弗斯之前的那一刹那，就已经注意到了这么多。我还记起了有关鲁弗斯母亲的另外一些事。比如她的衣服，她穿了一件深色长裙，从脖子到脚都被遮住了。在泥泞的河岸上穿成这样很奇怪。而且她说话有口音，南方口音。还有那支让我忘不了的枪，要人命的长枪。

凯文听着，没有插话。我说完后，他拿起浴巾的边缘，擦掉了我腿上的一小块泥。"这东西不会凭空而来。"他说。

"你不相信我？"

他盯着泥块看了一会儿，然后面对我："你知道你离开了多长时间吗？"

"几分钟。不长。"

"几秒钟。从你消失到你叫我的名字，大概十秒到十五秒。"

"哦，不……"我慢慢地摇了摇头，"那些事不可能在短短十几秒内发生。"

他没有说话。

"但那是真的！我就在那儿！"然后我忍住了，深吸一口气，放慢语速，"好吧。如果是你告诉我这样一个故事，我可能也不会相信，但就像你说的，这块泥不会凭空而来。"

"是的。"

"那好，你看到了什么？你认为发生了什么？"

他皱了一下眉，摇了摇头。"你消失了。"他似乎是被迫挤出这些字句，"你刚才在这儿，我的手离你只有几英寸远。然后，突然间，你就不见了。我没法相信。我就站在那儿。然后你又回来了，在房间的另一边。"

"你现在相信了吗？"

他耸了耸肩。"它发生了。我看到了。你消失了，你又出现了。这是事实。"

"我重新出现的时候浑身湿透、满身是泥，而且吓得要死。"

"是的。"

"我知道我看到了什么、我做了什么，这些是我的事实。明明和你看到的一样离奇。"

"我不知道该怎么想。"

"我觉得，我们怎么想不一定重要。"

"你什么意思？"

"你看……这发生了一次，要是再次发生呢？"

"不，不，我认为不会……"

"你并不知道！"我又开始发抖了，"不管是什么，我已经受够了！它差点害死我！"

"放轻松，"他说，"不管发生了什么事，别把自己搞得惊慌失措，这对你没什么好处。"

我不安地在地板上挪了挪，环顾四周。"我觉得它可能会再次发生，好像随时都可能发生。我觉得这里不安全。"

"你这是自己吓自己。"

"不是！"我转头瞪着他，他看起来很担心，于是我又转过了头。我怨愤地想，不知道他是在担心我会再次消失，还是在担心我是不是疯了。我仍然认为他不相信我的故事。"也许你是对的，"我说，"我希望你是对的。也许我就像一个抢劫或强奸或其他什么案件的受害者，一个幸存的受害者，再也没有了安全感。"我耸了耸肩，"发生在我身上的事情我也不知道该叫作什么，但我再也没有了安全感。"

他的声音变得非常温和。"如果再次发生，如果是真的，男孩的父亲会知道他应该感激你。他不会伤害你的。"

"你才不知道。你不知道会发生什么。"我摇摇晃晃地站了起来，"好吧，你是在哄我，我不怪你。"我停下来，给他一个否认的机会，但他没有否认，"我开始觉得我好像在哄自己。"

"什么意思？"

"我不知道。尽管整件事是真的，尽管我知道它是真的，但不知怎的事情开始变得模糊了。就像是我在电视上看到的或是读到的东西，我知道的发生在别人身上的事。"

"或是像一个——梦？"

我低头看着他。"你是说幻觉？"

"好吧。"

"不好！我知道我在做什么。我看得到。它让我很害怕，我想摆脱它。但它是真实的。"

"那就让你自己摆脱它。"他站起来，从我手中拿过沾了泥的浴巾，"不管它是真是假，这也许就是最好的办法。把它忘了。"

火

The Fire

1

我试过了。

我洗了澡，洗掉了泥土和咸咸的河水，穿上了干净的衣服，梳了头发……

"现在好多了。"凯文看到我时说。

其实没有。

鲁弗斯和他的父母仍然没有消散，成为凯文希望他们成为的"梦"。他们在我左右，影影绰绰，令人恐惧。他们造了自己的不安之所，把我关在里面。我洗澡的时候一直担心头晕会复发，摔倒后在瓷砖上撞破头，或者我会回到那条不知道在哪里的河边，发现自己赤身裸体地站在陌生人中间。或者，我会不会出现在其他地方，赤身裸体，毫无防御之力？

我洗得很快。

然后我回到了客厅的书架旁，但凯文已经快把书摆放完了。

"今天就别再想着开箱整理东西了，"他说，"我们出去吃点东西。"

"出去？"

"对，你想去哪里吃？我们找个好地方给你过生日。"

"这里。"

"但是……"

"就这里，真的。我哪儿都不想去。"

"为什么？"

我深吸了一口气。"明天，"我说，"我们明天去吧。"总之，明天会更好。好好睡一个晚上，我就可以将发生了的事抛开。如果不再发生别的事，我就可以稍微放松下来。

"离开这里一段时间对你有好处。"他说。

"不。"

"听着……"

"不！"如果可以的话，今天晚上我绝不会离开这房子。

凯文看了我一会儿，我大概看起来也确实吓坏了。然后他打了电话，点了鸡肉和虾。

但待在家里并没有什么好转。餐送来后，我们吃了起来。我平静了一些，然后厨房开始在我周围模糊起来。

光线似乎又一次昏暗下来，我感到恶心和眩晕。我从桌子旁退开，但没有试图站起来。因为我根本站不起来。

"达娜？"

我没有应声。

"又来了吗？"

"好像是的。"我坐得很稳，尽量不从椅子上摔下去。地板看上去变远了。我伸手去够桌子，想稳住自己，但还没等我碰到，桌子就不见了。而变远的地板似乎也变暗了，开始变样了。油毡地板变成了木地板，有的地方铺了地毯。我身下的椅子也消失了。

2

　　眩晕感消失后，我发现自己坐在一张小床上，头顶是一种简易的深绿色顶棚。我身边有一个小木架，上面有一把破旧的小刀、几颗弹珠，还有一盏金属烛台，里面有一支燃着的蜡烛。我面前是一个红头发的男孩。鲁弗斯？

　　男孩背对着我，还没有注意到我。他单手拿着一根木棍，木棍的一端已经烧焦，正在冒烟。木棍上的火显然已经蔓延到了窗帘上。他站在那里，看着火焰沿着厚厚的窗帘向上吞噬。

　　我也看了一会儿。突然我清醒过来，把男孩推到一边，抓住窗帘上半部还没烧到的部分，把窗帘扯了下来。窗帘掉下来的时候扑灭了一些火，半开的窗户露了出来。我迅速捡起窗帘扔出窗外。

　　男孩看了看我，然后跑到窗边向外看。我也向外看，希望没有把燃烧的窗帘扔到门廊屋顶上或太靠近墙壁的地方。房间里有一个壁炉，我现在才看到，已经太晚了。我本来可以把窗帘扔进壁炉让它继续烧，这样就安全了。

　　外面天已经黑了。我被弄过来的时候，家那边的太阳还没有落山，但这里已经天黑了。我可以看到窗帘在下面一楼的位置，燃烧着，点亮了夜晚，但也只够看清窗帘在地上，离最近的墙有一段距离。我的仓促行为没有造成什么危害。我可以回家了，因为我已经第二次阻止了麻烦发生。

　　我等待着回家。

　　我的第一次旅行在男孩刚脱离险境后就结束了，这及时地保证了我的安全。但现在，等待着的时间里，我意识到我不会再那么幸运了。

我没有感到头晕。房间仍然很清晰，无可辩驳地真实。我环顾四周，不知道该怎么办。从家里就伴随着我的恐惧现在爆发了。如果我这次没有自动回去，该怎么办？万一我被困在这里——管它是什么地方——该怎么办？我身上没钱，也不知道怎么回家。

我盯着外面的黑暗，努力使自己平静下来。然而，外面没有城市的灯光，没法让人平静。什么光都没有。不过，我暂时还没有危险。而且，不管我在哪里，这个孩子都和我在一起，而孩子可能比成年人更乐意回答我的问题。

我看着他。他回过头来，一副好奇的样子，并不害怕。不是鲁弗斯。我现在看出来了。他有着和鲁弗斯一样的红头发，一样瘦小的身材。但他更高，显然要比鲁弗斯大三四岁。我想，他已经够大了，应该知道不能玩火。如果不是他放火烧窗帘，我可能还在家里。

我走上前去，从他手中拿过木棍，扔进了壁炉。"应该用这东西揍你一顿，"我说，"免得你把房子烧掉。"

话一出口我就后悔了。我需要这个男孩的帮助。不过，谁叫他给我带来这么大的麻烦！

男孩踉跄着从我面前退开，惊慌失措。"你敢对我动手，我就告诉我爸爸！"他的口音是准确无误的南方口音。这个想法还在我脑海中盘旋，我就开始想我是不是在南方的某个地方，一个离家两三千英里的地方。

如果我是在南方，那么两三个小时的时差就可以解释外面的黑暗。但无论在哪里，我都绝对不想见到男孩的父亲。这个人可能会因为我闯入他家而让我进监狱，也可能会向我开枪。我有具体的事情要担心。别的事情男孩肯定可以告诉我。

而且他会告诉我的。如果我即将被困在这里，我就必须趁现在有机会尽量了解情况。对我来说，留在这里，留在这个可能向我开枪的人的家里，可能很危险，但如果什么都不知道就在黑夜中游荡可能会更危险。我和男孩可以压低声音说话，我们可以谈谈。

"你不用担心你父亲，"我柔声说，"等他看到被烧毁的窗帘时，你会有很多话要对他说。"

男孩似乎泄气了。他垂下肩膀，转头盯着壁炉。"你到底是谁？"他问，"在这里干什么？"

这么说他也不知道是怎么回事，虽然我也没真的指望他知道。但是他和我在一起似乎很自在，这很奇特。要是我在他这个年龄，突然有陌生人出现在我的卧室里，我肯定会惊慌失措，甚至不可能还待在卧室里。如果他像我小时候那么胆小，说不定已经害得我被杀死了。

"你叫什么名字？"我问他。

"鲁弗斯。"

一时间，我只是盯着他。"鲁弗斯？"

"是的。怎么了？"

我希望我知道怎么了，在搞什么！"我没事。"我说，"来……鲁弗斯，看着我。你以前见过我吗？"

"没有。"

这个回答才对，才合理。我试图让自己接受这个回答，尽管他拥有和鲁弗斯相同的名字，还有过于熟悉的脸。不过我从河里捞出的那个孩子，过个三四年确实很容易长成这个样子。

"你记得有一次你差点淹死吗？"我问，觉得有点傻。

他皱了皱眉头，更仔细地看了看我。

"你那时还小，"我说，"大约五岁，也许。你记得吗？"

"那条河？"他的声音很低，带着试探，好像连自己都不太相信。

"那你还记得。那个男孩就是你。"

"淹死……我记得。那你……"

"我不确定你有没有看见我。我想那一定是很久以前的事了……对你来说。"

"不，我现在记起你了。我看见你了。"

我没说什么。我不太相信他。他可能只是在顺着我的话说，不过他没有理由撒谎。他显然并不怕我。

"所以我好像认识你。"他说，"我不记得了，也许是因为我是那样看到你的。我告诉妈妈，她说我那样子不可能真的看到你。"

"哪样？"

"嗯……闭着眼睛。"

"闭着——"我停了下来。男孩没有撒谎；他在做梦。

"是真的！"他大声地坚持说，然后他忍住了，低声说，"我刚走进洞时就是那样看到你的。"

"洞？"

"在河里。我在水里走着，出现了一个洞。我掉下去了，然后就再也挨不到河底了。我看到你在一个房间里。我可以看到房间的一部分，到处都是书，比爸爸书房里的书还多。你像个男人一样穿着裤子，就像你现在这样。我以为你是个男人。"

"太谢谢你了。"

"但这次你看起来只是个穿裤子的女人。"

我叹了口气。"好吧，别在意这个。只要你认出是我把你从河里捞出来的……"

"是你吗？我觉得一定是你。"

我停下来，觉得有点糊涂。"我以为你记起来了。"

"我记得看到你了。就好像是我有一阵子没有被水淹，看到了你，然后又被水淹了。之后，妈妈来了，还有爸爸。"

"还有你爸爸的枪，"我愤恨地说，"他差点就对我开枪了。"

"他也以为你是个男人，想伤害我和妈妈。妈妈说，她叫爸爸不要向你开枪，然后你就消失了。"

"是的。"我很可能就在这个女人的眼前消失了。她是怎么想这事的呢？

"我问她你去哪儿了，"鲁弗斯说，"她生气了，说她不知道。后来我再问她，她就打我。她从来没有打过我。"

我等着，以为他会问我同样的问题，但他没再说什么。只是他的眼睛在询问。我在脑中搜寻着该怎么回答他。

"你认为我去了哪里，鲁弗[1]？"

他叹了口气，失望地说："你也不打算告诉我。"

"我会告诉你的，我会尽力的。但你得先回答我，告诉我你认为我去了哪里。"

他似乎得先决定要不要告诉我。"回到了房间，"他最后说，"有书的那个房间。"

"是你猜的，还是你又看到我了？"

"我没有看到你。我说得对吗？你是回到那里去了吗？"

"是的。回到家里了，把我丈夫吓坏了，我肯定把你爸妈也吓坏了吧。"

1　鲁弗斯的昵称。

"但你是怎么回到那里的？你又是怎么到这里来的？"

"就像这样。"我打了个响指。

"这不是答案。"

"我只有这个答案。我本来在家里，然后突然我在这里救了你。我不知道它是怎么发生的，我是怎么移动过去的，也不知道什么时候会再发生。我无法控制它。"

"谁能控制？"

"我不知道。没人能控制。"我不想让他以为他可以控制。特别是如果事实证明他真的可以。

"但是……是怎么样的？妈妈看到了什么，她不愿意告诉我？"

"可能和我丈夫看到的一样。他说，当我来你这里时，我就消失了。只是不见了，后来又出现了。"

他想了想。"不见了？你是说像烟雾一样？"他脸上渐渐露出恐惧的表情，"像鬼一样？"

"像烟雾一样，也许。但不要以为我是鬼。世界上没有鬼。"

"爸爸就是这样说的。"

"他说得对。"

"但妈妈说她有一次见过鬼。"

我设法忍住了我对这话的看法。他的母亲，毕竟……此外，我很可能就是她见过的那个鬼。她必须找到某个理由解释我为什么会消失。我想知道她那更现实的丈夫是怎么解释这件事的。但这并不重要。我现在关心的是让这个男孩保持平静。

"你需要帮助，"我告诉他，"我就来帮助了你。两次都是。这会让人害怕我吗？"

"我觉得不会。"他看了我很久，然后走到我身边，迟疑地伸出一只沾了炭灰的手，碰了碰我。

"你看，"我说，"我和你一样，是真实存在的。"

他点了点头。"我认为你是真实的。你做的所有事情……你一定是真实的。而且妈妈说她也碰过你。"

"没错。"我揉了揉肩膀，那女人绝望地捶打过我的地方。有那么一会儿，肩膀的酸痛让我感到困惑，迫使我回想起，对我来说，那女人打我只是几小时前发生的事。但男孩已经长大了好几岁。那么，事实是，不知怎么我同时穿越了时间和距离。另一个事实是，这个男孩是我旅行的焦点——或许也是起因。在我被召唤到他身边之前，他看见我在我家的客厅里，这个他不可能编造出来。但我什么也没看到，什么也没感觉到，只是恶心、头昏眼花。

"妈妈说，你把我从水里救出来后，你做的事就像《列王纪下》[1]里面写的一样。"男孩说。

"什么纪？"

"以利沙[2]向死去的男孩的嘴里吹气，男孩就复活了。妈妈说，她看到你对我这样做时，她试图阻止你，因为你是一个她从未见过的黑鬼。然后她想起了《列王纪下》。"

我在床上坐下，朝他看去，但他的眼里除了对我的兴趣和回忆起往事的激动之外，什么也看不出来。"她说我是什么？"我问。

"就是一个陌生的黑鬼。她和爸爸都知道他们以前没见过你。"

"她看到我救了她儿子的命，还说这样的话，真是够了。"

---

1 《列王纪下》是《圣经》中的第 12 本书，记录了以色列建国后各位国王的事迹。本书原本和《列王纪上》合为一本《列王纪》，后来根据希腊语译本拆分为两册。
2 以利沙是《圣经》中的人物，出生于公元前 9 世纪中叶，是以色列的先知，为先知以利亚的学生。

鲁弗斯皱起了眉头。"为什么？"

我盯着他。

"怎么了？"他问，"你为什么发火？"

"你母亲总是把黑人叫作黑鬼吗，鲁弗？"

"当然，旁边有别人时她不会。为什么不行呢？"

他天真询问的样子把我弄糊涂了。要么他真的不知道自己在说什么，要么他的志向是去好莱坞发展。不管是哪一种，他都不能继续对我说这个词。

"我是一个黑人妇女，鲁弗。如果你不叫我的名字，那就叫我黑人妇女。"

"但是……"

"听着，我帮了你。我把火扑灭了，不是吗？"

"是的。"

"那好，那你也帮帮我，我想你叫我什么，你就叫我什么。"

他只是盯着我。

"现在，"我的声音更加温和，"告诉我，窗帘开始烧起来时，你有没有再次看到我？我是说，有没有像你溺水时那样看到我？"

他过了一会儿才反应过来，然后说："除了火，我什么都没看见。"他在壁炉旁的旧梯背椅上坐了下来，看着我，"你到这里之后，我才看到你。我当时很害怕……有点像我溺水的时候……但我不记得其他时候有过这种感觉。我以为房子会被烧毁，而这会是我的错。我以为我会死。"

我点了点头。"你可能不会死，因为你能及时逃出来。但是，如果你父母在这里睡觉，可能他们还没醒，火就已经烧到他们了。"

男孩盯着壁炉里的火。"有一次我烧了马厩。"他说，"我想让爸爸把尼罗——我喜欢的一匹马——给我，但他把它卖给了温德姆牧师，只因为温德姆牧师出了很多钱。爸爸已经有很多钱了。总之，我很生气，就烧了马厩。"

我惊奇地摇摇头。这男孩对复仇已经知道得比我还多了。他长大后会成为什么样的人？"那你这次为什么要放火？"我问，"为了报复你父亲做的其他事？"

"因为他打了我。看到了吗？"他转过身，拉起他的衬衫让我看，长长的红色伤痕纵横交错。我还可以看到旧伤的痕迹，狰狞的伤疤，他至少挨过一次更严重的打。

"老天……"

"他说我从他的桌子抽屉里拿了钱，我说我没有。"鲁弗斯耸了耸肩，"他说我是在撒谎，就打了我。"

"好几次了。"

"我只拿了一块钱。"他把衬衫放下，面对我。

我不知道该说些什么。这男孩长大后不进监狱就不错了——如果他能长大的话。

他继续说："我开始想，如果我烧了房子，那他所有的钱就都没了。他就该没钱。他脑子里就只有钱。"他打了个寒战，"但后来我想起了马厩，想起了我那次放火后他抽我的鞭子。妈妈说如果不是她阻止了爸爸，他会杀了我。我担心这次他真的会杀了我，所以我想把火扑灭。但是我不会，我不知道该怎么做。"

所以他召唤了我。我现在很确定了。每次这个男孩惹了麻烦，自己解决不了，就把我召唤到他身边。他是怎么做到的，我不知道。显然，他甚至不知道自己在做这件事。如果他知道，并且如果能主动召唤我的话，那么在他以前某一次挨打的时候，我就会发现自己站在他们父子俩之间了。那时会发生什么，我无法想象。对我来说，见到鲁弗斯的父亲一次就够我受的了。这男孩也不是省油的灯。但是……"你说他用鞭子抽你，鲁弗？"

"是的。是那种他用来鞭打黑鬼和马的鞭子。"

这话让我停了一会儿。"他鞭打谁的那种鞭子？"

他警惕地看着我。"我不是在说你。"

我没管他这句话。"反正你得说'黑人'。不过，你父亲鞭打黑人？"

"需要的时候。但妈妈说，不管我做了什么，他那样打我太残忍了，也很丢人。之后，她带我去了巴尔的摩市的梅姨家，但爸爸来找我，把我接回了家。过了一段时间，她也回家了。"

一时间，我忘记了鞭打和"黑鬼"的事。巴尔的摩市。马里兰州的巴尔的摩？"我们现在离巴尔的摩远吗，鲁弗？"

"隔着海湾。"

"但是……我们还是在马里兰州，对吗？"我在马里兰州有亲戚，如果有需要，如果我能联系上他们，他们可以帮助我。但我开始怀疑我是否能联系到我认识的任何人。我心中生出一种新的恐惧，在慢慢增长。

"我们当然在马里兰州，"鲁弗斯说，"你怎么会不知道？"

"告诉我今天的日期。"

"我不知道。"

"哪一年！只要告诉我是哪一年！"

他朝门那边瞥了一眼，然后迅速回头看我。我意识到我什么都不知道，然后又突然变得激动，让他感到紧张。我强迫自己平静地说话。"说吧，鲁弗，你知道现在是哪一年，是吗？"

"是……1815 年。"

"什么？"

"1815 年。"

我坐着没动，努力深呼吸让自己平静下来，去相信他的话。我确实相信他。我甚至没有感到应有的惊讶。我已经接受了我穿越时间的事实。现在我知道我离自己的家比我想象的还要远，而且我也知道为什么鲁弗斯的父亲对"黑鬼"和马都使用鞭子。

我抬起头，男孩已经离开了椅子，走到我身边。

"你怎么了？"他问，"你好像一直不太舒服。"

"没什么，鲁弗，我很好。"不，我是不舒服。我该怎么办？为什么我还没有回家？如果我被迫待得更久，这地方可能会要了我的命。"这里是种植园吗？"我问道。

"韦林种植园。我爸爸是汤姆·韦林。"

"韦林……"这个名字触发了我的记忆，一些我已经多年没有想起的事情。"鲁弗斯，你的姓是不是这样拼的：W-e-y-l-i-n？"

"嗯，我觉得是对的。"

我不耐烦地皱起了眉头。他这个年龄的孩子当然应该确定自己名字的拼写——就算是这样一个并不常见的姓氏。

"是对的。"他赶紧说。

"还有……是不是有一个黑人女孩，也许是一个女奴，名叫爱丽丝，住在这附近某个地方？"我不确定那女孩的姓。回忆开始在我的脑海中一个片段一个片段地浮现。

"当然，爱丽丝是我的朋友。"

"是吗？"我盯着自己的手，试图思考。我刚刚习惯了一件不可能的事，就遇上另一件。

"她也不是奴隶，"鲁弗斯说，"她是自由的，像她母亲一样生下来是自由的。"

"哦？那也许……"我的声音低了下去。我的大脑飞速运转，把事情拼凑了出来。州名没错，年份，不常见的姓氏，这个女孩，爱丽丝……

"也许什么？"鲁弗斯问道。

是的，也许什么？嗯，也许，如果我没有完全发疯，如果我没有产生我听过的最完美的幻觉，如果我面前的孩子是真的，说的是实话，那么，也许他是我的一位祖先。

也许他是我往上若干代的曾外祖父，但仍隐约存在于家族的记忆中，因为他的女儿曾买了一本巨大的《圣经》，装在一个雕刻精美的木箱里，并在上面记录了家谱。我舅舅还保留着它。

外祖母哈格尔。哈格尔·韦林，生于 1831 年。她的名字是《圣经》上写下的第一个名字。而她写下了她父母的名字——鲁弗斯·韦林和爱丽丝·格林某某·韦林。

"鲁弗斯，爱丽丝姓什么？"

"格林伍德。你刚才说什么？也许什么？"

"没什么。我……只是觉得我可能认识她家里的人。"

"你认识吗？"

"我不知道。我已经很久没有见过那个人了。"拙劣的谎言。但比实话要好。这男孩这么小，如果我说实话，他一定会想我是不是疯了。

爱丽丝·格林伍德。她怎么会嫁给这个男孩？或者，他们结婚了吗？还有，为什么我家里没有人提到过鲁弗斯·韦林是白人？如果他们知道的话。很可能他们不知道。哈格尔·韦林·布莱克于

1880 年去世，远远早于我认识的任何家族成员。毫无疑问，关于她一生的大部分信息已经随她而去。至少在传给我之前就已经消逝，只留下了《圣经》。

哈格尔认真地记录了一页又一页。其中包括她与奥利弗·布莱克的婚姻，还有她的七个孩子，孩子们的婚姻，一些孙子孙女……然后另外的人接着记录。许多我从来就不认识，也永远不会认识的亲戚。

或者我有可能会认识？

我看着那个将成为哈格尔父亲的男孩。他身上没有任何地方能让我联想到我的任何一个亲戚。看着他，我感到困惑。但他一定是那个人。一定有某种原因，让他和我之间有了某种联系。我并不真的认为血缘关系可以解释为什么我两次被召唤到他身边。不可能的。但是，其他东西也不能。我们之间的联系是某种新的东西，甚至还没有名字。也许是我们身上的某种共同的奇特之处。不过，现在我有了一个特别的理由，为我能够救他而感到高兴。毕竟……毕竟，如果我没有救他，那么我，还有我母亲的家庭都会怎么样呢？

这就是我来到这里的原因吗？不仅是为了确保这个惹是生非的小男孩能够存活下来，也是为了确保我的家庭能够存在，确保我自己能够出生。

还有，如果男孩真的淹死了，会发生什么？如果没有我，他会淹死吗？他母亲能救他吗？他父亲会不会及时赶来救起了他？一定是这样的，他们中总有一个会救活他。他的生命不可能依赖于他还未孕育的后代的行动。无论我做了什么，他都必须活着，成为哈格尔的父亲，否则我就不可能存在。这才讲得通。

但不知为什么，其中的逻辑并不足以给我任何安慰。我没法检验这个逻辑。比如，如果我发现他再次遇到麻烦，而我不予理会——不是说我会无视所有有麻烦的孩子。但是这个孩子需要特别的照顾。如果我要活着，如果其他人要活着，他就必须活着。我不敢去检验这个悖论。

"你知道吗，"他说，注视着我，"你看起来有点像爱丽丝的母亲。如果你穿上裙子，把头发扎起来，就很像她。"他友善地在我旁边坐了下来。

"那你母亲为什么没有把我误认为是她？"我说。

"你穿成那样就不像了！她一开始以为你是个男人。我也是，爸爸也是。"

"哦。"那个误会现在有点容易理解了。

"你确定你和爱丽丝不是亲戚吗？"

"据我所知，不是。"我撒了谎，然后突然改变了话题，"鲁弗，这里有奴隶吗？"

他点了点头。"三十八个奴隶，爸爸说的。"他抬起赤脚，盘腿坐在床上面对我，仍然饶有兴趣地审视着我，"你不是奴隶，对吗？"

"不是。"

"我也认为你不是。你说话不像，打扮不像，做事也不像。你甚至看起来都不像个逃奴。"

"我不是。"

"而且你也不叫我'老爷'。"

我笑了起来，连自己都吃了一惊。"老爷？"

"你应该这样叫我。"他非常严肃，"既然你想让我叫你黑人。"

他的严肃让我停止了笑。确实，有什么好笑的？他很可能是对的。我确实应该用某种尊称，但"老爷"？

"你必须说，"他坚持，"或者叫'少爷'，或者……叫'先生'，像爱丽丝那样。你应该说。"

"不。"我摇了摇头，"除非事情变得糟糕得多。"

男孩抓住我的手臂。"必须说！"他低声说，"不然要是爸爸听到，你会惹上麻烦的。"

要是"爸爸"听到我说什么，无论是什么，我都会惹上麻烦。但男孩显然很关心我，甚至为我担心。他父亲听起来像是一个想让别人怕他的人。"好吧，"我说，"如果有别人来，我会叫你'鲁弗斯先生'，这样行吗？"如果有人来，我能活下来就已经谢天谢地了。

"行。"鲁弗斯说，他看起来松了口气，"我的背上还有爸爸用鞭子打的伤疤。"

"我看到了。"现在我该离开这房子了。我已经谈得够多，了解得够多了，也不抱什么希望我能被送回家了。很明显，不管是什么力量利用了我来保护鲁弗斯，它都没有准备保护我。我必须在天亮之前离开这所房子，到一个安全的地方 —— 如果这里有一个对我来说安全的地方。我想知道爱丽丝的父母是如何做到的，他们是如何生存下来的。

"嘿！"鲁弗斯突然说。

我吓了一跳，看着他，意识到他在说些什么，但我没听到。

"我说你叫什么名字。"他重复道，"你没有告诉我。"

就这个？"埃达娜，"我说，"大家都叫我达娜。"

"哦，不会吧！"他轻声说。他看我的眼神就像刚才他以为我是鬼魂时那样。

"怎么了？"

"没什么，我想，但是……嗯，你想知道这次在你来这里之前，我有没有像在河边那样看到过你？嗯，我没有看到你，但我觉得我听到了你的声音。"

"怎么听到的？什么时候？"

"我不知道怎么听到的。你当时不在这里。但当火烧起来时，我非常害怕，就听到一个声音，一个男人的声音。他说：'达娜？'然后又说，'又来了吗？'然后另外一个人——你——轻声说：'好像是的。'我听到了你的声音！"

我疲惫地叹了口气，渴望躺倒在自己的床上，渴望这些没有答案的问题都消失。鲁弗斯是如何跨越时空听到凯文和我的声音的？我不知道。我甚至没有时间去关心。我有其他更重要的问题需要解决。

"那个男人是谁？"鲁弗斯问。

"我丈夫。"我用一只手揉了揉脸，"鲁弗，我必须在你父亲醒来之前离开这里。你能给我指路下楼吗？这样我就不会惊醒任何人。"

"你要去哪儿？"

"我不知道，但我不能留在这儿。"我顿了顿，想着他能帮我些什么，他愿意帮我些什么。"这里离我家很远，"我说，"我不知道什么时候能回去。你知道有什么地方我可以去吗？"

鲁弗斯伸开盘着的腿，挠了挠头。"你可以到外面去躲起来，直到天亮。然后你可以出来，问爸爸你可不可以在这里工作。他有时会雇用自由黑鬼。"

"是吗？如果你是自由的黑人，你会想为他工作吗？"

他移开视线，摇了摇头。"我想不会。他有时很刻薄。"

"有什么别的地方我可以去吗？"

他又想了一会儿。"你可以到镇上去找工作。"

"镇子的名字是什么？"

"伊斯顿。"

"很远吗？"

"不是很远。黑鬼们有时会走路去，爸爸给他们通行证的时候。或者也许……"

"什么？"

"爱丽丝的母亲住得离我们比较近，你可以去找她，她会告诉你最好去哪里找工作。也许你也可以住在她那里，这样在你回家之前我可能还会再见到你。"

我很惊讶他想再见到我。自从我成人后，就没怎么和孩子接触过。不过，不知怎的，我发现自己喜欢上了这个孩子。他所处的环境在他身上留下了令人不快的印记，然而，在内战前的南方，我可能会落到更糟糕的人的手里，可能是更糟糕的人的后代手里。

"我去哪儿找爱丽丝的母亲？"我问。

"她住在树林里。到外面来，我告诉你怎么去。"

他拿起蜡烛，走到房间门口。屋里的影子随着他移动，阴森怪异。我突然意识到，他要背叛我是多么容易，只需要开门跑掉或大喊报警。

然而他没有，他把门打开一条缝，向外看，然后转身向我招手。他似乎很兴奋愉快，但有些害怕，因此比较谨慎。我松了一口气，迅速跟上他。他很享受，享受这场冒险。而且，巧合的是，他又在玩火了，帮助一个外来者从他父亲的房子里悄无声息地逃走。如果他父亲知道的话，很可能我们两个都会挨鞭子。

楼下，厚重的大门被轻轻打开了，我们走进了外面的黑暗中——近乎黑暗。天上有半轮月亮，几百万颗星星照亮了夜空，我在家那边从未见过。鲁弗斯立即告诉了我去他朋友家的路线，但我打断了他。还有别的事情要先做。

"窗帘会落在哪里，鲁弗？带我去看看。"

他听话地带我绕过房子的拐角到了另一侧。烧毁的窗帘冒着烟躺在地上。

"如果我们把这个处理掉，"我说，"你能不能让你母亲给你装上新窗帘，不告诉你父亲？"

"我想可以，"他说，"反正他们几乎不说话。"

窗帘的大部分已经变冷，几处边缘仍然泛红，有可能复燃，我抬脚把那几处火星踩灭。然后我找出一块相当大的没烧到的窗帘布，平铺开来，把烧毁的小碎片、灰烬和旁边的泥土都放在上面。鲁弗斯默默地帮我收拾。弄完后，我把布紧紧地卷成一包，交给他。

"把它放进你的壁炉。"我对他说，"看着它全部烧掉，再去睡觉。但是，鲁弗……不要再烧别的东西了。"

他垂下眼，有些不好意思。"我不会了。"

"好。要想惹你父亲不高兴，肯定有更安全的办法。好了，走哪条路去爱丽丝家？"

3

他指了方向，然后把我一个人留在寂静的寒夜里。我在房子旁边站了一会儿，感到害怕和孤独。我之前没有意识到有男孩在身边是多么令人心安。最后，我动身穿过房子和田地之间宽阔的草场。我可以看到周围零星的树木和阴影重重的屋子。等快看不到房子了，草场的一侧出现了一排小屋。我猜这是奴隶住的小屋。我好像看到有人绕过了其中一座小屋，我在一棵树冠庞大的巨树后面停了一会儿。那个身影无声无息地消失在两座小木屋之间，是一个奴隶，可能和我一样担心在夜里被人看到。

我绕过一片田地，里面长满了某种齐腰高的像草似的庄稼，光线昏暗，我也没有试图去辨认是什么庄稼。鲁弗斯把他常走的近路告诉了我，说还有一条途经大路的路，但更远。不过，我很高兴能避开大路。在这里遇到一个成年白人的可能性，比我在家那边遇到街头暴力的可能性大，更让我感到害怕。

最后，在月光下的田野后面，出现了一片树林，看起来就像一堵坚固的黑暗之墙。我在树林前面站了几秒钟，心想，说不定走大路是个更好的选择。

然后我听到狗叫声，听起来并不太远。仓皇之下，我跳入一片新生的矮树丛，冲进了树林。我琢磨着会不会有荆棘、毒藤、蛇……但只是琢磨，没有停下来。一群野狗似乎更糟。还可能是一群被驯养来追踪逃奴的狗。

树林并不像先前看起来那样完全黑暗。眼睛适应了昏暗之后，我可以看到一点东西。我可以看到高大的树木，影影绰绰，到处都是。我继续走着，开始怀疑自己是否走对了方向。够了。我掉转头——希望我仍然知道"掉转"是什么意思，向田野走去。我到底是个都市女性！

我顺利地回到了田野，然后向左转到鲁弗斯说的有大路的地方。我找到了那条路，沿着大路走，注意听有没有狗。但现在，只有零星的夜鸟和昆虫打破了寂静 —— 蟋蟀、一只猫头鹰、某种不知名的鸟。我紧贴着路边走，努力压制紧张情绪，祈祷能够回家。

有什么东西横穿过马路，离我非常近，几乎擦过我的腿。我呆住了，吓得叫都不敢叫，然后意识到那只是被我吓跑的小动物 —— 也许是狐狸，或者是兔子。我发现自己的身子有点摇晃，头晕目眩的。我跪倒在地，拼命地想让眩晕感加剧，让穿越到来……

我已经闭上了眼睛。可当我睁开眼睛时，那条土路和那些树还在。我疲惫地站起来，又开始走。

我又走了一会儿后，开始怀疑我会不会已经走过了小木屋但没有注意到它。我开始听到一些声音 —— 这次不是鸟，也不是动物，不是我一下子就能辨认出来的东西。但不管是什么，这声音似乎在向我靠近。我居然花了很长时间才意识到，那是马匹沿路缓缓向我走来的声音。

我及时跳进了灌木丛中。

我静静地趴着、听着，有点颤抖，不知道那些越来越近的骑马的人是否看到了我。我现在可以看到他们了，黑黑的影子，朝着韦林家的方向缓慢移动着，最终会从我旁边经过。如果他们看到我，可能会把我抓起来带上。这里的黑人普遍被认为是奴隶，除非能证明自己是自由的 —— 有自由证件。没有证件的黑人对所有白人来说都是准许猎捕的猎物。

这些骑马的是白人。他们走近了，在月光下，我可以看得清他们。在离我只有几步之遥的时候，他们转进了树林。我看着，等待着，一动也不动，直到他们全部走过。八个白人男子在半夜悠闲地骑马游荡。他们走进了树林，那里是格林伍德家小屋所在的地方。

我犹豫了一会儿，站起来跟着他们，小心翼翼地从一棵树移到另一棵树。我既害怕他们，又高兴有人在这儿。他们对我来说可能很危险，但不知为什么，他们似乎没有黑暗阴森、有着奇怪声音的那片未知的树林那么可怕。

如我所料，这些人把我引到了一个小木屋前，这里是树林中被月光照亮的一块空地。鲁弗斯告诉我，我可以经大路到格林伍德的小屋，但他没有告诉我，小木屋在大路的后面，从这里看不到大路。但也许不是。也许这是另一个人的屋子。我既希望是又希望不是，因为如果这个小木屋里住的是黑人，那么几乎可以肯定，这些白人是来找麻烦的。

骑马的人中有四个人下了马，走到门口又是撞又是踢。没人回应，其中两个试图破门而入。门看起来很厚重，撞门的话有可能撞伤肩膀都撞不开。但显然，锁门的门闩并不结实。木头碎裂的声音传来，门向里打开了。四个人冲了进去，片刻后，有三个人被推了出来——几乎是被扔出来的。其中两人是一男一女，被外面已经下马的人抓住了，后者显然已经料到了。第三个是穿着浅色长衫的小女孩，她摔倒在地上，匆忙爬起来跑了。那些人没空理她。她爬到离我几码[1]远的地方，而我正趴在空地边缘的灌木丛中。

空地上响起了说话声，我开始从这些陌生口音中辨别他们说的话。

"没有通行证，"其中一个骑马的人说，"他偷偷溜出来的。"

"不，老爷，"小木屋里出来的一个人恳求道，显然是一个黑人在对白人说话，"我有通行证。我有……"

一个白人朝他脸上打了一拳。另外两个人按住了他，他瘫在两

1　1码约为0.9米。

个人之间。谈话继续。

"如果你有通行证，那么在哪里？"

"不知道。一定是来这里的时候丢了。"

他们把那个人拉到离我很近的一棵树旁，我紧贴地面，吓得浑身僵硬。只要有一点背运，其中一个白人就会看到我，要不然也会因为太黑看不到而踩在我身上。

他们迫使黑人抱着树，绑住他的双手，以防他滑下来。他赤身露体，显然是从床上被拖下来的。我看了看那个仍然站在小木屋旁的女人，她已经用什么东西把自己裹了起来。也许是一条毯子。我刚注意到这一点，就见一个白人从她身上扯下毯子。她说了些什么，声音很轻，我只听到她抗议的语气。

"闭上你的嘴！"拿走她毯子的那个人说，然后把毯子扔在地上，"你他妈的以为你是谁？"

另一个人插嘴说："你认为你身上有什么是我们没见过的？"

响起了嘎嘎的笑声。

"更多更好的我们都见过。"另一个人补充道。

有人说起脏话来，又是一阵笑声。

此时，那黑人已经被牢牢绑在了树上。一个白人走到他的马那里，拿了一根鞭子。他在空中抽了一下，显然是为了自娱自乐，然后用鞭子抽黑人的背。黑人的身体抽搐了一下，但他只发出了一声喘息。他又挨了几下鞭子，没有发出任何叫声，但我可以听到他的呼吸声，又重又急。

在他身后，他的孩子靠着她母亲的腿大声哭着，但那个女人和她丈夫一样，都没有说话。她紧紧拥着孩子，站着，低着头，拒绝看男人被鞭打。

40

然后，男人崩溃了。他开始呻吟，无法控制地发出低沉的、撕心裂肺的声音。最后，他开始喊叫起来。

我可以实实在在地闻到他的汗味，听到他每一次粗重的呼吸声，每一声叫喊，鞭子的每一次抽打。我可以看到他的身体在震动，在抽搐，在鞭子下挣扎，他的叫喊声久久不息。我感觉胃里面翻江倒海，不得不强迫自己一动不动，保持安静。他们怎么还不停下！

"求求你了，老爷。"黑人哀求道，"看在老天的分儿上，老爷，请……"

我闭上眼睛，绷紧了肌肉，抵制住呕吐的冲动。

我在电视和电影里看到过有人被打。我见过他们背上流淌着过于鲜红的人工血浆，听过他们排演充分的喊叫声。但我从没有趴在他们附近，闻着他们的汗水，听着他们的哀求和祈祷，在他们的家人和自己面前受尽屈辱。对于眼前的现实，我的心理准备可能还不如不远处那个哭泣的孩子。事实上，她和我的反应非常相似。我的脸上也满是泪水。我的脑子里出现一个又一个念头，试图把鞭打声屏蔽掉。这种懦弱甚至在某一刻让我想起了一个有用的信息。在内战前的南方，深夜策马，破门而入，通过殴打或其他方式折磨黑人的这些白人，他们有一个专门的称号。

奴隶巡逻队，由年轻白人组成，表面上是维持奴隶秩序的团体。奴隶巡逻队，三K党[1]的前身。

黑人的喊叫声停止了。

三K党（Ku Klux Klan，简称KKK）是指美国历史上三个不同时期奉行白人至上主义和基督教恐怖主义的民间团体，也是美国种族主义的代表性组织，组建于1866年。

过了一会儿，我抬起头，看到巡逻队员们正在给他松绑。绳子解开了，他仍然靠在树上，直到一名巡逻员把他拉过来，把他的手绑在前面。然后，这名巡逻员拿着绳子的另一头，骑上他的马跑了起来，黑人在后面被半拖半拽着。巡逻队其他队员都骑上马，跟在后面，还剩一人正在和那个女人低声讨论着什么。很明显，讨论并没有如这人所愿，因为他朝女人脸上打了一拳，就像之前打她丈夫那样，然后他上马追赶其他人。女人倒在地上。巡逻员骑着马走了，把她留在那里。

巡逻队回到了大路，斜着朝韦林家奔去，被抓的黑人跌跌撞撞地跟在后面。如果他们完全按原路返回，就会从我身上越过，或者把我从藏身之处赶出来。我很幸运，也很愚蠢，居然藏得这么近。我想知道那个被抓的黑人是否属于汤姆·韦林。这也许可以解释鲁弗斯与那个孩子爱丽丝的友谊。前提是，这个孩子是爱丽丝，而这正是我要找的小屋。不过，不管是不是，这个昏迷不醒、被留在那里的女人都需要帮助。我站起来，走到她旁边。

一直跪在她身边的孩子跳了起来，想要跑开。

"爱丽丝！"我轻声叫道。

她停了下来，透过黑暗注视着我。果然她是爱丽丝。这些人是我的亲戚，我的祖先。那么我可以在这个地方藏身。

4

"我是你的朋友，爱丽丝。"我边说边跪了下来，把昏迷的女人的头转到看起来更舒服的位置。

爱丽丝不安地注视着我，然后很小声地说："她死了吗？"

我抬起头来。这孩子比鲁弗斯要小——皮肤黝黑，身材瘦小。她用袖子擦了擦鼻子，又吸了吸鼻子。

"不，她没死。屋里有水吗？"

"有。"

"去拿点水。"

她跑进小屋，几秒钟后带着一个葫芦水瓢回来了。我用少量水打湿了她母亲的脸，把她鼻子和嘴周围的血洗掉。在我看来，这位母亲似乎和我年纪相仿，身子单薄，跟她孩子一样，事实上也像我。而且和我一样，她的骨架很小，要在这个时代生存，她可能不够强壮。但无论多么痛苦，她还在努力活下去。也许她也会教会我这一点。

她慢慢地恢复了知觉，先是呻吟，然后大喊起来："爱丽丝！爱丽丝！"

"妈妈？"孩子试探着说。

女人的眼睛睁得更大，她盯着我。"你是谁？"

"一个朋友。我来这里是为了寻求帮助，但现在，我更愿意给予帮助。等你觉得能站起来了，我就扶你进去。"

"我问你是谁！"她的声音变得强硬。

"我叫达娜。我是一个自由妇女。"

我此时正跪在她身边，我看到她打量着我的上衣、裤子、鞋子。为了便于拆包和在新房里干活，我穿了一双旧的沙漠靴。她仔细看了看我，然后做出了判断。

"你是说，一个逃奴。"

"巡逻队才会这么说，因为我没有证件。但我是自由的，生来自由，而且打算保持自由。"

"你会给我带来麻烦的！"

"今晚不会。你今晚的麻烦已经过去了。"我迟疑了一下，咬了咬嘴唇，然后轻声说，"请不要把我赶走。"

女人沉默了几秒钟。我看到她看了一眼女儿，然后摸摸自己的脸，擦掉嘴角的血迹。"没打算把你赶走。"她轻声说。

"谢谢你。"

我把她扶起来，进了小屋。此时的藏身之处。几个小时的安宁。也许明天晚上，我可以继续当逃奴，就像这个女人认为的那样。也许从她这里，我可以得知最快速、最安全的北上之路。

小屋里一片漆黑，只有壁炉里有将熄的火光，但女人却顺利地走到了她的床边。

"爱丽丝！"她喊道。

"我在这里，妈妈。"

"放一根木头到火里。"

我看着孩子，她照办了，睡袍的长下摆在烧热的炭火边扫过，危险极了。鲁弗斯的朋友至少和他一样，对火不是很小心。

鲁弗斯。他的名字唤起了我心里所有的恐惧、困惑和回家的渴望。难道我真的要大老远跑到北方某个州去才能得到安宁？如果我真这样做了，那会是什么样的安宁？限制奴隶制的北方对黑人来说比实行蓄奴制的南方要好[1]，但也好不了多少。

"你为什么来这里？"女人问，"谁派你来的？"

1　1815 年，正是美国北部州废奴运动初见成效的时候。1781 年至 1804 年，马里兰以北的所有州逐步按宾夕法尼亚州的模式废除奴隶制，到了 1804 年，所有北部州都通过了废除奴隶制的法律。而奴隶制在南方没遭到什么挑战，反而更加盛行。

我皱着眉头盯着火光。我可以听到她在我身后的动静，可能是在穿衣服。"那个男孩，"我轻声说，"鲁弗斯·韦林。"

窸窸窣窣的声响停了。片刻的寂静。我知道我把鲁弗斯的事告诉她有些冒险，很可能是愚蠢的做法。我不知道我为什么要这样做。"除了他，没有人知道我的事。"我继续说。

火焰开始在爱丽丝放进去的小木头周围燃烧起来。木头发出噼噼啪啪的声响，火星溅射，打破了寂静。只听爱丽丝说："鲁弗先生不会说的。"她耸了耸肩，"他从来都不会说的。"

她说的话，解释了我冒险的理由。我之前都没有想到这一点，但如果鲁弗斯是乱说话的人，那么爱丽丝的母亲应该知道，这样她就会把我藏起来或者送走。我等着看她会怎么说。

"你确定他父亲没有看到你？"她问。这意味着她同意爱丽丝的看法，认为鲁弗斯没有问题。汤姆·韦林很可能用那条鞭子给他儿子留下了更多的印记，而他自己都不知道。

"如果他父亲看到了我，我还会在这儿吗？"我问。

"应该不会。"

我转头看着她。她现在和她女儿一样穿着一件白色长袍。她坐在床沿上看着我。我旁边有一张用厚实光滑的木板做成的桌子，还有一条用一截劈开的原木做成的长凳。我在长凳上坐了下来。"汤姆·韦林是不是拥有你丈夫？"我问道。

她悲伤地点点头。"你看到了？"

"是的。"

"他不该来的。我叫他不要来。"

"他真的有通行证吗？"

她苦笑了一下。"没有，他也拿不到的。他不能来见我。汤姆先生说让他在种植园里选一个新妻子。那样的话，汤姆先生就会拥有他所有的孩子。"

我看着爱丽丝。女人顺着我的目光看去。"他不可能拥有我的孩子。"[1]她平淡地说。

我感到奇怪。他们在这儿似乎很脆弱。我怀疑这次是巡逻队第一次来，或者是最后一次。在这样一个地方，这个女人怎么可能确定任何事情。而且有历史可循，鲁弗斯和爱丽丝最终会走到一起。

"你从哪儿来？"女人突然问道，"听你说话，你不是本地人。"

我没料到她突然换了话题，差点回答说洛杉矶。"纽约。"我平静地撒谎说。在1815年，加利福尼亚还只是一个偏远的西班牙殖民地，这个女人很可能从未听说过。

"那地方很远。"女人说。

"我丈夫在那里。"这句谎话是怎么来的？而我说这句话时，充满了对凯文的渴望，他现在离我太远了，靠我自己无论怎么努力都够不到他。

女人走过来站着，垂眼盯着我。她看起来高大挺拔、表情严峻，好像老了好几岁。

"他们把你带走了？"她问。

"是的。"在某种程度上我是被绑架了。

"你确定他们没有把他也带走？"

"只有我。我确定。"

---

1 这是奴隶随母的规定。弗吉尼亚州于1662年颁布法律，采取奴隶随母的政策，即母亲为奴的，无论父亲身份如何，孩子也为奴。爱丽丝的母亲是自由民，因此爱丽丝也是自由民。

"而现在你要回去。"

"是的!"我很激动,充满了希望,"是的!"这是谎话,也是真话。

一阵沉默。女人看了看她女儿,又看了看我。"你在这里待到明天晚上,"她说,"然后你可以去另一个地方。他们会给你一些吃的和……哦!"她看起来有些内疚,"你现在一定饿了,我给你拿一些——"

"不,我不饿,只是累了。"

"那就上床去吧。爱丽丝,你也去。这床够我们所有人睡……现在就去。"她走到孩子身边,将她身上从外面带进来的土掸掉。我看到她闭了会儿眼睛,然后瞥了一眼门。"达娜……你说你叫达娜?"

"是的。"

"我忘了毯子,"她说,"我把它留在外面了,当时……我把它留在外面了。"

"我去拿。"我说。我走到门口,往外看。毯子被巡逻员扔在离房子不远的地上。我走过去捡毯子,但就在我拿到毯子的时候,有人从后面抓住了我,把我整个人转了过来。突然间,我面对着一个年轻的白人男子,宽脸,黑发,身材魁梧,比我高了约半英尺[1]。

"这他妈是……"他气急败坏地说,"你……你不是那个人。"他注视着我,好像并不确定。很明显,我的样子很像爱丽丝的母亲,他被搞糊涂了——不过只是一会儿。"你是谁?"他问,"你在这里做什么?"

1　半英尺约为 15 厘米。

怎么办？他抓着我，非常轻松，根本感觉不到我努力想要挣开。"我住在这儿。"我撒了谎，"你在这里做什么？"我想，如果我的声音听起来很愤怒，他更可能会相信我。

我错了，他一只手抓着我，另一只手打了我一巴掌，差点把我打晕。他的声音很柔和："你没礼貌，黑鬼，我来教教你！"

我没说话。我的耳朵还在嗡嗡作响，但我听到他说："你可能是她的妹妹，她的双胞胎妹妹，差不多。"

他这样想似乎是件好事，所以我保持沉默。反正沉默似乎是最安全的。

"她妹妹穿得像个男孩！"他笑了起来，"她的逃奴妹妹。真想知道你值多少钱。"

我惊慌失措。他抓住我不放已经够糟了，现在他还想把我当逃奴出卖……我用没被抓住的那只手的指甲抠进他的手臂，从手肘到手腕撕开了血肉。

男人又惊又痛，稍稍松了手。我挣脱了，开始逃跑。

我听到他在喊，听到他开始追我。

我下意识地跑向小屋的门口，却发现爱丽丝的母亲站在那里挡住了我。

"别进来，"她低声说，"请别进来。"

我没机会再进去了。男人抓住了我，把我往后一拽，扔到了地上。他本想踢我，但我迅速滚到一边，站了起来。恐惧之下，我从没想到自己能这么快速敏捷。

我又一次跑了起来，这次是往树林里跑。我不知道我要去哪里，但身后男人的声音迫使我继续歪歪扭扭地向前跑。此刻我只希望树林更昏暗、更浓密，我可以更好地隐藏自己。

男人捉住了我，把我狠狠地往地上摔。一开始，我吓呆了，只是躺着，不动弹也不保护自己，任凭他打我，用拳头揍我。我以前从来没有被这样打过，从来没想过我被揍这么多下都不会失去意识。

我试图爬走，他又把我拽回来。我想要推开他，他似乎毫不在乎。有一瞬间，我确实引起了他的注意。当时他俯身靠近我，用力压得我仰面朝天，无法动弹。我朝他的脸伸出双手，手指遮住了他的部分视线。在那一瞬间，我知道我可以阻止他，让他残废，在这个原始社会，甚至能毁掉他。

他的眼睛。

我只需稍稍移动我的手指，戳进眼眶的软组织，抠出他的眼睛，他受的痛苦会比他带给我的更多。

但我不能这么做。这个想法让我感到恶心，我的手僵在那里。我必须这样做！但我不能……

男人把我的手打开，人也退开了。我咒骂自己的愚蠢。机会已经溜走了，而我却什么也没做。我的难受恶心是属于另一个时代的，我却把它带到了这里。现在我将被贩卖为奴，因为我没有胆量以最有效的方式保护自己。卖身为奴，而且还有一个更紧迫的危险。

男人已经停止了对我的殴打。现在他只是紧紧抓住我，看着我。我可以看到，我在他脸上留下了一些抓痕。浅浅的，无足轻重的抓痕。男人用手摸了摸抓痕，看了看手上的血迹，然后看着我。

"你知道你会为此付出代价的，对吗？"他说。

我没说话。如果要付出代价，我应该为我的愚蠢付出代价。

"我觉得你也行，和你姐姐一样好，"他说，"我是为她回来的，但你就像她。"

这话告诉了我他可能是谁。他是其中一个巡逻员，很可能是打了爱丽丝母亲的那个。他伸出手，撕开了我的上衣。纽扣四处乱飞，但我没有动。我明白这个男人要做什么。他要展示自己有多愚蠢了。他打算再给我一次机会来毁掉他。我几乎松了口气。

他撕开了我的胸罩，我准备行动。只需向前快速一冲。然后，突然间，不知道为什么，他在我身上耸立起来，抬起拳头又要揍我。我把头扭到一边，撞到什么硬东西，他的拳头从我下巴上擦过。

新的疼痛击碎了我的决心，我再次慌忙逃开。刚移动了几英寸，他又把我按倒了，但这距离足以让我发现，我的头撞到的是一根粗棍子。我双手抓住棍子，用尽全力砸到他头上。

他倒下了，趴在我的身上。

我静静地躺着，喘着气，想攒足力气起身逃跑。这个男人在附近有一匹马，要是能找到那匹马……

我从他沉重的身体下面挣脱出来，试图站起来。起身到一半时，我感到自己失去了知觉，向后倒去。我抓住一棵树，强迫自己保持清醒。如果那个男人醒过来，发现我就在附近，他会杀了我的。他肯定会杀了我的！但我扶不住树。我倒下了，似乎是慢慢地，倒进了看不见星星的深深的黑暗中。

5

疼痛让我恢复了意识。一开始，我只感觉到疼痛，身体的每个部分都很痛。然后我看到我头上方有一张模糊的脸，一个男人的脸，我惊慌失措。

我慌忙间想爬开，我踢他，然后抓住了他伸向我的手，想咬他，又猛地抓向他的眼睛。我现在可以做到了。我什么都可以做。

"达娜！"

我愣住了。我的名字？巡逻员不可能知道我的名字。

"达娜，拜托，看着我！"

凯文！是凯文的声音！我盯着上方，终于看清楚了他。我在家里。我躺在自己的床上，身上是血和污垢，但很安全。安全！

凯文半伏在我身上，抱着我，我的血染到了他身上，还有他自己的血。我可以看到我抓伤他脸的地方——离眼睛很近。

"凯文，对不起！"

"你现在没事了吗？"

"没事了。我以为……我以为你是那个巡逻员。"

"那个什么？"

"那个……我以后再告诉你。天哪，好痛，而且我太累了。但没关系，我回家了。"

"这次你离开了两三分钟。我不知道该怎么想。你不知道你能再回来有多好！"

"两三分钟？"

"差不多三分钟。我看了钟的。但感觉更久。"

我在疼痛和疲惫中闭上了眼睛。对我来说，不仅仅是感觉更久。我离开了好几个小时，我知道。但在那一刻，我无法争辩。我什么都无法争辩。当我以为我在为自己的生命而战时，那股汹涌着帮助我战斗的力量已经消失了。

"我带你去医院，"凯文说，"我不知道该怎么解释你的情况，但你需要护理。"

"不。"

他站了起来。我感到他把我抱了起来。

"不，凯文，求你了。"

"听着，别害怕。我会和你在一起的。"

"不，听着，他只是打了我几下。我不会有事的。"突然间我又有了力气，现在我需要力气，"凯文，我从这里离开过一次，这是第二次。我回到了这里。如果我从医院消失，又回到医院，会发生什么？"

"可能什么都不会发生。"但他停了下来，"看到你消失或回来的人都不会相信，而且他们也不敢告诉任何人。"

"求你了，就让我睡觉吧。真的，我只需要休息。伤口和瘀青会痊愈的。我会好起来的。"他不大情愿地把我抱回床上。"你感觉有多久？"他问。

"几个小时。但只在最后的时候情况才变得糟糕。"

"是谁干的？"

"一个巡逻员。他……他认为我是个逃奴。"我皱起了眉头，"我得睡觉了，凯文。我明天早上会讲得更清楚，我保证。"我的声音渐渐低了下去。

"达娜！"

我吓了一跳，努力重新集中注意力，听他说话。

"他强奸你了？"

我叹了口气。"没有。我用木棍打了他，把他打晕了。让我睡觉。"

"等一下……"

我似乎渐渐远离了他。要继续听他说话，听懂他说的话，变得太困难了，要回答他也太困难了。

我又叹了口气，闭上了眼睛。我听到他起身走开了，听到水在某处流淌的声音，然后我就睡着了。

6

第二天早上，天还没亮，我醒了过来，发现自己已经很干净了。我穿着一件旧法兰绒睡衣。自从和凯文结婚以来，我就没有穿过这件睡衣，而且我也从来没有在 6 月穿过。我身边有一个帆布手提袋，里面有一条裤子、一件上衣、一件内衣、一件毛衣、一双鞋子，还有我见过的最大的弹簧刀。手提袋用一根绳子绑在我的腰上。另一边躺着凯文，还在睡觉。我吻了他，他醒了。

"你还在。"他说，显然松了口气。他抱住我。我身上的几处伤口痛了起来。他记起来了，放开了我，打开灯。"你感觉怎么样？"

"挺好的。"我坐了起来，下了床，设法站了一会儿，然后又回到床上，"我在渐渐好起来。"

"很好。你休息好了，你在渐渐好起来，现在你可以告诉我到底发生了什么。什么是巡逻员？我只能想到高速公路的巡警。"

我回想了一下我读过的文字。"巡逻员是……以前是白人，通常是年轻人，总是很穷，有时候醉醺醺的。这样的一群人组成了一个维持黑人秩序的团体，他就是这个团体的成员。"

"什么？"

"巡逻员确保奴隶们晚上待在他们应该待的地方，负责惩罚那些违反规矩的人。他们追踪逃奴——收取费用。有时，他们只是制造混乱，找点乐子，恐吓那些没有权利反抗的人。"

凯文撑着一只胳膊，低头看着我。"你在说什么？你去了哪里？"

"在马里兰州。东海岸的某个地方，如果我没听错鲁弗斯说的话。"

"马里兰州！三千英里[1]外，只花了……什么？几分钟时间？"

"不止三千英里。你根本想不到有多少英里。"我挪了挪身子，免得压到身上某个特别痛的伤口，"我来告诉你所有的事。"

我为他详细地回忆了一遍，就像第一次那样。他又一次只是听着，没有插话。这一次我说完后，他只是摇了摇头。

"这越来越疯狂了。"他喃喃道。

"我不觉得。"

他侧头瞥了我一眼。

"我觉得，这事越来越可信了。我不喜欢。我不想置身其中。我不明白它怎么会发生，但它是真实存在的。如果不是真的，就太伤人了。还有……还有我的祖先，我的天哪！"

"也许吧。"

"凯文，我可以给你看那本旧《圣经》。"

"但事实是，你已经看过那本《圣经》了。你知道那些人，知道他们的名字，知道他们是马里兰人，知道……"

"你他妈到底要我证明什么！证明我产生了幻觉，把我祖先的名字编了进去？我倒是想给你一点这种一定是我幻想出来的痛。"

他用一只胳膊抱住我，靠在我身上没有伤的地方。过了一会儿，他说："你真的相信你穿越了一个多世纪的时间，穿越了三千英里的空间去看你死去的祖先？"

我不自在地动了动。"是的，"我低声说，"不管听起来怎样，不管你怎么想，它都发生了。你嘲笑我，并不能帮助我解决问题。"

"我没有嘲笑你。"

"他们是我的祖先。甚至那个该死的寄生虫，那个巡逻员，也看出来我和爱丽丝的母亲很像。"

他没有说话。

"我告诉你……我只能确认他们确实是我的祖先。如果我有能力的话，我绝不会让他们发生任何事情，不管是那个男孩还是那个女孩。"

"你肯定不会的。"

"凯文，请认真对待这件事！"

"我是认真的。任何能够帮到你的事，我都会去做。"

"相信我！"

他叹了口气。"就像你刚才说的。"

"什么？"

"我不敢表现得好像我不相信一样。毕竟，你从这里消失，一定是去了某个地方。如果那个地方是你认为的——内战前的南方，那么我们必须找到办法，以确保当你在那里时能够保护自己。"

我向他靠近了一些，感到些许宽慰，就算他只是勉强能接受，我也感到满足。他突然成了我的锚，我与我自己世界的纽带。他不会知道我多么需要他坚定地站在我这边。

"我不确定一个单身的黑人妇女，甚至一个黑人男子，能在那个地方得到保护。"我说，"但如果你有办法，就说来听听。"

他沉默了几秒钟，然后越过我，手伸进我另一边的帆布袋里，拿出了那把弹簧刀。"这可能会增加你的机会，如果你有勇气用它的话。"

"我刚才看到它了。"

"你会用它吗？"

"你是说，我愿意用它吗？"

"也包括那个意思。"

"会的，昨晚之前我可能还不确定，但现在，我会的。"

他站起来离开房间，过了一会儿回来了，手里拿着两把木制尺子。"做给我看看。"他说。

我解开帆布袋的绳子，站了起来，每动一下肌肉都酸痛不止。我一瘸一拐地走到他身边，拿起一把尺子看了看，无力地揉了揉脸，然后转瞬间，就在他要张嘴说话的时候，用尺子在他的腹部划了一下。

"就是这样。"我说。

他皱起眉头。

"凯文，我不是去参加什么公平的战斗。"

他没说什么。

"你明白吗？在我抓住机会反击之前，我就只是一个可怜、愚蠢、吓坏了的黑鬼。要是我能说了算，他们甚至不会看到那把刀。等他们看到就已经晚了。"

他摇了摇头。"你还有什么事是我不知道的？"

我耸了耸肩，回到床上。"我一直在看电视上这段时间的暴力事件，看了很久，足够我学上几招。"

"这是好事。"

"也没太大用处。"

他在我旁边坐了下来。"你是什么意思？"

"鲁弗斯身边的大多数人都了解真正的暴力，比今天的编剧一辈子知道的还多。"

"这个……可以讨论。"

"我只是无法相信我可以在那种地方活下来。有刀也不行，甚至有枪也不行。"

他深吸了一口气。"听着，如果你再被带回到那里，除了想办法活下来，你还能怎么样？你不会任由他们杀死你。"

"哦，他们不会杀我，除非我傻到去反抗。他们宁可做其他事，比如强奸我，把我当作逃奴扔进监狱，然后，他们看到没有主人认领我时，就把我卖给出价最高的买主。"我揉了揉额头，"我多么希望我没有读到过这些东西。"

"但不一定会发生那样的事。还有自由的黑人。你可以装作自由黑人。"

"自由的黑人有证件可以证明他们是自由的。"

"你也可以有证件。我们可以伪造一份……"

"那我们得知道要伪造什么。我是说，我们需要一份自由证书，但我不知道那是什么样的。我读过有关文章，但从来没见过。"

他站起来去了客厅。几分钟后，他回来了，把怀里抱着的一堆书都扔在了床上。"我把我们所有关于黑人历史的书都拿来了。"他说，"开始找吧。"

一共有十本书。我们查了索引，为了确定，甚至逐页翻看了其中几本。但是什么都没有找到。我并不真的认为这些书里会有什么。虽然这些书我没有全部读完，但以前至少都浏览过。

"那我们就得去图书馆了。"凯文说，"今天图书馆一开门我们就去。"

"如果图书馆开门的时候我还在的话。"

他把书放在地上，又钻回了被子里。然后他躺在那儿，皱眉看着我。"那么爱丽丝父亲应该有的那张通行证呢？"

"通行证……就是一份书面许可，允许一个奴隶在某个时间可以出现在家以外的某个地方。"

"听起来只是一张字条。"

"是的，"我说，"你说对了！在一些州，教奴隶读书写字是违法的，其中一个原因就是，他们可能给自己写通行证来逃跑。有人确实通过这种方式逃跑了。"我从床上起来，到凯文的办公室，从他的桌上拿了一个小记事本和一支新笔，又从他的书柜里拿了那本大地图集。

"我要把马里兰州那页撕下来。"我回来后告诉他。

"撕吧。我希望我可以给你一本公路地图集。地图上的公路在那个年代还不存在，但可能显示了最容易穿越乡村的路线。"

"这本上面有主要的高速公路。还有许多河流，在1815年，很可能没有多少桥。"我仔细看了看，然后又起身了。

"又怎么了？"凯文问。

"百科全书。这儿有条很不错的穿越半岛的长途铁路，我想看看宾夕法尼亚州铁路公司是什么时候修建的。我必须进入特拉华州去乘列车，但它会直接把我送入宾夕法尼亚州。"

"算了吧，"他说，"1815年还没有铁路。"

我还是查了，发现宾夕法尼亚州铁路公司是1846年成立的。我回到床上，把笔、地图和记事本塞进我的帆布包。

"再把那根绳子系在你身上。"凯文说。

我默默地照做了。

"我觉得我们可能遗漏了什么，"他说，"回家可能比你想的更简单。"

"回家？回这里吗？"

"回这里。你可能比你想的有更多控制权。"

"我根本就没法控制。"

"你可能有办法。听着，还记得你说过有只兔子或什么动物在你面前横穿马路？"

"记得。"

"它吓到你了。"

"吓坏我了。有那么一下，我以为它是……我不知道，某种危险的东西。"

"恐惧让你头晕，你以为你要回家了。恐惧通常会让你头晕吗？"

"不会。"

"我觉得这次也没有，至少不是以任何正常的方式。我想你是对的。你确实差点就回家了。你的恐惧差点把你送了回来。"

"但是……但是我在那儿的整个过程中都很害怕。那个巡逻员打我的时候，我吓得半死。但我没有回家，直到我把他打晕了，救了我自己。"

"没什么用。"

"没有。"

"但是你看，你和那个巡逻员的扭打真的结束了吗？你担心万一他发现你晕倒在那里，会杀了你。"

"他会的，为了报仇。我反击了，打伤了他。我不相信他会放我逃脱。"

"你可能是对的。"

"我是对的。"

"关键是，你相信你是对的。"

"凯文……"

"等等，听我说完。你相信你有生命危险，相信那个巡逻员会杀了你。而上一次，当你发现鲁弗斯的父亲用步枪对准你时，你相信你有生命危险。"

"是的。"

"甚至那只动物——你误认为它是某个危险的东西。"

"但我及时看到了它，只是一团黑糊糊的东西，能辨认出是只无害的小动物……我明白你的意思了。"

"如果你遇到的是一条蛇，可能会对你更好。这时你的危险——或者你以为的危险——就可能在你遇到巡逻员之前把你送回家了。"

"这么说……鲁弗斯对死亡的恐惧召唤我去找他，而我自己对死亡的恐惧则把我送回了家。"

"看来是这样。"

"这并没有什么用，你知道的。"

"可以有用。"

"想想看，凯文，如果我害怕的东西并不真的危险，比如是一只兔子而不是一条蛇，那么我就会留在原地。如果是危险的，那么它就有可能在我回家之前杀死我。回家确实需要一段时间，你知道的。我必须经历头晕、恶心……"

"几秒钟的时间。"

"当有东西要杀死你的时候，几秒钟也很关键。我不敢把自己

置于危险之中，希望能在斧头落下之前回家。而且如果我意外地陷
入困境，也不敢只是被动地等待救援。我可能是回家了，但已经被
砍成了好几块。"

"是的……我明白你的意思。"

我叹了口气。"所以我越想就越难相信我可以再去几次那种地
方还能活下来。出问题的可能性太大了。"

"你能不能别这样！听着，你的祖先从那个时代生存了下来，
比你的有利条件更少的人都活下来了。你并不比他们差。"

"在某些方面我比他们差。"

"哪些方面？"

"力气、忍耐力。为了生存，我的祖先不得不比我更能忍受得
多。多得多。你明白我的意思。"

"不，我不明白。"他恼怒地说，"你正在使自己陷入一种情绪，
如果不小心的话，可能会让你有自杀的倾向。"

"哦，但我说的就是自杀，凯文，自杀或者更糟。比如说，如
果昨晚我有你的刀，我就会用它来对付那个巡逻员。我就会杀了
他。这会解除我当下的危险，那我可能就回不了家了。但是，如
果那个巡逻员的朋友抓住我，他们会杀了我；而如果他们没有抓
住我，他们可能会去找爱丽丝的母亲。他们……他们可能不管怎
样都会去找她。所以，要么我会死，要么我就会害死另一个无辜
的人。"

"但那个巡逻员是想……"他停下来，看着我，"我明白了。"

"很好。"

长久的沉默。他把我拉近了一些。"我看起来真的像那个巡逻
员吗？"

“不像。”

“那我是不是让你感觉像家的人，无论你去哪儿，回到我身边就是回家了？”

“我需要你在这里，让我可以回家。这一点我已经知道了。”

他若有所思地看了我很久。“那就记得回家。”最后他说，“我也需要你在这儿。”

坠落

The Fall

1

遇到凯文的时候，我觉得他也正和我一样感到孤独和格格不入，不过他比我处理得更好。但那时，他正要逃离。

我当时正在为一个临时劳务中介机构工作，我们这些常客称它为奴隶市场。实际上，它与奴隶制恰恰相反。经营者根本不在乎你会不会出现，做他们提供的工作。反正找工作的人总是比工作多。如果你想让他们考虑用你，就得在早上六点左右到他们的办公室签到，然后坐着等。和你一起等的，有想为自己多挣几瓶酒钱的酒鬼，带着孩子、拿着福利支票还想再给家里贴补一点的穷困妇女，想找第一份工的青少年，多次失业的成年人。通常还有一个贫困的流落街头的疯老太太，总是自言自语，无论如何也不会被雇用，因为她脚上只有一只鞋。

你坐着等啊等，直到派工的人把你派去工作或者让你回家——回家就意味着没钱——再把一个土豆放进烤箱。不然，就得在中介机构那条街上的一个商店门前卖点血。我只卖过一次血。

被派去工作意味着发的是最低工资——扣掉山姆大叔的那一份[1]——你干多少个小时就发多少个小时的最低工资。扫地、装信

1　山姆大叔是美国的绰号。

封、盘点库存、洗碗、分拣薯片（真的有这种活！）、打扫厕所、给商品标价……无论哪种活，派给你了你就去干。几乎总是不动脑的工作，而且在大多数雇主看来，这就是给没脑子的人准备的。雇这些"非人"的人干几个小时、几天、几个星期，无关紧要。

我干完活，回到家，吃饭，然后睡几个小时。最后，我起床，写东西。凌晨一两点的时候，我完全清醒了，完全活了过来，忙着写我的小说。白天，我带着一小盒"不瞌睡"咖啡因药片。我用它保持清醒，但不是很清醒。凯文对我说的第一句话就是："你为什么一直都像个僵尸一样走来走去？"

他是一家汽车零部件仓库的几个长期员工之一，我们这一群中介机构派来的人正在为仓库盘点库存。我在货架间走来走去，检查别人干的活。货架上摆放着螺母、螺栓、轮毂盖、铬合金配件，还有别的鬼知道是什么的东西。我习惯于每天出现，而且我会点数，所以主管决定，不管我是不是僵尸，我都该去检查别人的工作。他是对的。那些整晚都在喝酒的人来上班时，给每个清楚标记为五十单位的盒子里都只装了五个。

"僵尸？"我重复道，从一盘黑色短电线上抬起头，看着凯文。

"你看起来像是一整天都在梦游。"他说，"你是嗑药了还是怎么了？"

他只是个仓库帮工，或类似的底层人员。他没有权力管我，我也无须给他解释什么。

"我在干我的活。"我平静地说。我埋头回到电线上，点了数，改了库存单，在上面签了字，然后移到下一个货架跟前。

"布兹说你是个作家。"那个我以为已经离开的人说。

"听着，你跟我说话，我没法点数。"我拉出来一个装满了大螺丝的托盘，每盒要放二十五个。

"休息一下吧。"

"你看到他们昨天辞退的那个打工仔了吗？他休息的次数太多了。很不幸，我需要这份工作。"

"你是作家吗？"

"在布兹看来，我是个笑话。他认为连书都读的人太奇怪了。另外，"我冷冷地补充道，"作家为什么在奴隶市场工作？"

"我猜，是为了能付房租和买汉堡。我就是为了这个在仓库工作的。"

我这时清醒了一点，仔细地看了看他。他是白人，长相不太寻常，脸很年轻，几乎没有皱纹，但头发灰白，眼睛几乎无色。他肌肉发达，体格健壮，我身高五英尺八英寸[1]，他和我差不多高，所以我发现自己直视着那双奇怪的眼睛。我吓了一跳，移开目光，想知道自己是否真的在那双眼睛中看到了不满。也许他在仓库里的地位比我以为的更重要，也许他有一些权力……

"你是作家吗？"我问道。

"现在是了，"他说，接着他笑了，"刚卖了一本书。我星期五就离开这里，再也不回来了。"

我盯着他，心里混合着可怕的羡慕和沮丧。"恭喜你。"

"你看，"他说，仍然微笑着，"快到午餐时间了，和我一起吃吧。我想听听你在写什么。"

然后他就走了。我还没有说行还是不行，但他已经走了。

"嘿！"另一个低低的声音在我身后响起。布兹。清醒的时候

---

1 约为 1.72 米。

他是中介所的小丑。不过，酒精让他陷入了某种恍惚状态，他只是坐着发呆，看起来有些迟钝——其实他并没有那么迟钝。他只是对什么都不在乎，包括他自己。他喝光了工资，去哪儿都是一身破烂。而且，他从不洗澡。"嘿，你们两个要在一起写书吗？"他问，斜眼看我。

"走开。"我说，尽量放轻呼吸。

"你们要一起写一些苦——涩——色——情作品[1]！"他大笑着走开了。

仓库一角是午餐区，我们坐在一张生锈的金属圆桌旁，我对我的作家新朋友有了更多的了解。他的名字叫凯文·富兰克林，出版了自己的书，而且平装版本还很畅销。他可以靠这笔钱生活，写下一本书。他可以不用再做这些狗屎工作，希望永远不用……

"你为什么不吃东西？"他一口气说了很多，停下来喘了口气。这家仓库在康普顿的一个新建工业区，离咖啡馆和热狗摊都很远，我们大多数人不愿意出去吃饭。有的人自己带午餐，有的人从流动餐车上买，我两种都不是。我就只喝一杯味道奇怪的免费咖啡，所有仓库工人都可以喝到的那种。

"我在减肥。"我说。

他盯着我看了一会儿，然后起身，示意我站起来。"来。"

"去哪里？"

"去餐车，如果它还在的话。"

"等一下，你不用……"

1　原文为"poor-nography"，由"poor"（贫穷、差劲）和"pornography"（色情、色情作品）这两个词组合而成。

"听着，我也在减那种肥。"

"我没事。"我觉得难堪，撒了谎，"我什么都不想要。"

他自己去了餐车，带回来一个汉堡包、一盒牛奶、一小块苹果派。

"吃吧，"他说，"我还没富到可以浪费钱，所以吃吧。"

我吃了，我自己也很吃惊。我本来不打算吃的。咖啡因让我神经紧张、脾气暴戾，我完全可以浪费他的钱。毕竟，我已经叫他不要花钱了。但我还是吃了。

布兹从旁边走过。"嘿，"他说，声音很小，"色情！"他继续往前走。

"什么？"凯文说。

"没什么，"我说，"他疯了。"然后又说，"谢谢你请我吃午餐。"

"不用客气。现在告诉我，你写的是什么？"

"到目前为止，我写了些短篇小说。但我正在写一本长篇小说。"

"很好。你写的小说卖出去过吗？"

"有一些卖了。卖给了没人听过的小杂志，用期刊来付稿费的那种。"

他摇了摇头。"你会饿死的。"

"不会的。再过一段时间，我就会说服自己，舅舅舅妈说的是对的。"

"他们说了什么？你应该当会计？"

再次让我惊讶的是，我大笑了起来。食物让我恢复了活力。"他们没有想到会计，"我说，"但如果是会计，他们会同意的。这就是他们所说的理智。他们希望我当护士、秘书，或者像我母亲一样当老师。最好是当老师。"

"是的。"他叹了口气,"我本来应该当工程师。"

"那至少会好一点。"

"我不觉得。"

"不管怎样,现在你可以证明你是对的。"

他耸了耸肩,没有告诉我他后来告诉我的一些事——他的父母和我的父母一样,都去世了。他们多年前死于一场车祸,生前一直希望他能恢复理智,当一名工程师。

"我舅舅和舅妈说,如果我想写作的话,可以在业余时间写。"我对他说,"同时,为了现实中的未来,如果我希望他们资助我,我就必须在学校里学点有用的东西。两年之内,我从护理专业转到秘书专业,再从秘书转到小学教育。整个过程都很糟糕。我也很糟糕。"

"你干了什么?"他问,"退学了?"

我被一块馅饼皮噎住了。"当然没有!我的成绩总是很好,只是对我来说没有任何意义。我对这些科目没有足够的兴趣,因此很难坚持下去。最后,我找了一份工作,从家里搬了出来,放弃了学业。不过,在我能负担得起的时候,我在加州大学洛杉矶分校上了补习班。写作课。"

"你找的就是现在这份工作吗?"

"不是,我在一家航空航天公司工作过一段时间。我只是个文员兼打字员,但我说服他们让我进了宣传办公室。我为他们的公司报纸写文章,写新闻稿。一旦我展示了我的能力,他们就很高兴让我做这些事。他们用文员兼打字员的价格雇了一个作家。"

"听起来你可以留在那里,还有机会升职。"

"我是这么打算的。我无法忍受普通的文职工作,但那工作不错。然后大约一年前，他们裁掉了整个部门。"

他笑了起来，但听起来像是同情的笑声。

布兹从咖啡机那儿回来了，嘀咕着："巧克力香草色情！"

我气呼呼地闭上了眼睛。他总是这样。一开始是说"笑话"，本来就不好笑，然后越说越无趣。"老天，我希望他能喝醉，然后闭嘴！"

"喝醉了会让他闭嘴吗？"凯文问。

我点了点头。"别的都不行。"

"没关系。这次我听到了他说的话。"

铃响了，半小时的午餐结束。他咧嘴笑了。他的那种笑容，完全破坏了他眼睛的效果。然后他起身离开了。

但他又回来了。整个星期的休息和午餐时间，他都回来了。我在中介所每天的收入除了够给自己买午餐，还能多给女房东几块钱，但我仍然期待看到他，与他交谈。他告诉我，他写了三部小说，都出版了。除了他的家人，他从来没见谁读过其中的一部。这些小说所挣的钱太少了，他不得不继续做一些不用脑的工作，就像这份仓库里的工作。他继续写作——不理智的行为，没有听从更理智的人的建议。他就像我一样，我们志趣相投，不理智地坚持尝试。而现在，终于……

"我比你更不理智，"他说，"毕竟我比你年纪更大，应该承认失败，不再做梦。他们就是这么说的。"

他三十四岁，头发过早地变白了。他得知我只有二十二岁时，很惊讶。

"你看起来没那么年轻。"他没心眼地说。

"你也是。"我嘀咕道。

他笑了起来。"对不起，但至少这一点在你身上很好看。"

我不知道是什么在我身上很好看，但我很高兴他喜欢。他喜欢什么、不喜欢什么对我越来越重要。中介所的一个女人以典型的奴隶市场观念直白地对我说，他和我是她见过的"最古怪的一对"。

我有些愠怒地回敬，她见过的太少了，而且这也不关她的事。但从那时起，我把凯文和我当成了一对。这么想让我很愉快。

我们在仓库的工作在同一天结束。布兹做媒，给了我们共度一周的时间。

"听着，"在最后一天，凯文说，"你喜欢戏剧吗？"

"戏剧？当然，我在高中时写过几部。独幕剧。糟透了。"

"我也写过这种东西。"他从口袋里拿出一个东西给我看。是门票。刚在洛杉矶上演的热门剧目的两张门票。我觉得我的眼睛在发光。

"我不希望你因为我们不再是同事，就不和我来往了。"他说，"明天晚上？"

"明天晚上。"我同意了。

那是一个美好的夜晚。看完戏后我把他带回家。那晚更加美好了。第二天早上我们一起躺在我的床上，疲惫而满足。在某一刻，我意识到，我对孤独的了解比我认为的要少，而他离开后我会了解更多更多。

2

我决定不和凯文一起去图书馆查找可供伪造的自由证件。我担心如果汽车正在行驶而鲁弗斯召唤我，不知道会发生什么事。我会不会穿越到他的时间里，但仍然在移动，却没有汽车保护我？或者，我会不会安全地到达，但在回家时却有麻烦，因为这次我回来的地方可能是一条繁忙的街道中间？

我不想知道答案。所以，当凯文准备去图书馆的时候，我坐在床上，穿戴整齐，将一把齿梳、一支牙刷和一块肥皂塞进我的帆布包。我担心如果我再穿越的话，可能会被困在鲁弗斯的时代里更久。我第一次去只持续了几分钟，第二次是几个小时。下一次呢？会是几天吗？

凯文进来告诉我他要走了。我不想让他留下我独自一人，但我觉得我一上午抱怨得已经够多了。我把恐惧留在心里——或许只是我认为我做到了。

"你感觉还好吗？"他问我，"你看起来不太好。"

自从被打后，我第一次照了镜子，我也觉得自己看起来不太好。我开口想让他放心，但我还没说话，就意识到真的不对劲了。房间开始变暗，开始旋转。

"哦，不要。"我呻吟道。我闭上眼睛，抵制住那令人恶心的眩晕。然后我抱着帆布包坐等着。

突然间，凯文出现在我身边，抱住了我。我试图把他推开。不知道为什么，我为他担心。我大喊，叫他放开我。

然后，我四周的墙壁和身下的床都消失了。我手脚摊开，躺在一棵树下。凯文躺在我身边，仍然抱着我。我们中间是那个帆布包。

"哦，天哪！"我喃喃道，坐了起来。凯文也坐了起来，四处乱看。我们又到了树林里，这次是白天。这里很像我记得的第一次到的地方，不过这次我没有看到河。

"真的发生了。"凯文说，"是真的！"

我握住他的手，那种熟悉感让我很高兴，然而，我希望他在家里。在这个地方，他可能比自由证书更能保护我，但我不希望他在这里。我不想让这个地方接触到他，除非通过我。但现在已经太晚了。

我四处寻找鲁弗斯，知道他一定就在附近。他在。我一看到他，就知道我这一次已经来不及让他摆脱麻烦了。

他躺在地上，身体缩成一小团，双手紧抓着一边的腿。他旁边还有一个男孩，黑人，大约十二岁。鲁弗斯的注意力似乎都在他的腿上，但另一个男孩看到了我们。他甚至可能看到我们是凭空出现的，所以他现在看起来非常害怕。

我站起来，走到鲁弗斯身边。他没有看到我。他的脸因痛苦而扭曲，脸上满是泪水和污垢，但他没有哭出来。和那个黑人男孩一样，他看起来大约十二岁。

"鲁弗斯。"

他惊讶地抬起头来。"达娜？"

"是我。"我很吃惊，他竟然在这么多年后还认出了我。

"我又看见你了，"他说，"你在一张床上。我摔下来的时候，看到了你。"

"你不只是看到了我。"我说。

"我摔下来了。我的腿……"

"你是谁？"另一个男孩问道。

"她不是坏人，奈杰尔。"鲁弗斯说，"她就是我跟你说过的那个人，就是那次救火的那个人。"

奈杰尔看了看我，又看了看鲁弗斯。"她能治好你的腿吗？"

鲁弗斯用询问的眼神看着我。

"可能不行，"我说，"但还是让我看看吧。"我把他的手移开，尽可能轻地把他的裤腿拉起来。他的腿已经变色肿胀了。"你的脚趾能动吗？"我问。

他试了试，无力地动了动两个脚趾。

"腿断了。"凯文评论道。他已经走近了，看着鲁弗斯。

"是的。"我看着另一个男孩奈杰尔，问道，"他从哪里摔下来的？"

"那里。"男孩指着上面。我们头顶上方有一根树枝高高地悬着。一根断裂的树枝。

"你知道他住在哪里吗？"我问。

"当然，我也住在那里。"

我意识到，这男孩可能是个奴隶，是鲁弗斯家的财产。

"你说话确实很有趣。"奈杰尔说。

"各有所见吧。"我说，"听着，如果你关心鲁弗斯的情况，最好去告诉他父亲，让他派一辆……马车来接他。他没法走路了。"

"我可以扶着他。"

"不，他最好是平躺着回家，这样能把痛苦降到最低。你去告诉鲁弗斯的父亲，鲁弗斯摔断了腿，让他叫医生来。我们会陪着鲁弗斯，直到你带着马车回来。"

"你们？"他看向凯文，毫不掩饰地表示他并不那么信任我们。"你怎么穿得像个男人？"他问我。

"奈杰尔，"凯文轻声说，"别管她穿得怎样，快去找人来帮你朋友。"

朋友？

奈杰尔惊恐地看了凯文一眼，然后看着鲁弗斯。

"去吧，奈杰尔，"鲁弗斯低声说，"我疼得很厉害。就说是我叫你去的。"

奈杰尔终于走了，看上去很不高兴。

"他在怕什么？"我问鲁弗斯，"他会因为离开你而惹上麻烦？"

"也许吧。"鲁弗斯痛苦地闭了一会儿眼睛，"或者因为让我受伤了。我希望他不会。这得看这会儿有没有人惹爸爸生气了。"

好吧，爸爸还没有变。我完全不期待见到他。不过至少我不用一个人去见他了。我瞥了一眼凯文，他在我身边跪了下来，以便更仔细地看看鲁弗斯的腿。

"还好他光着脚，"他说，"不然现在必须把鞋子剪开脱掉。"

"你是谁？"鲁弗斯问。

"我叫凯文，凯文·富兰克林。"

"达娜现在属于你吗？"

"可以这么说，"凯文说，"她是我妻子。"

"妻子？"鲁弗斯尖叫起来。

我叹了口气。"凯文，我想我们最好把我降个级。在这个年代……"

"黑鬼不能和白人结婚！"鲁弗斯说。

我把手放在凯文的手臂上，及时阻止了他没说出口的话。他脸上的表情足以告诉我他应该保持沉默。

"这孩子是从他母亲那里学会这样说话的，"我轻声说，"还有他父亲那里，可能还有奴隶们那里。"

"学会怎样说话？"鲁弗斯问。

"说黑鬼。"我说,"我不喜欢这个词,记得吗?最好叫我黑人或黑种人,甚至有色人种。"

"说这些有什么用呢?而且你怎么能和他结婚呢?"

"鲁弗,你喜欢别人和你说话时叫你白垃圾吗?"

"什么?"他愤怒地起身,忘了自己的腿,然后又倒了下去。"我不是垃圾!"他低声说,"你这个该死的黑人……"

"嘘,鲁弗。"我把手放在他肩膀上,让他安静下来。显然我击中了我瞄准的那根神经。"我没有说你是垃圾。我说的是你喜欢别人叫你垃圾吗?我看你不喜欢。我也不喜欢被叫作黑鬼。"

他沉默着,皱眉看着我,好像我在讲一种外语。也许我是。

"在我们的家乡,"我说,"白人称黑人为黑鬼是很粗俗、很侮辱人的。还有,在我们那里,白人和黑人可以结婚。"

"但这是犯法的。"

"在这里是这样,但在我们那里不是。"

"你们哪里?"

我看了看凯文。

"你自找的。"他说。

"你想试试告诉他吗?"

他摇了摇头。"没有意义。"

"对你来说,也许没有,但对我来说……"我想了一会儿,想找到合适的词语,"不管我们愿不愿意,这个男孩和我有可能会有一个长期的关系。我想让他知道。"

"祝你好运。"

"你们哪里?"鲁弗斯重复道,"你说话完全不像我遇到过的任何人。"

我皱着眉头，想了想，最后摇摇头。"鲁弗，我想告诉你，但你可能不会理解。我们自己都不明白。真的。"

"我已经不明白了，"他说，"我不知道你不在这里的时候我怎么会看到你，也不知道你是怎么来的，我什么都不知道。我的腿很疼，我都不能去想这些事。"

"那我们就等等吧，等你感觉好些……"

"等我感觉好些，也许你就会离开了。达娜，告诉我！"

"好吧，我试试。你听说过一个叫加利福尼亚的地方吗？"

"听过。妈妈的表弟坐船去了那里。"

看来我运气不错。"嗯，那就是我们的家乡，加利福尼亚。但是……不是你亲戚去的那个加利福尼亚。我们来自一个现在还不存在的加利福尼亚，鲁弗斯。1976 年的加利福尼亚。"

"什么？"

"我是说我们来自一个不同的时间、不同的地方。我告诉过你，这很难理解。"

"但 1976 年是什么？"

"那是年份。我们在家里的时候就是这一年。"

"但现在是 1819 年。到处都是 1819 年。你这是在说疯话。"

"没错，发生在我们身上的就是件疯狂的事。但我在告诉你实话。我们来自一个未来的时间和地点。我不知道我们是怎么来这里的。我们并不想来。我们不属于这里。但当你有麻烦的时候，不知怎的，你会找到我，召唤我，我就来了。不过你现在可以看到，我不可能总是能帮到你。"我其实可以告诉他我们的血缘关系。也许等他再长大一些，如果我再见到他，我会告诉他。但现在，我已经把他弄得够糊涂了。

"这事太疯狂了。"他重复道，然后看着凯文，"你告诉我，你是从加利福尼亚来的吗？"

凯文点了点头。"是的。"

"那么你是西班牙人？加利福尼亚是西班牙的。"

"现在是，但它最终会成为美国的一部分，就像马里兰州或宾夕法尼亚州。"

"什么时候？"

"它将在1850年成为一个州。"

"但现在才1819年。你怎么会知道……"他突然停下，疑惑地从凯文看向我。"这不是真的。"他说，"这一切都是你们编造的。"

"这是真的。"凯文平静地说。

"但怎么可能？"

"我们不知道，但是真的。"

他想了一会儿，来回打量我们两个。"我不相信你们。"他说。

凯文哼了一声，似笑非笑。"我不怪你。"

我耸了耸肩。"好吧，鲁弗。我想让你知道真相，但我也不能怪你不能接受。"

"1976年。"男孩慢慢地说。他摇了摇头，闭上了眼睛。我不知道我为什么要费力去说服他。毕竟，如果是我遇到一个自称来自1819年或2019年的人，我又怎么会接受呢？时间旅行在1976年还在科幻小说范畴。在1819年——鲁弗斯没错，那就完全是精神错乱。除了孩子，其他人甚至不会听我和凯文说这些。

"如果你们知道加利福尼亚将成为一个州，"鲁弗斯说，"那也一定知道一些其他将要发生的事情。"

"我们知道，"我承认，"知道一些，不是太多。我们不是历史学家。"

"但你们应该知道在你们的时代已经发生了的事情。"

"你对 1719 年知道多少，鲁弗？"

他茫然地盯着我。

"人们并不了解他们之前时代的所有事。"我说，"他们怎么会知道？"

他叹了口气。"告诉我一些吧，达娜。我想相信你。"

我在脑海里搜寻着我在校内外学到的美国历史。"好吧，如果现在是 1819 年，那么总统是詹姆斯·门罗，对吗？"

"对。"

"下一任总统将是约翰·昆西·亚当斯。"

"什么时候？"

我皱了皱眉头，上学时不知为何背了总统名单，我想起了上面更多的东西。"1824 年。门罗曾经 —— 即将 —— 连任两届总统。"

"还有呢？"

我看了看凯文。

他耸了耸肩。"我能想到的是我们昨晚看的那些书中的内容。1820 年，密苏里妥协案 [1] 为密苏里州作为蓄奴州、缅因州作为自由州加入联邦开辟了道路。你知道我在说什么吗？鲁弗斯？"

"不，先生。"

"我觉得也是。你有钱吗？"

"钱？我？没有。"

1　密苏里妥协（Missouri Compromise）是美国国会中的蓄奴州与自由州在 1820 年达成的一项协议，其主旨是规范在西部新领土上所建各州的蓄奴行为。

"好吧，但你见过钱，对吗？"

"是的，先生。"

"硬币上应该印有制造年份，即便是现在也有。"

"现在也有。"

凯文把手伸进口袋，拿出了一把零钱。他伸手给鲁弗斯，鲁弗斯挑出几个硬币。"1965，"他读道，"1967，1971，1970。没一个有 1976。"

"也没有一个是一八几几年的，"凯文说，"看这个——"他挑出一个两百周年纪念的二十五美分硬币，递给鲁弗斯。

"1776，1976，"男孩读道，"两个日期。"

"1976 年，这个国家成立两百周年。"凯文说，"为了纪念这个周年，有些硬币被改作了纪念币。现在你相信了吗？"

"嗯，我觉得这些也有可能是你自己做的。"

凯文收回了硬币。"你可能不知道密苏里的事，孩子。"他疲惫地说，"但你一定会成为一个好的密苏里人[1]。"

"什么？"

"只是一个玩笑。这个玩笑现在还没有流行呢。"

鲁弗斯看起来很困扰。"我相信你。就像达娜说的，我不明白，但我想我相信。"

凯文叹了口气。"太好了。"

鲁弗斯抬头看着凯文，勉强笑了笑。"你并不像我想的那么坏。"

"坏？"凯文面露指责地看着我。

---

1 英语中有一句俗语"我是密苏里人，我要看到证据"（I'm from Missouri, and you'll have to show me）。这里因为鲁弗斯怎么都不相信，所以凯文开了个玩笑。

"我没有告诉过他关于你的任何事情。"我说。

"我看到你了,"鲁弗斯说,"就在你们来这里之前,你和达娜在吵架,或者……看起来像是在吵架。她脸上的那些伤都是你弄的吗?"

"不是,不是他。"我赶紧说,"而且我们没有吵架。"

"等一下,"凯文说,"他怎么会知道这件事?"

"就像他说的,"我耸了耸肩,"在我们来这里之前,他看到了我们。我不知道他是怎么做到的,但他以前就看到过。"我低头看着鲁弗斯:"你有没有告诉过其他人看到我的事?"

"只有奈杰尔。其他人不会相信我的。"

"好。现在最好也不要告诉其他人。不要说加利福尼亚或1976年的事。"我拉起凯文的手握着,"只要我们必须待在这里,我们就必须尽可能地融入这里。这意味着我们必须扮演你给我们的角色。"

"你会说你属于他?"

"是的,如果有人问你,我希望你也这么说。"

"这比说你是他的妻子好。因为没人会相信的。"

凯文哼了一声表示厌恶。"我不知道我们会在这里困多久。"他咕哝道,"我觉得我已经开始想家了。"

"我不知道,"我说,"但你要跟紧我。你来这里是因为你抱着我。恐怕你要回家的话,这也是唯一的办法。"

3

鲁弗斯的父亲是坐着一辆平板马车来的,带着他熟悉的长步枪——我意识到，这是一支老式的前膛枪[1]。和他一起坐在马车上的是奈杰尔和一个高大魁梧的黑人。汤姆·韦林本人也很高，但太瘦了，不像他那巨人般的奴隶那样令人印象深刻。韦林的样子并不特别凶恶或残暴。现在，他看起来只是很恼火。他从马车上爬下来，走到我们面前，我们站了起来。

"这里发生了什么事？"他怀疑地问。

"这孩子的腿断了，"凯文说，"你是他父亲吗？"

"是的，你是谁？"

"我叫凯文·富兰克林。"他瞥了我一眼，但忍住了，没有介绍我，"这两个男孩刚出事，我们就遇到了他们。我想我们应该陪着你儿子，直到你来接他。"

韦林哼了一声，跪下来看了看鲁弗斯的腿。"肯定是断了。不知道要花多少钱。"

黑人厌恶地看了他一眼，要是他看到的话，肯定会被激怒。

"你爬一棵该死的树做什么？"韦林喝问鲁弗斯。

鲁弗斯默默地盯着他。

韦林嘀咕了一句，我没听清。他站起身来，大幅度地向黑人打了个手势。黑人走上前去，轻轻抱起鲁弗斯，把他放在马车上。鲁弗斯被抬起时，脸痛苦地扭曲着。当他被放进马车时，他哭喊起来。凯文和我应该给他的腿做个夹板，我这么想时已经太迟了。我跟着黑人来到马车旁。

鲁弗斯紧紧抓住我的胳膊，显然是想尽力不哭。他的声音沙哑，很低：

---

1 前膛枪（muzzleloader），是指从枪管前端的枪口将弹药装入枪膛的枪械，现已很少见。

"别走，达娜。"

我并不想走。我喜欢这个男孩，而且据我听说的 19 世纪早期的医学历史，他们要给他灌下一些威士忌，然后和他的腿玩"拔河"游戏。而他将会对疼痛有个全新的认识。如果我陪着他能给他一点安慰，我想陪他。

但我不能。

他父亲和凯文单独说了几句话后，爬回马车的座位上。他准备离开了，并没有邀请凯文和我。这说明韦林不怎么好客。在他这个时代，种植园之间相距甚远，而旅馆则更是少得可怜，人们愿意接纳陌生人住宿。然而，一个看着自己儿子受伤，只想着治疗费用会是多少钱的人，是不可能关心陌生人的。

"跟我们走吧。"鲁弗斯恳求道，"爸爸，让他们来吧。"

韦林回头看了我们一眼，很恼火。我试图轻轻松开鲁弗斯抓着我的手。过了一会儿，我意识到韦林在看我，狠狠地盯着我。也许他看出了我和爱丽丝的母亲很像。在河边那次，他不可能看得足够清楚，时间也不够长，现在不可能认出我就是他曾经差点枪杀的那个女人。一开始我瞪了回去，接着我记起我应该是一个奴隶，于是转开了视线。奴隶应该恭敬地垂着眼，瞪回去是很无礼的。至少我看过的书上是这么说的。

"来吧，和我们一起吃晚饭。"韦林对凯文说，"你也来。不然，你打算在哪里过夜？"

"实在没办法的话，就在树下。"凯文说。他和我爬上了马车，坐在沉默的奈杰尔身边。"没什么别的选择，我说过的。"

我看着他，想知道他对韦林说了什么。然后我不得不忍住了。黑人开始催马前行。

"你，姑娘，"韦林对我说，"你叫什么名字？"

"达娜，先生。"

他又转过头来盯着我，好像这次是我说错了什么。"你从哪儿来？"

我瞥了一眼凯文，生怕和他说的话对不上。他向我微微点头，我猜我可以随便编造谎言。"从纽约来。"

现在他看我的眼神真的很难看，他最近是不是听过纽约口音，发现我的口音不对？还是我说错了什么？我对他说的话不超过十个字，能说错什么呢？

韦林狠狠地看了看凯文，然后转过身去，接下来的路程都没有理会我们。

我们穿过树林，来到一条大路上，沿着大路经过一片高高的金色麦田。田里的奴隶们大部分是男人，他们正在有序地工作着。他们挥舞着镰刀，镰刀上连着木条，可以接住割下的麦子，将它们整齐地堆放在一起。其他奴隶大多是妇女，跟在他们身后，把小麦捆成捆。好像没人注意到我们。我四处寻找白人监工，但很惊讶一个都没有看到。同样让我惊讶的还有韦林家的房子，现在是白天，我终于可以看清了。房子并不是白色的，没有柱子，也称不上有门廊。我几乎有点失望。这是一座乔治亚殖民地式[1]红砖建筑，方方正正，但有种静谧的美观。小楼有两层半高，屋顶有采光窗，两端还各有一个烟囱。没有高大堂皇到被称为庄园的地步。在洛杉矶，在我们自己的时代，凯文和我买得起这样的房子。

---

1 指大约在1714年到1811年，欧洲特别是英国很流行的一种建筑风格。这期间英国大约是乔治一世至乔治四世统治时期，进行了殖民扩张，强盛一时，对世界的建筑风格影响较大。

马车把我们带到前面的台阶旁，我可以看到房子一侧的河流和我在几个小时前——几年前——曾穿过的几块土地。零星的树木，割得参差不齐的草地，一侧的远处有一排小木屋，几乎被田里的庄稼、树林所掩盖。房子旁边和后面奴隶小屋的对面，还排列着其他房屋。我们停下来后，我差点被送去一个奴隶小屋。

"卢克，"韦林对那个黑人说，"带达娜到后面去，给她弄点吃的。"

"是，先生。"黑人轻声说，"要我先送鲁弗少爷上楼吗？"

"按我说的做。我带他上去。"

我看到鲁弗斯咬着牙。"回头见。"我低声说，但他不肯放开我的手，直到我跟他父亲说话。

"韦林先生，我不介意陪着他。他似乎希望我陪他。"

韦林看上去气急败坏。"好吧，那就来吧。你可以和他一起等医生来。"他抱起鲁弗斯时，并没有多加小心。他大步走上台阶，向屋里走去。凯文跟着他。

"你小心点。"我跟在他们身后时，那个黑人轻声说。

我惊讶地看着他，不确定他是不是在跟我说话。他是。

"汤姆老爷翻脸就像翻书，"他说，"这孩子现在长大了，也会那样。你的脸看上去好像也受够了这些白人的刻薄有一阵子了。"

我点了点头。"确实，好的。谢谢你的警告。"

奈杰尔已经走到了那个黑人旁边，我说话时意识到，这两个人看起来很像。男孩是黑人的小翻版。可能是父子俩。他们样子相像，比鲁弗斯和汤姆·韦林更像父子。我匆匆走上台阶进入房子，想起了鲁弗斯和他父亲，想起鲁弗斯将成为他父亲那样的人。某一天，至少在某一个方面。有一天，鲁弗斯会拥有这个种植园。有一天，他将成为奴隶主，自己担起责任，掌握那些半隐半现的小屋里的人们的命运。这个男孩真的是我看着长大的，因为我守护着他，我保证了他的安全，所以他长大了。我可能是他最糟糕的监护人，一个守护他的黑人，而这个社会认为黑人低人一等；一个守护他的女人，而这个社会将女人视为终生未成年的人。我将尽我所能来照顾我自己。我也会尽我所能帮助他。我还会努力保持和他之间的友谊，也许在他的头脑中植入一些想法，将有利于我和那些将在未来成为他的奴隶的人生存。我甚至可以让爱丽丝的生活变得更容易。

此时，我跟着韦林走上楼梯，来到一间卧室——不是上次我来时鲁弗斯住的那间。这张床更大，全幅的顶棚和垂幔不是绿色而是蓝色的。房间本身也更大。韦林把鲁弗斯扔到床上，完全无视男孩痛苦的叫声。看上去他也不是想弄痛鲁弗斯。他只是不关心该怎么照料男孩——就好像他根本不在乎。

然后，韦林带着凯文走出房间，一个红发女人匆匆走了进来。

"他在哪里？"她气喘吁吁地问，"发生了什么事？"

是鲁弗斯的母亲。我记得她。她闯进房间时，我正把鲁弗斯的枕头放在他的头下。

"你在对他做什么？"她喊道，"别碰他！"她试图把我从她儿子身边拉开。每次鲁弗斯遇到麻烦时，她只有一种反应。错误的反应。

对我们俩来说都很幸运的是，在我失态把她推开之前，韦林已经走到了她身边。

他抓住了她，平静地对她说："玛格丽特，听着，他的腿断了，就是这样。腿断了，你什么都做不了。我已经派人去找医生了。"

玛格丽特·韦林似乎冷静了一些。她盯着我。"她在这里做什么？"

"她属于这位凯文·富兰克林先生。"韦林挥手介绍凯文，令我惊讶的是，凯文向这个女人微微鞠了一躬。"是富兰克林先生发现鲁弗斯受伤了。"韦林继续说，他耸了耸肩，"鲁弗斯想让那女孩陪他。这没什么坏处。"他转身走了。凯文不情愿地跟着他。

韦林说话时那女人像是在听着，但她并没有听进去。她仍然盯着我，皱着眉头，仿佛在努力回忆她以前在哪里见过我。这几年她没什么变化，当然，我一点都没变。但我不认为她能记得我。她当时只是匆匆扫了我一眼，她的心思在其他事情上。

"我以前见过你。"她说。

见鬼了！"是的，夫人，你可能见过我。"我看了看鲁弗斯，发现他正看着我们。

"妈妈？"他轻声说。

指责的目光消失了，女人快速转过身去照料他。"我可怜的宝贝。"她喃喃说，双手捧着他的头，"你怎么什么事都会遇到？腿又断了！"她看起来快要哭了。鲁弗斯就这样，从父亲的冷漠荡向母亲甜蜜的关心。不知道他是不是已经习惯了这种反差，所以不会感到无所适从。

"妈妈，我能喝点水吗？"他问。

女人转身看着我，好像我冒犯了她。"你没听见吗？给他拿水！"

"是，夫人。从哪里可以取水？"

她厌恶地哼了一声，向我冲过来。至少我以为她是冲向我。我赶紧跳开，她冲出了我刚才挡住了的门口。

我看着她的背影，摇了摇头。然后我把靠近壁炉的椅子拖过来，放在鲁弗斯的床边。我坐了下来，鲁弗斯抬头郑重地看着我。

"你摔断过腿吗？"他问。

"没有，不过有一次我的手腕断了。"

"他们医治你的时候，很疼吗？"

我深吸了一口气。"是的。"

"我很害怕。"

"我当时也是，"我回忆说，"但是……鲁弗，时间不会很长。医生接好后，最糟糕的就会过去。"

"之后还会疼吗？"

"会疼一阵子，但是会痊愈的。如果你不碰它，让它好好长，会痊愈的。"

玛格丽特·韦林带着给鲁弗斯的水和对我的敌意冲回了房间。我搞不懂她为什么对我有那么多敌意。

"你去厨房[1]吃点晚饭！"她对我说，我赶紧让开。但她的语气仿佛是在说："你直接下地狱去吧！"我身上有些东西让这些人不喜欢我，除了鲁弗斯之外。还不仅仅是出于种族问题。他们已经习惯了有黑人在身边。也许我可以让凯文找出其中的原因。

"妈妈，她不能留下来吗？"鲁弗斯问。

女人朝我瞪了一眼，然后目光温柔地看向儿子。"她可以晚点再来，"她对他说，"你父亲要她现在下楼。"

更有可能的是他母亲要我现在下楼，而且并没有什么重要原因，只是因为她儿子喜欢我。她又看了我一眼，然后我离开了房间。这女人即使喜欢我，也会让我感到不舒服。她那个小小的身子里压缩了太多紧张能量，我可不想在她爆发的时候在她旁边。但至少她

---

1 原文为"cookhouse"，指露天厨房。——编者注

爱鲁弗斯。而且他肯定已经习惯了她大惊小怪。他似乎并不介意。

我发现自己处在一条宽阔的走廊里。我可以看到几英尺外的楼梯，我走向楼梯。就在这时，一个穿蓝色长裙的年轻黑人女孩从走廊另一端一个门里走出来。她向我走来，毫不掩饰好奇地盯着我。她头上戴着一条蓝色头巾，她边拽着头巾边向我靠近。

"请问，你能告诉我厨房在哪里吗？"等她走近时，我问。看样子问她比问玛格丽特·韦林更安全。

她的眼睛睁大了一些，继续盯着我。毫无疑问，她觉得我说的话和我的样子一样奇怪。

"厨房？"我说。

她又看了我一眼，然后一言不发地往楼下走。我犹豫了一下，还是跟着下了楼，因为我不知道还能做什么。她的皮肤颜色很浅，年龄不超过十五岁。她一直回头看我，皱着眉头。有一次她停下来，转身面对我，心不在焉地用手拽着头巾，往下遮住了嘴，最后手又垂到身侧。她看起来很沮丧，我意识到有什么不对。

"你能说话吗？"我问道。

她叹了口气，摇摇头。

"但你能听到，也听得懂。"

她点了点头，然后拉了拉我的上衣，又扯了扯我的裤子。她皱眉看着我。那么，这就是问题所在？所以她和韦林夫妇才会那样对我？

"我现在只有这种衣服，"我说，"我的主人迟早会给我买一些更好的衣服。"就当是凯文的错，让我"穿得像个男人"。这里的人也许更容易理解主人太穷或太小气，不给我买合适的衣服，他们没法想象有哪个地方女人穿裤子是正常的事情。

女孩同情地看了我一眼，好像是为了证实我说的是对的。她拉着我的手，带我去了厨房。

一路上，我更加仔细地观察了一下这所房子，至少留意了楼下的走廊。走廊的墙壁是浅绿色的，贯穿整个房子。走廊门口非常宽敞亮堂，阳光从大门旁边和上面的窗户洒进来。走廊里四处摆放着大小各异的东方地毯。前门附近，有一条长木凳、一把椅子和两张小桌子。过了楼梯，走廊变窄了，尽头有一个后门，我们穿了过去。

外面是厨房，是一座白色框架的小平房，在主屋后面不远。我在书上读到过户外厨房和户外厕所，但这两样我都不期待。不过，这个厨房是我来到这里后看到过最友爱的地方。卢克和奈杰尔正在里面，拿着好像是木勺子的餐具从木头碗里舀东西吃。还有两个更小的孩子，一个女孩和一个男孩，坐在地板上用手抓东西吃。我很高兴看到他们在那里，因为我在书上读到，他们这个年龄的孩子被赶到一处，像猪一样从食槽里吃东西。显然不是所有地方都这样。至少，这里不是。

一个身材壮实的中年女人正在搅拌壁炉火上悬着的一口锅。壁炉本身就占了一整面墙。壁炉是砖砌的，上面有一块巨大的木板，挂着一些器皿。一边还有更多的用具，挂在墙上的钩子上。我盯着这些东西，发现就算是如此普通的东西，我也不知道其中任何一个的正确名称。我完全是在一个不同的世界里。

厨娘搅拌完她的锅，转过身来看着我。她和我的哑巴向导一样，浅色皮肤，高大丰满，是个漂亮的中年女人。她的表情很严峻，嘴角下垂，但声音柔和而低沉。

"卡丽，"她说，"这是谁？"

我的向导看着我。

"我叫达娜,"我说,"我的主人来这里拜访。韦林夫人叫我出来吃晚饭。"

"韦林夫人?"那个女人皱着眉头看我。

"那个红头发的女人——鲁弗斯的母亲。"我没来得及说鲁弗斯少爷。其实我真的不用多说什么。这地方能有几个韦林夫人?

"玛格丽特小姐,"那女人说,然后很小声地说,"泼妇!"

我惊讶地盯着她,以为她指的是我。

"萨拉!"卢克的语气中带着警告。从他的位置,他不可能听到厨娘说的话。肯定是她经常说的话,而他读懂了她的唇语。但至少现在我明白了,韦林夫人——玛格丽特小姐,应该才是那个泼妇。

厨娘没说别的。她给我拿了一个木碗,从火旁的罐子里盛了些东西,然后拿了个木勺递给了我。

晚饭是玉米糊。厨娘看到我只是看着,没有开始吃,便误解了我的表情。

"不够吗?"她问。

"哦,够了!"我护着碗,生怕她会给我盛更多的玉米糊,"谢谢你。"

我在一张厚重的大桌子一头坐下,对面是奈杰尔和卢克。我看到他们在吃同样的糊糊,不过他们的里面有牛奶。我想了想要不要也加点牛奶,但感觉加了也好不到哪里去。

锅里的东西闻起来很香,提醒我还没有吃早饭,头天晚饭也没吃几口。我很饿,而萨拉正在煮肉——可能是炖肉。我吃了一口糊糊,没有尝味道就吞了下去。

"晚些时候，等白人吃完饭后，我们会得到更好的食物。"卢克说，"他们剩下的会给我们。"

我愤恨地想，残羹剩饭。别人的剩饭。毫无疑问，要是我在这里待得够久，就会吃这些东西，而且还很高兴能有这些。它们一定比白水煮的东西好吃。我用勺子把糊糊舀进嘴里，快速扇走了几只大苍蝇。苍蝇。这个年代疾病猖獗。不知道他们的剩饭剩菜到我们嘴里能有多干净。

"你说你是从纽约来的？"卢克问。

"是的。"

"自由州？"

"是的，"我重复道，"所以我才会被带到这里。"这些话、这些问题让我想起了爱丽丝和她的母亲。我看着卢克宽大的脸，心想，不知道问起她们会不会带来什么麻烦。但我怎么能承认我认识她们——多年前就认识她们，而我本该是刚到这里的人？奈杰尔知道我以前来过，但萨拉和卢克可能不知道。最好再等等，把我的疑问留给鲁弗斯。

"纽约的人说话和你一样吗？"奈杰尔问。

"有些人是这样的。不是所有人。"

"穿得像你一样？"卢克问。

"不，我穿的是凯文老爷给我的衣服。"我希望他们不要再问问题了。我不想被迫说谎，而这些谎话我以后可能会忘记。我的背景最好尽可能简单。

厨娘走过来，看着我，看着我的裤子。她捏起一点布料，摩挲起来。"这是什么布？"她问。

涤纶双层针织品，我想。但我耸了耸肩。"我不知道。"

她摇了摇头，回到了她的锅边。

"你知道吗，"我对着她的背影说，"我想我同意你对玛格丽特小姐的看法。"

她没有说什么。我走进房间时感受到的温暖原来只不过是炉火的热量。

"你为什么要像白人那样说话？"奈杰尔问我。

"我没有，"我惊讶地说，"我是说，我就是这样说话的。"

"比有的白人更像白人。"

我耸了耸肩，在脑海中搜寻对方可以接受的解释。"我母亲在学校教书，"我说，"而且……"

"一个黑鬼老师？"

我迟疑了一下，点了点头。"自由黑人可以有学校。我母亲说话和我一样。她教我的。"

"你会惹上麻烦的，"他说，"汤姆老爷已经不喜欢你了。你说话太有教养了，而且你从自由州来。"

"这些关他什么事？我又不属于他。"

男孩笑了。"他不希望这里的黑鬼说得比他好，把自由思想灌输给我们。"

"就好像我们笨得需要陌生人教会我们思考自由一样。"卢克嘀咕道。

我点了点头，但我希望他们是错的。我没觉得我对韦林说的话足够让他做出那样的判断。我希望他不会做出那样的判断。我对改变口音并不擅长。我也刻意说话不带口音。但如果这意味着我每次一开口就会有麻烦，那么我在这里的生活会比我想象的还要糟糕。

"你来这里之前，鲁弗少爷怎么能看到你？"奈杰尔问。

我勉强咽下一口糊糊。"我不知道，"我说，"但我真希望他看不到！"

4

吃完饭后，我留在了厨房，因为这里离主屋很近，也因为我想，万一我开始感到头晕，还可以从厨房走到走廊去。无论凯文在房子的什么地方，我从走廊里叫他，他都能听到。

卢克和奈杰尔吃完了饭，走到壁炉前，对萨拉悄悄说了些什么。这时，哑巴卡丽塞给我一些面包和一大块火腿。我看了看，冲她感激地笑了笑。卢克和奈杰尔带着萨拉离开房间后，我满足地吃了一块不成形的三明治。吃到一半，我发现自己在琢磨这块火腿，想知道它烤得有多熟。我试着去想其他事，但脑子里充满了依稀记得的这个时期疾病肆虐的恐怖故事。这个时期的医学只比巫术好一点点。疟疾通过恶劣的空气四处传播。病人们挣扎着在清醒状态下接受手术。病菌甚至在许多医生的心中也是个问号。人们在不知不觉间随意摄取各种保存不善、未被煮熟的食物，而这些食物可能导致他们生病或死亡。

恐怖故事。

然而这些故事都是真实的，并且只要我还在这里，就不得不和它们共存。也许我不该吃那块火腿，但如果我不吃的话，不久后它会成为餐桌上的残羹剩饭。我怎么都得冒险。

萨拉带着奈杰尔回来了，给了他一盆豌豆让他剥壳。我周围的生活在继续，仿佛我不存在。有人来厨房 —— 总是黑人 —— 和萨拉说话，四处闲逛，随便抓东西吃，直到萨拉冲他们大喊大叫，把他们赶走。我正在问她有没有什么地方可以帮忙的时候，鲁弗斯开始尖叫起来。19世纪的医学显然开始起作用了。

主屋的墙很厚，声音似乎是从很远的地方传来的——尖细的高声尖叫。卡丽已经离开了厨房，现在又跑了回来，她坐在我身边，两手捂着耳朵。

突然间，尖叫声停止了，我轻轻移开了卡丽的手。她的敏感让我吃惊。我本以为她已经习惯了听到别人痛苦尖叫。她听了一会儿，什么也没听到，就看着我。

"他可能晕过去了，"我说，"这样最好。他暂时不会感到疼痛。"

她呆呆地点点头，然后又出去接着做事了。

"她一直很喜欢他，"萨拉打破了沉默，"在她小时候，他不让其他孩子骚扰她。"

我很惊讶。"她不是比他大几岁吗？"

"比他早一年出生。不过孩子们都听他的。他是白人。"

"卡丽是你的女儿吗？"

萨拉点了点头。"我的第四个孩子。汤姆老爷唯一让我留下的一个。"她的声音低了下去。

"你是说他……他把其他孩子都卖了？"

"嗯。先是我男人死了——他砍树的时候被树砸死了，然后汤姆老爷带走了我的孩子们，除了卡丽。老天保佑，卡丽不像其他孩子那么值钱，因为她不会说话。人们认为她不太聪明。"

我把目光从她身上移开。她眼里的神情已经从悲伤变为愤怒。平静的，几乎令人恐惧的愤怒。她似乎快要哭了。她丈夫死了，三个孩子被卖了，第四个孩子有残疾，而她还得为这孩子的残疾感谢老天。她有的应该不只是愤怒。韦林卖掉了她的孩子，还留着她给自己做饭，这太不可思议了。他还活着是多么不可思议。不过，如果他为卡丽找到了一个买家，我认为他不会活得太久。

就在我想着这些的时候，萨拉转身将一把东西扔进她正在煮的炖菜或汤里。我摇了摇头。如果她决定报仇，韦林永远不会知道是什么干掉了他。

"你可以帮我给这些土豆削皮。"她说。

我想了一会儿才想起我提出要帮她。我从她手里接过一大锅土豆、一把刀和一个木碗。我默默地干着活，有时削皮，有时驱赶那些讨厌的苍蝇。然后我听到凯文在外面叫我。我只得尽量平静地放下土豆，用萨拉留在桌上的一块布盖住。然后我不慌不忙地去找他，没有表现出我知道他就在附近时心里的急切或欣慰。我走到他身边，他奇怪地看着我。

"你还好吗？"

"现在好了。"

他伸手去抓我的手，但我缩回了手，看着他。他收回了手。"走吧，"他疲惫地说，"去一个我们可以说话的地方。"

他带头走过了主屋，远离了奴隶小屋和其他屋子，远离了那些相互追逐、大喊大叫的奴隶儿童，他们还不明白自己是奴隶。

我们发现了一棵巨大的橡树，树枝如树干般粗壮，向四面伸展，形成了一大片树荫。一棵漂亮、孤独的老树。我们在树的另一侧看不到房子的地方坐下。我紧靠着凯文，放松下来，释放了我几乎还没有意识到的紧张情绪。好一阵子，我们没有说话。他向后靠着，似乎也放松了自己的紧张情绪。

最后，他说："历史上有那么多真正精彩的时代，我们本可以穿越回那些时代。"

我干笑了一声。"我想不出有任何我想回去的时代。但在所有这些时代中,这一个肯定是最危险的 —— 至少对我来说。"

"有我和你在一起,就不会。"

我感激地望了他一眼。

"你为什么要阻止我来?"他问。

"我是为你担心。"

"为我!"

"刚开始,我也不知道为什么。我只是感觉如果你和我一起来,可能会受伤。然后你来了,我意识到,可能没有我你就回不去了。这意味着如果我们被分开,你就会被困在这里好些年,也许是永远。"

他深吸一口气,摇了摇头。"这可不是什么好事。"

"跟紧我。如果我叫你,就快点过来。"

他点了点头,过了一会儿说:"不过,如果有必要的话,我可以在这里生存。我是说如果……"

"凯文,没有如果。拜托。"

"我只是说我不会有你那种危险。"

"不行。"但他会有另一种危险。这种地方会以另一种方式危及他,我不想和他谈这个。如果他困在这里好几年,这地方的某些东西就会影响到他。不是很重要的部分,我知道。但如果他能在这里生存下来,那将是因为他设法忍受了这里的生活。他不必参与其中,但他将不得不对其保持沉默。在内战前的南方,言论自由和新闻自由还不成气候。凯文也不会过得太好。这个地方,这个时代,要么会直接杀死他,要么会给他留下某种印记。这两种可能性我都不喜欢。

"达娜。"

我看着他。

"别担心。我们一起来的，我们会一起离开。"

我没有停止担心，但我笑了笑，换了个话题。"鲁弗斯怎么样了？我听到他在尖叫。"

"可怜的孩子。我很高兴他昏过去了。医生给了他一些鸦片，但疼痛似乎还是在他体内畅通无阻。我不得不帮忙按着他。"

"鸦片……他会好起来吗？"

"医生说会的。不过我不知道在这个时代医生的意见有多大价值。"

"我希望他是对的。我希望鲁弗斯遇上的这对父母就是他的全部厄运。"

凯文抬起一只手臂，转过来给我看一条条长长的血淋淋的抓痕。

"玛格丽特·韦林。"我轻声说。

"她本来不该在那里的。"他说，"她攻击了我之后，又对医生出手。'不要再伤害我的宝贝！'"

我摇了摇头。"我们该怎么办，凯文？就算这些人没有疯，我们也不能留在这儿和他们待在一起。"

"我们可以的。"

我转过身来盯着他。

"我给韦林编了个故事，解释我们为什么会在这里，还有为什么我们会破产。他给了我一份工作。"

"做什么？"

"给你的小朋友做家庭教师。看起来他读书写字不如爬树厉害。"

"但是……他不上学吗？"

"腿好之前就不去了。他父亲不希望他再落后了，他已经很落后了。"

"他落后于同龄人吗？"

"韦林似乎这么认为。他没有直接说出来，但我认为他担心这孩子不是很聪明。"

"我很惊讶他竟然还会关心孩子，不过我认为他错了。但这一次，鲁弗斯的坏运气就是我们的好运气。我感觉我们会在这里待到你能拿到工资，但至少我们在这里的时候，食宿有了着落。"

"我接受工作的时候也是这么想的。"

"那我呢？"

"你？"

"韦林没有说要拿我怎么办？"

"没有，他为什么处理你？如果我留在这里，他就知道你也会留在这里。"

"是的。"我笑了，"你是对的。如果你在和他做交易时都不记得我，他为什么会记得？不过，我敢打赌有活需要人干的时候，他不会忘了我的。"

"等一下，你不需要为他工作。你又不属于他。"

"对，但我在这儿，而我应该是一个奴隶。奴隶是干什么的？就是干活。相信我，他会给我找点事做的，如果我不打算自己找活干，他就会给我找活干的。"

他皱起了眉头。"你想工作？"

"我想……我必须在这里为自己找一个位置。这意味着工作。我想这里的每个人，不管黑人还是白人，如果我不工作，他们都会讨厌我的。而且我需要朋友。我需要我在这里能交到的所有朋友，凯文。等我再来这里的时候，你可能不会和我在一起。如果我会再来的话。"

"除非那孩子以后百倍小心，否则你还会再来的。"

我叹了口气。"看起来是这样。"

"想到你为这些人工作我就很心烦。"他摇了摇头，"我也不愿意去想你要扮演奴隶的角色。"

"我们早就知道我必须这样做。"

他没有说话。

"时不时地召唤我一下，凯文。只是提醒他们不管我是什么，我都不属于他们……还不属于他们。"

他又愤怒地摇了摇头，看起来像是在拒绝，但我知道他会那么做的。

"你对韦林撒了什么谎？"我问他，"按照这里的人问问题的习惯，我们最好确保口径一致。"

有几秒钟，他没说话。

"凯文？"

他深吸了一口气。"我说我是一个纽约来的作家。"他还是说了，"要是我们遇到纽约人，那就听天由命了。我正在南方旅行，为写书采集素材。我没有钱，因为几天前我和人喝酒，看走了眼，被抢劫了。我只剩下了你。我在被抢劫之前买了你，因为你会读书写字。我想你可以在我的工作中帮助我，在其他地方也可能有用。"

"他相信了吗？"

"有可能。他已经很确定你能读能写。这就是他有所猜疑的原因之一。受过教育的奴隶在这里不受欢迎。"

我耸了耸肩。"奈杰尔也是这么说的。"

"韦林不喜欢你说话的方式。我认为他自己也没受过什么教育，而且他对你很反感。我认为他不会骚扰你——如果我真觉得他会，我就不会留在这里了。但你要尽可能地避开他。"

"乐意至极。如果可以的话，我打算在厨房安顿下来。我要告诉萨拉你想让我学着给你做饭。"

他哈哈一笑。"我最好把我告诉韦林的其他事也告诉你。如果萨拉听到了全部的事，她可能会教你怎么在我吃的东西里面放一点毒药。"

我吓了一跳。

"韦林警告我，你这样的奴隶留着是很危险的。你受过教育，也许是从自由州被绑架来的，因为这里离北方很近。他说我应该把你卖给去佐治亚州或路易斯安那州的商人，免得你跑了，我的钱就白花了。这让我有了一个想法，我告诉他我打算把你卖到路易斯安那州，因为那里是我旅程的终点。而且我听说在那里把你卖掉，可以好好赚一笔。

"他听了似乎很高兴，告诉我这么做是对的。如果我能留着你到路易斯安那州，价格会更高。我说，不管你有没有受过教育，都不可能从我身边逃走，因为我已经答应带你回纽约，让你自由。我告诉他，反正你现在也不想离开我。他明白了。"

"你编的这些故事真让人讨厌。"

"我知道。我想我的最终目的是，想看看我对你做的事情是否会让他不希望我接近他的孩子。我想，当我说我答应给你自由时，他确实对我冷淡了一些，但他没有说什么。"

"你当时怎么想的？想丢掉你刚得到的工作？"

"不，但在我和他谈话时，我所想的是你有一天可能会独自回到这里。我一直试图在他身上找到人性，让自己安心：你会没事的。"

"哦，他有足够的人性。如果他的社会阶层再高一点，他甚至可能会对你的吹嘘感到厌恶，不愿意让你留下。但他没有权力阻止你卖掉我。我是你的私人财产。他会尊重这一点的。"

"你把这叫作人性？我会尽我所能，确保你再也不会单独来这里。"

我靠在树上，看着他。"万一我单独来了，凯文，我们来上点保险吧。"

"什么？"

"让我尽可能地帮助你照顾鲁弗斯。看看我们能做些什么，以免他长大后成为他父亲的红头发翻版。"

5

一连三天我都没有看到鲁弗斯。也没有发生任何给我带来眩晕感的事，让我知道我终于要回家了。我尽可能地帮助萨拉。她似乎对我有了些好感，她容忍我在烹饪方面的无知。她教我厨艺以保证我吃得更好。她意识到我不喜欢吃玉米糊后，就不再让我吃了。（"你为什么不早说呢？"她问我。）在她的指导下，我用小斧头在老树桩上打饼干面团，天知道我打了多长时间。（"别那么用力！你不是在钉钉子。照常使力就行，像这样……"）我把鸡洗干净，拔鸡毛，准备蔬菜，揉面团。萨拉嫌我烦的时候，我就帮卡丽和其他家仆干活。我打扫凯文的房间。给他端来热水，让他洗漱、刮胡子。我在他的房间里洗漱。这是我唯一可以获得隐私的地方。我把我的帆布包留在那里，每当玛格丽特·韦林来时，我就去那里躲避，她在没有灰尘的家具上摸来摸去，查看打扫干净的地板的地毯下面。管它有什么不一样，管它是哪个世纪，怎么清扫和除尘我还是知道的。玛格丽特·韦林抱怨，是因为她找不到什么可抱怨的。她非常清楚地向我表明了这一点，那天她把滚烫的咖啡泼向我，尖叫着说我给她的咖啡是冷的。

所以我躲在凯文的房间里以避开她。这里是我的避难所，但不是我睡觉的地方。

我被安排在阁楼上睡觉，那里是大多数家仆睡觉的地方。显然，没有人想到我应该睡在凯文的房间里。韦林知道凯文和我应该是什么样的关系，而且他明确表示，他不在乎。但他对于住宿的安排告诉我们，他希望我们能谨慎行事，或者说我们是这样认为的。我们合作了三天。第四天，凯文在我去厨房的路上截住了我，把我再次带到了橡树下。

"你和玛格丽特·韦林有矛盾吗？"他问。

"没什么我处理不了的。"我惊讶地说，"怎么了？"

"我听到几个家仆在议论，只是含糊地说家里有麻烦。我想我应该弄清楚。"

我耸了耸肩，说："我想她讨厌我是因为鲁弗斯喜欢我。她可能不想和任何人分享她的儿子。老天保佑，等他长大一些能摆脱她。另外，我认为玛格丽特和她丈夫都不喜欢受过教育的奴隶。"

"我明白了。顺便说一句，我对他的看法是对的，他几乎不会读书写字。她也好不了多少。"他转过身来正视我，"她是不是朝你泼了一壶热咖啡？"

我把目光移开。"没关系，反正大都没泼到身上。"

"你为什么不告诉我？她可能会伤害你。"

"她没有。"

"我认为我们不应该再给她机会。"

我看着他。"你想做什么？"

"离开这里。我们并不急需用钱，不需要你忍受她想对你做的事。"

"不，凯文。我没有告诉你咖啡的事是有原因的。"

"我想知道你还有什么没有告诉我。"

"没什么大事。"我的脑子里回想着玛格丽特做过的一些侮辱我的小事，"反正没重要到让我必须离开。"

"但为什么？没有理由……"

"有的。我想过了，凯文。我关心的不是钱，甚至不是有没有地方住，而是不管发生什么，我们可以在这儿一起生存下去。但如果我是一个人在这里，我不认为我有多少机会。我告诉过你了。"

"你不会是一个人的。我会确保这一点。"

"你会的。也许这就够了。我希望如此。但如果还不够的话，如果我真的必须独自来到这里，那么，我现在留在这里，为我们谈到的保险而努力，那我就会有更好的机会生存下去。等我再来的时候，鲁弗斯可能已经长大了，拥有了一些权力，可以帮助我了。我希望我现在能给他留下尽可能多的美好回忆。"

"你离开这里之后，他可能就不记得你了。"

"他会记得的。"

"但这可能没用。毕竟，你离开的每一天，他的环境都在影响他。而且据我所知，在这个时代，主人的孩子们与奴隶的地位几乎是平等的。但成年后他们就各就各位了。"

"有时并不是这样。即使在这里，也不是所有孩子都会任父母把自己塑造成他们想要的样子。"

"你在赌博。该死，你在与历史赌博。"

"我还能做什么？我必须试试，凯文。如果尝试意味着现在我要冒一些小风险，忍受一些小羞辱，然后才能够生存下去，我愿意尝试。"

他深吸一口气，然后像吹口哨一样吐出来。"好，我不怪你。我不喜欢这样，但我不怪你。"

我把头靠在他肩上。"我也不喜欢。天哪，我讨厌这样！那个女人就要精神崩溃了。我只希望她不要在我还在这里的时候崩溃。"

凯文动了动，我坐了起来。"我们这会儿别管玛格丽特了。"他说，"我还想和你谈谈……你睡觉的地方。"

"噢。"

"是的，噢。我终于上去看了。就是地板上的一个破布垫子，达娜！"

"你在上面还看到什么了？"

"什么？我还应该看到什么？"

"地板上有很多破布垫子，还有几张玉米皮做的床垫。凯文，我的待遇并不比其他家仆差，而且我比那些农场工人的待遇要好。他们的睡垫都在地上。他们的小木屋甚至没有地板，而且大多数里面都长满了跳蚤。"

长久的沉默。最后，他叹了口气。"我不能为其他人做什么，"他说，"但我希望你离开那个阁楼。我希望你和我在一起。"

我坐起来，低头盯着自己的双手。"你不知道我有多想和你在一起。我一直想象自己哪天早上醒来时是在家里，一个人。"

"不太可能。除非有什么东西在夜间威胁到你。"

"你并不确定这一点。你的理论可能是错的。也许我在这里待多久是有某种时限的。也许做个噩梦就能让我回家。也许什么都有可能。"

"也许我应该检验一下我的理论。"

我说不出话来。我意识到他说的是要自己加害于我，或者至少让我相信我有生命危险——把我吓得魂飞魄散。把我吓回家。也许吧。

我吞了一下口水。"这可能是个好主意，但我觉得你不应该告诉我，不应该警告我。此外……我不确定你可以把我吓得够呛。我信任你。"

他用手盖住了我的一只手。"你可以继续信任我。我不会伤害你。"

"但是……"

"我没有必要伤害你。我可以安排一些事情来出其不意地吓唬你。这我可以办到。"

我接受了，开始想也许他真的能让我们回家。"凯文，等鲁弗斯的腿好了再做这件事。"

"这么久？"他抗议道，"那得六个星期，也许更久。该死，在这样一个落后的社会，谁知道他的腿最后会不会痊愈。"

"不管发生什么，这男孩都会活着。他还要生养一个孩子。这意味着他可能还有时间再次召唤我，并且不管有没有你。凯文，给我机会去接触他，在这里为自己建一个避风港。"

"好吧，"他叹着气说，"我们再等一段时间。但你不能在那个阁楼上等。你今晚得搬到我房间。"

我想了想。"好吧。我离开时你能和我一起回家，这对我来说比陪鲁弗斯更重要。就算被踢出种植园也值了。"

"别担心这个。韦林并不关心我们做什么。"

"但玛格丽特会关心的。我见过她用她那有限的阅读能力来读《圣经》。我感觉，按她自己的标准而言，她是一个品行相当端正的女人。"

"你想知道她的品行有多端正吗？"

他的语气让我皱起眉头。"你是什么意思？"

"如果她再使劲追我，我们之间就会上演她读的那本《圣经》里的场景了。波提乏的妻子和约瑟之间的场景。"[1]

我吞了一下口水。那个女人！她的脸立刻浮现在我脑海中。浓密的红发高高地堆在头上，细腻光滑的皮肤。不管有没有情绪问题，她并不难看。

"好吧，我今晚就搬进去。"我说。

他笑了。"如果我们对此保持沉默，他们可能不会注意到。见鬼，我看到三个小孩子在后面的土里玩，他们的样子比鲁弗斯更像韦林。玛格丽特装聋作哑还挺拿手。"

我知道他指的是哪些孩子。他们有不同的母亲，但他们确实长得很像，像是一家人。我见过玛格丽特·韦林狠狠地打了其中一个孩子的脸，而那个孩子只是蹒跚地挡了她的道。如果她会为她丈夫

---

1 《圣经·创世记》中，护卫长波提乏的妻子引诱约瑟不成，就恼羞成怒，诬告约瑟羞辱自己。

的罪行惩罚一个孩子，那么如果她知道我在她想去的地方——凯文的房间——她会不会更想惩罚我呢？我努力不去想这个问题。

"我们可能还是要离开，"我说，"无论这些人会不会接受对方，他们可能不愿意容忍我们的'不道德行为'。"

他耸了耸肩。"到了万不得已的时候，我们就离开。你的容忍应该是有限度的，即使是为了得到养护那个男孩的机会。我们可以想办法去巴尔的摩。我应该能在那里找到工作。"

"如果我们要去一个城市，费城怎么样？"

"费城？"

"因为它在宾夕法尼亚州。如果我们离开这里，我们就去一个自由州。"

"哦，是的，我应该想到的。听着……达娜，反正我们肯定要去某个自由州。"他犹豫了一下，"我是说，如果事实证明我们不能以我们认为的方式回家。等鲁弗斯的腿痊愈后，我就很可能成为韦林不必要的开销。然后我们就得在某个地方为自己找一个家。虽然还不确定，但这也是一种可能性。"

我点了点头。

"现在我们去把你的东西从那个阁楼里拿出来。"他站了起来，"还有，达娜，鲁弗斯说他母亲今天要出门见客，他想在她不在的时候见见你。"

"你怎么不早点告诉我？终于可以开始了！"

那天，和凯文分开后，正当我在帮萨拉搅拌玉米面包糊时，卡丽来找我。她向萨拉做了个手势，我已经学会了看懂她的手势。她用一只手擦了擦自己的脸，就好像是要把什么东西擦掉，然后指了指我。

"达娜,"萨拉转过头说,"有个白人要你去。和卡丽一起去吧。"

我去了。卡丽带我来到鲁弗斯的房间,她敲了敲门就走了。我走了进去,看到鲁弗斯躺在床上,腿夹在两块木夹板之间,有一个绳子和铸铁的装置让他的腿保持伸直状态。那个铸铁重物看起来像是从萨拉的厨房里借来的,是个很沉的小东西,上面有一个钩子,我曾经看到她把肉挂在上面烤,但它显然也可以用来牵引鲁弗斯的腿。

"你感觉怎么样?"我在他床边的椅子上坐下,问道。

"没有以前那么疼了,"他说,"我猜正在好转。凯文说……你介意我叫他凯文吗?"

"不介意,我想他也希望你这样叫他。"

"妈妈在这里时,我必须叫他富兰克林先生。总之,他说你在和萨拉姨妈一起干活。"

萨拉姨妈?嗯,总比萨拉姆妈[1]好,我想。"我在跟她学做饭。"

"她是个好厨子,不过……她会打你吗?"

"当然不会。"我笑了起来。

"前一阵子有个女孩在她那里,她经常打她。那女孩最后求我爸爸让她回田里去。不过那是在爸爸刚刚卖掉了萨拉姨妈的孩子之后。那时候萨拉姨妈对每个人都很生气。"

"我不怪她。"我说。

鲁弗斯瞥了一眼门,然后低声说:"我也不怪她。她的儿子吉姆是我的朋友。我小的时候他教我骑马,但是爸爸还是把他卖了。"

---

1 姆妈(Mammy),起源于美国奴隶制时期,对在白人奴隶主家庭中工作并看护孩子的黑人女奴的称呼。用来制造一种黑人妇女在奴隶角色中似乎很幸福的假象,是一种有种族歧视的称呼。

他又瞥了一眼门，换了个话题，"达娜，你识字吗？"

"识字。"

"凯文说你识字。我告诉妈妈，她说你不识字。"

我耸了耸肩。"你觉得呢？"

他从枕头下拿出一本皮装书。"凯文从楼下给我拿来了这个。你能读给我听吗？"

我又一次爱上了凯文。这是个完美的借口，让我能经常和这个男孩待在一起。那本书是《鲁滨孙漂流记》。我小时候读过，我记得我不是很喜欢，但又无法放下。毕竟，鲁滨孙·克鲁索遭遇海难正是在一次贩卖奴隶的航行途中。

我忐忑不安地打开书，不知道会看到什么样的古旧拼写和标点。我发现我以为的"f"代表"s"，还有一些其他不常出现的东西，但我很快就习惯了。我开始喜欢上了《鲁滨孙漂流记》。我自己也是一个逃亡者，很高兴能躲在虚构世界中别人的麻烦里面逃避现实。

我读了又读，喝了点鲁弗斯母亲留给他的水，然后又读了一会儿。鲁弗斯似乎很喜欢。我一直读到我以为他睡着了。但当我把书放下时，他睁开眼睛笑了。

"奈杰尔说你母亲是学校老师。"

"是的。"

"我喜欢你读书的方式，就像在那里亲眼看着一切发生。"

"谢谢你。"

"楼下还有很多书。"

"我看见过。"我也曾对那些书感到奇怪。韦林夫妇并不像是那种会有书房的人。

"它们属于汉娜小姐,"鲁弗斯体贴地解释道,"爸爸先和她结的婚,但她死了,后来爸爸和妈妈结了婚。这个地方曾经是她的。他说她读的书太多了,所以在和妈妈结婚之前,他要确保妈妈不喜欢读书。"

"那你呢?"

他不自在地动了动。"读书太麻烦了。詹宁斯先生说我太笨了,反正也学不会。"

"谁是詹宁斯先生?"

"他是学校的校长。"

"是吗?"我厌恶地摇了摇头,"他不够格。听着,你认为自己很笨吗?"

"不。"他轻轻地、犹豫不决地否认,"但我已经读得和爸爸一样好了。我为什么要做更多呢?"

"你不用。你可以保持现在这样。当然,这会让詹宁斯先生满意,确保他对你的看法是正确的。你喜欢他吗?"

"没人喜欢他。"

"那就别急着满足他。和你一起上学的那些男孩呢?只有男孩,对吗——没有女孩?"

"是的。"

"那么,等你长大后,看看他们会在哪些地方强过你吧。他们会比你知道的更多,想骗你就能骗到你。此外,"我举起《鲁滨孙漂流记》,"看看你将错过多少乐趣。"

他咧嘴笑了。"有你在就不会。再读点书吧。"

"我觉得最好还是不要了,现在已经很晚了,你母亲很快就会回家。"

"不，她不会的。读吧。"

我叹了口气。"鲁弗，你母亲不喜欢我。我想你知道的。"

他转开了视线。"我们还有一点时间，"他说，"不过，也许你最好还是不要读了。你读的时候我忘了留意她的动静。"

我把书递给他。"你读几行给我听。"

他接过书，看着它，好像这是他的敌人。过了一会儿，他开始断断续续地读起来。他在有些词上完全卡住了，我不得不帮忙。痛苦地读完两个段落之后，他停下来，厌恶地合上了书。"我读的时候，你甚至听不出来这是同一本书。"他说。

"让凯文教你，"我说，"他不相信你天生就笨，我也不相信。你会学得很好的。"除非他真的有什么问题——视力不佳或有某种学习障碍，会被这个时代的人视为顽固或愚笨。除非如此。关于教育孩子我知道些什么？我所能做的就是希望这个男孩像我认为的那样有潜力。

我站起来准备走，然后又坐下来，想起了另一个还没有得到答案的问题。"鲁弗，爱丽丝怎么样了？"

"没怎么样啊。"他看起来很惊讶。

"我是说……我最后一次见到她时，她父亲被打了一顿，因为他去看她和她母亲。"

"哦，嗯，爸爸怕他逃跑，所以把他卖给了一个商人。"

"把他卖了……他还住在这附近吗？"

"不在这附近，那个商人是往南走的。我想是去了佐治亚州。"

"哦，天哪。"我叹了口气，"爱丽丝和她母亲还在这里吗？"

"当然，我还能看到她们——之前我能走路的时候。"

"那晚我和她们在一起，她们有没有因为这个遇到什么麻烦？"

我想知道那个想抓我的人怎么样了，不过我只敢这么问。

"我觉得没有。爱丽丝说你来了之后很快就离开了。"

"我回家了。我说不准什么时候会回家。突然就发生了。"

"回加利福尼亚？"

"是的。"

"爱丽丝没有看到你走。她说你只是进了树林，没有回来。"

"那就好。看到我消失会吓坏她的。"这么说，爱丽丝什么都没说，她母亲也一样。爱丽丝可能不知道发生了什么。很明显，有些事情，即使是一个友好的年轻白人，也不能告诉。另一方面，如果那个巡逻员自己没有告诉别人关于我的事情，也没有报复爱丽丝和她的母亲，那么，也许他已经死了。我打他的那一下可能把他打死了，或者有人在我回家后干掉了他。如果是她们干的，我不想知道。

我又站了起来。"我得走了，鲁弗。我有机会就会来见你。"

"达娜？"

我低头看着他。

"我告诉了妈妈你是谁。我是说，是你从河里救了我。她说这不是真的，但我想她真的会相信我。我告诉她，是因为我觉得这可能会让她更喜欢你。"

"我注意到她并没有。"

"我知道。"他皱起了眉头，"她为什么不喜欢你？你是不是对她做了什么？"

"怎么可能！不过，如果我对她做了什么，我会怎么样吗？"

"对。但她为什么不喜欢你？"

"你得问她。"

"她不会告诉我的。"他郑重地抬起头来,"我一直想着你要回家,想着有人会来告诉我你和凯文已经走了。我不想你走,但我也不希望你在这里受到伤害。"

我没说话。

"你要小心。"他轻声说。

我点了点头,离开房间。就在我走到楼梯口的时候,汤姆·韦林从他的卧室走了出来。

"你在楼上做什么?"他问。

"看看鲁弗斯少爷,"我说,"他要见我。"

"你在给他读书!"

现在我知道他怎么会碰巧出来撞上我了。他一直在偷听,老天。他想听到什么?更确切地说,他听到了什么不应该听到的话吗?也许是关于爱丽丝的。他会怎么理解?一时间,我的大脑开始飞转,寻找借口准备解释。然后我意识到我不需要。如果他在鲁弗斯的门外停了够久,以至于听到了爱丽丝的事,那么我就应该是在鲁弗斯的门外碰到他。他很可能是听到我对鲁弗斯说话有点太亲密了。没什么大不了的。我刚才故意没有说什么对玛格丽特不利的话,是因为我认为在她儿子的眼里,她自己的态度比我说的任何话都更能伤害她。我尽量平静地面对韦林。

"是的,我在给他读书,"我承认,"他也要我给他读书。我想他躺在里面无事可做,会很无聊。"

"我没有问你的想法。"他说。

我没说话。

他带我走到离鲁弗斯的房门更远的地方,然后停下来,转过身来冷冷地看着我。他扫过我的目光就像是男人在打量女人是不是性感，但我没有看到任何欲望色彩。我注意到——不是第一次了，他的眼睛颜色几乎和凯文的一样浅。鲁弗斯和他母亲的眼睛是翠绿色的。不知为何，我更喜欢那抹绿色。

"你多大了？"他问。

"二十六岁，先生。"

"你说得很肯定。"

"是的，先生。我很肯定。"

"你是哪一年出生的？"

"1793 年。"我几天前就想好了，如果有人问起任何一个与我个人历史有关的问题，我都不该犹豫。在我们的时代，如果一个人对自己的生日犹豫，那么他很可能是在撒谎。然而，我一出口就意识到，在这里，一个人对他的生日犹豫，很可能仅仅是因为他不知道自己的生日。萨拉就不知道她的生日。

"那就是二十六了。"韦林说，"你有几个孩子？"

"没有。"我保持着无动于衷的表情，但我忍不住想知道这些问题到底要引向哪里。

"到现在还没有孩子？"他皱起了眉头，"那你一定是生不了。"

我没说话。我并不打算向他解释什么。我的生育能力反正不关他的事。

他又盯着我看了一会儿，我有点生气，也很不舒服，但我尽可能地掩饰了自己的情绪。

"不过你喜欢孩子，是吗？"他问，"你喜欢我儿子。"

"是的，先生，我喜欢他。"

"你也会算术吗，除了读书写字之外？"

"是的，先生。"

"你愿不愿意当他的老师呢？"

"我？"我努力皱起眉头……努力控制，避免因为松了口气而大声笑出来。汤姆·韦林想买下我。尽管他对凯文提出种种警告，拥有受过教育的、在北方出生的奴隶是很危险的，但他想买下我。我装作不明白。"但那是富兰克林先生的工作。"

"也可以是你的工作。"

"可以吗？"

"我可以买下你，然后你就可以住在这里，不用四处奔波，吃不饱，也没地方睡。"

我垂下了目光。"那要富兰克林先生说了才算。"

"我知道，但你觉得怎么样？"

"嗯……没有冒犯您的意思，韦林先生，我很高兴我们在这里停留，正如我说过的，我喜欢你的儿子。但我还是更愿意和富兰克林先生在一起。"

他明白无误地、怜悯地看了我一眼。"如果是那样，姑娘，你会后悔的。"他转身走了。

我盯着他的背影，禁不住想，他是真的为我感到难过。

那天晚上，我告诉了凯文发生的事情，他也觉得很疑惑。

"小心点，达娜，"他无意间和鲁弗斯说了一样的话，"要尽可能小心。"

6

我很小心。随着一天天过去，我养成了小心的习惯。我扮演着奴隶的角色，注意自己的举止，我的小心程度可能超出了必要，因为我不确定如果不这么做会出现什么样的后果。事实证明，我再小心也不为过。

有一次，我被叫到奴隶小屋——宿地——去观看韦林惩罚一个跟他顶嘴的农场工人。韦林下令把那个人剥个精光，绑在一棵枯树的树干上。其他奴隶做着这些的时候，韦林就站在一边挥舞鞭子，咬着他的薄嘴唇。突然间，他用鞭子抽那个奴隶的背。奴隶的身体在捆绑他的绳索下抽搐、绷紧。我看了一下那条鞭子，不知道是不是多年前韦林对鲁弗斯用过的那条。如果是的话，我完全理解为什么玛格丽特·韦林会带着男孩逃走了。那条鞭子很沉，至少有六英尺[1]长，我绝不会把它用在任何活物身上。每一次鞭打都伴随着鲜血和尖叫。我看着、听着，恨不得马上离开。但韦林正在杀鸡给猴看，他命令我们所有人旁观鞭打——所有的奴隶。凯文在主屋的某个地方，可能根本不知道发生了什么。

就我而言，鞭打达到了目的。我被吓坏了，一直在想，不知道还有多久我就会犯错，让别人有理由鞭打我。或者，我是不是已经犯下了那个错？

毕竟，我已经搬进了凯文的房间。虽然那可以被视为是凯文的行为，但我也可能因此受罚。韦林夫妇似乎没有注意到我搬了过去，这并没有让我得到真正的安慰。他们和我的生活互不干涉，可能要过几天他们才会意识到我已经不住在阁楼上了。我总是在他们之前起床，从厨房里拿来水和烧红的煤块，给凯文生火。当时显然还没有发明火柴。萨拉和鲁弗斯都没有听说过。

1　约为1.8米。

到现在为止，韦林给凯文安排的男仆完全不管他，凯文和他的房间就留给了我。我们花了两倍的时间才生好了火，我也花了更长时间把水搬上搬下，但我并不在乎。我给自己安排的工作让我有合适的理由随时出入凯文的房间，而且也让我不至于被派去做更烦人的工作。最重要的是，这给了我一个机会，让我在奴隶和奴隶主中间保持一点 1976 年的自我。

我梳洗过后，看着凯文用他从韦林那里借来的刮胡刀弄得满脸是血，然后我下去帮萨拉做早餐。整个上午，我都不会见到韦林夫妇。晚上，我在晚饭后帮忙收拾，并为第二天做准备。因此，像萨拉和卡丽一样，我在韦林夫妇之前起床，在他们之后上床。在玛格丽特·韦林发现她有另一个不喜欢我的理由之前，我有了好几天的安宁。

有一天，她在我打扫书房时堵住了我。如果她早两分钟进来，就会发现我在读书。"你昨晚在哪里睡的觉？"她用她专门用来对付奴隶的那种尖锐、指责的声音喝问道。

我直起身来面对她，把双手放在扫帚上。如果我能说"不关你的事，泼妇"，那该多好。相反，我轻声地、恭敬地说："在富兰克林先生的房间，夫人。"我没有费心去撒谎，因为所有的家仆都知道，甚至可能是哪个家仆告诉了玛格丽特。那么现在会怎么样呢？

玛格丽特给了我一巴掌。

我站在那里一动不动，凝神静气地低眼看着她。她比我矮了三四英寸[1]，骨架也相对小一些。她的巴掌并没有多疼，只是让我想揍她。不过我想起了那条鞭子，因此保持不动。

1　约为 8 ~ 10 厘米。

"你这个下流的黑人婊子！"她喊道，"这儿是基督徒的家！"

我没说话。

"我会让人把你送到黑人宿地去，那儿才是你该去的地方！"

我还是没说话。我看着她。

"我不会让你待在我的房子里！"她退了一步，"不准你那样看着我！"她又退了一步。

这让我想到，她有点怕我。毕竟，我是个陌生人，一个她捉摸不透的新奴隶。而且，也许我有点太沉默了。我故意慢慢地转过身去，继续扫地。

不过，我一直在暗中留意她。毕竟，她和我一样难以捉摸。她可能会拿起一个烛台或花瓶来砸我。不管有没有鞭子，我都不会被动地站在那里，让她真正地打伤我。

但她没有朝我动手。相反，她转身冲出去了。那天很炎热，闷热得让人很不舒服。除了挥手赶苍蝇外，大家的动作都慢了下来。但玛格丽特·韦林还是冲来冲去的。她几乎无事可做。奴隶们给她打扫房子，负责大部分针线活和全部的洗衣、做饭。卡丽甚至帮她穿衣脱衣。因此，玛格丽特是监工，命令别人去干他们已经在干的活，还批评他们又慢又懒，其实他们动作很快，也很勤劳。总而言之，她就喜欢找麻烦。韦林娶了一个可怜的、没受过教育的、紧张兮兮的、漂亮得惊人的年轻女人，她决心要成为她心目中的那种淑女。这显然意味着她不干"低贱"的活，或者不干任何活。除了她的客人，没有谁可以拿来和她做比较，而她的客人似乎至少比较平和。但我怀疑，她那个时代的大多数女人都能找到足够的事情做，能让自己忙得舒服，不管她们是否认为自己是"淑女"。而玛格丽特在无聊的时候，就只是冲过来冲过去，惹别人讨厌。

我干完了书房里的活，一直在想玛格丽特是不是已经向她丈夫告发了我。我害怕她丈夫。我还记得他打完农场工人后脸上的表情。并不是高兴或愤怒，甚至没有特别的兴趣。就好像他刚刚是在砍木头。他不是虐待狂，但也没有逃避作为种植园主人的"职责"。如果他认为我给了他理由，他就会把我打得血肉模糊，而凯文发现的时候可能已经太晚了。

我上楼来到凯文的房间，但他不在。我经过鲁弗斯的房间时，听到了他的声音，我本想进去，但随即听到了玛格丽特的声音。我退却了，回到楼下，去了厨房。

我进去的时候，只有萨拉和卡丽在，我很高兴。有时候，会有老人和孩子们在那里游荡，或者是家仆，甚至是偷闲的农场工人。有时我喜欢听他们说话，努力听懂他们的口音，了解他们是如何在奴隶生活中生存的。他们在不知不觉中帮我准备好了怎么生存下去，但现在我只想要萨拉和卡丽在。在她们身边我可以随意说出我的感受，且不会传到韦林夫妇耳朵里。

"达娜，"萨拉招呼我说，"你要小心。我今天帮你说话了。我不希望你让我成了说谎的人！"

我皱起眉头。"帮我说话？在玛格丽特小姐面前吗？"

萨拉刺耳地笑了一声。"不是！你知道的，除了说我可以干活，我跟她没什么别的可说。她有她的房子，我有我的厨房。"

我笑了笑，自己的烦恼也退去了一些。萨拉说得对，玛格丽特·韦林不插手她的事。她们之间的谈话很简短，通常只限于安排三餐。

"既然她不骚扰你，那你为什么这么讨厌她？"我问。

萨拉无声地、怨恨地看了我一眼，这眼神是我到种植园之后第一次见到。"你认为卖掉我的孩子是谁的主意?"

"噢。"我来之后,她也从没提过她失去的孩子。

"她想要新家具、新瓷盘,你现在能在那个房子里看到的花哨玩意儿。她拥有的东西对汉娜小姐来说已经够好了,而汉娜小姐是一位真正的淑女。上等淑女。但对白垃圾玛格丽特来说,这还不够好。所以,她让汤姆老爷把我的三个儿子卖了,得了钱来买她根本不需要的东西!"

"噢。"我想不出还可以说什么。我的烦恼似乎变小了,不值得一提了。萨拉沉默了一阵子,双手机械地揉着面团,也许力气稍大了一些。最后她又开口道:"我帮你说话,是在汤姆老爷面前。"

我吃了一惊。"我有麻烦了吗?"

"我说的话不会给你惹麻烦的。他只是想知道你干活怎么样,偷不偷懒。我告诉他你不懒。我说你有些活不会干,而且,姑娘,你来这儿什么都不会干,但我没有说这个。我说你不会干的活,你会去想办法学。而且你确实在干活。我让你干什么活,我就知道你一定能干完。汤姆老爷说他可能会买下你。"

"富兰克林先生不会卖我的。"

她稍稍抬起头来,简直是在用鼻子看我。"对,我猜他不会的。反正玛格丽特小姐不希望你在这里。"

我耸了耸肩。

"泼妇。"萨拉又咕哝道,然后说,"好吧,虽然她贪婪、刻薄,但至少她不怎么打扰卡丽。"

我看着那个哑巴女孩,她正在吃炖肉和玉米面包,都是白人餐桌上剩下的。"是不是,卡丽?"我问。

卡丽摇了摇头,继续吃。

　　"当然了，"萨拉说，转身离开了面团，"卡丽没有玛格丽特小姐想要的东西。"

　　我只是看着她。

　　"你被夹在中间，"她说，"你知道的，不是吗？"

　　"她有一个男人应该够了。"

　　"应不应该不重要，重要的是事实。她会迫使他让你再睡在阁楼上。"

　　"迫使他！"

　　"姑娘……"她微微一笑，"我看到你和他有时在一起，你认为没人在看的时候。你可以让他做任何你想让他做的事。"

　　她的笑让我吃惊。我本以为她会对我或凯文感到厌恶。

　　"事实上，"她继续说，"如果你聪明的话，就应该趁你还年轻漂亮，他还听你的话，让他给你自由。"

　　我审视着她——一双黑色的大眼睛镶嵌在一张饱满的、没有皱纹的脸上，肤色比我的要浅好几个色度。不久之前，她也很美。她现在仍然是一个迷人的女人。我轻声对她说："你聪明吗，萨拉？你年轻些的时候试过吗？"

　　她狠狠地盯着我，大眼睛突然眯了起来。最后，她没有回答就走开了。

7

　　我没有搬到宿地。我采纳了我从厨房里听来的一些建议，我曾经听卢克对奈杰尔说的。"不要和白人讲理，"他说，"不要对他们

说'不'。不要让他们看到你生气。只说'是的，先生'，然后继续做你想做的事。也许之后会挨打，但如果你真的想做的话，挨鞭子也没什么大不了的。"

卢克的背上有几道鞭痕，而且我曾两次听到汤姆·韦林发誓说要在那些鞭痕旁再添些新的。但他还没有。而卢克则继续做他的事，几乎是随心所欲。他的事就是管束农场工人。他被称为车夫[1]，是一种黑人监工。尽管他态度不好，但他还是一直待在这个地位相对较高的位置。我决定养成一种类似的态度，不过我觉得对我自己而言，这样做风险更小。如果可以避免，我不想承受鞭打，我也确信如果需要的话凯文就在附近，他可以保护我。

总之，我没有理会玛格丽特的胡言乱语，继续给她基督徒的家丢脸。

什么事也没发生。

一天早上，汤姆·韦林起得很早，碰到我跌跌撞撞、半梦半醒地从凯文的房间里出来。我呆住了，然后尽力放松下来。

"早，韦林先生。"

他几乎是微笑了一下，近似于我见过的微笑。他还眨了眨眼睛。

就这样。那时我就知道，如果玛格丽特想让我被踢出去，那么绝不会是因为我和主人睡觉这么正常的事。而且不知怎的，这让我不安。我觉得我真的在做一件可耻的事，高兴地为我所谓的主人扮演妓女。我走开了，心里很不舒服，隐约觉得很羞愧。

时间一点点过去。凯文和我越来越成为这个家的一部分，变得

---

1 Driver，即 slave driver，向白人监工汇报的黑人监工。

和大家熟悉，逐渐被大家接受，我们也接受了别人。每次想到这一点，我都感到不安。我们似乎适应得太容易了。不是说我希望我们遇到麻烦，而是我们要适应这段特殊的历史时期——适应我们在一个奴隶主家里所处的位置，似乎应该不是那么容易。对我来说，工作可能很辛苦，但比起体力上的消耗，我更觉得心里单调乏味。凯文也抱怨说无聊，抱怨不得不与络绎不绝到韦林家拜访的无知而自负的客人们社交。但作为来自另一个世纪的访客，我觉得我们过得太轻松了，并反常地对这种轻松感到困扰。

"这可能是一个生活的好时代，"凯文有一次说，"我一直在想，如果能留在这个时代，那将是怎样一种体验——去西部，看国家的建设，看看西部拓荒时代的神话有多少是真的。"

"西部，"我冷冷地说，"在那里他们不是对黑人，而是对印第安人下手。"

他奇怪地看着我。他最近经常这样。

有一天，汤姆·韦林正好撞见我在他书房看书。我本该在扫地和除尘。我抬起头，发现他在看我，就合上了书，把书放好，然后拿起我的抹布。我的手在颤抖。

"你给我儿子读书，"他说，"我允许你给他读书。但你用那些时间读书就够了。"

沉默了很久，我缓缓地说："好的，先生。"

"事实上，你甚至不需要在这里。告诉卡丽，让她打扫这个房间。"

"是，先生。"

"还有，离这些书远一点！"

"是，先生。"

几个小时后，在厨房里，奈杰尔要我教他读书。

这个请求让我很惊讶，然后我为自己的惊讶感到羞愧。这个要求似乎很自然。几年前，奈杰尔被派去陪伴鲁弗斯。如果鲁弗斯是个好学生，那么奈杰尔可能已经学会了阅读。事实上，奈杰尔已经学会了做其他事。他大约十二岁，身体结实，会钉马掌、做橱柜，还筹划着有一天逃到宾夕法尼亚州。早在他问我之前，我就应该提出教他读书。

"你知道万一我们被发现，会有什么后果吗？"我问他。

"你怕了？"他问。

"是的，但这并不重要。我会教你的。我只是想确保你知道你在做什么。"

他转身从后面掀开他的衬衫，让我看到他的伤疤。然后他再次面对我，说："我知道。"

同一天，我偷了一本书，开始教他。

然后我开始意识到，为什么凯文和我可以如此轻松地融入这个时代。我们并没有真正地融入。我们是观看表演的观众。我们在观看在我们身边上演的历史，而我们也是演员。我们在等待回家的时候，假装和身边的人一样，迎合他们。但我们是拙劣的演员，从未真正进入我们的角色。我们从未忘记我们在演戏。

这就是我那天试图向凯文解释的事情。那天，孩子们闯入了我的表演。因此，让他明白这件事突然就变得非常重要。

那天闷热得可怕，到处都是苍蝇、蚊子，还有制作肥皂的气味，户外厕所的气味，有人捕到的鱼的气味，没洗澡的身体的气味。每个人都有气味，不管是黑人还是白人。这里没人洗得干干净净，或者常换衣服。奴隶们干活满头大汗，白人不干活也汗流浃背。凯文和我没有足够的衣服，也根本没有除臭剂，所以我们也经常发臭。令人惊讶的是，我们已经开始习惯了。

现在，我们一起走着，远离了房子和宿地。我们没有走向我们的橡树，因为如果走到半路被玛格丽特·韦林看到，她就会派人来叫我干活。她丈夫可能已经让她不要把我赶出家门，但他没有阻止她变得比以前更讨人厌。有时凯文反对她的命令，声称他有活让我干，这样我就能得到一些休息时间，给奈杰尔做一些额外的辅导。但现在，我们正在向树林走去，想一起待一会儿。

我们还没有离开屋子聚集的区域，就看到有一群奴隶儿童围在一个树桩旁边。这些是农场工人的孩子，还太小，在田里帮不上忙。两个孩子站在宽大平坦的树桩上，其他人则站在周围看着。

"他们在做什么？"我问。

"可能在玩什么游戏吧。"凯文耸了耸肩。

"看起来好像是……"

"什么？"

"我们走近点。我想听听他们在说什么。"

我们从一侧走近他们，这样，树桩上的孩子和地上的孩子都不会正对着我们。他们继续玩着，而我们在一旁观看和倾听。

"现在这儿有一个乡下姑娘。"树桩上的男孩叫道，他向站在他身后的女孩打了个手势，"她会做饭、洗衣、熨烫。过来，姑娘。让乡亲们看看你。"他把女孩拉到身边，"她年轻强壮，"他继续说，"值很多钱。两百美元。谁出两百美元？"

小女孩转过来，皱着眉头看他。"我不止值两百美元，萨米！"她抗议，"你把玛莎卖了五百美元！"

"你闭嘴，"男孩说，"你不能说话。汤姆老爷买下妈妈和我时，我们什么也没说。"

我转身离开了这些在争吵的孩子，感到疲惫和厌恶。我甚至没有意识到凯文在跟着我，直到他开口说话。

"这就是我认为他们在玩的游戏，"他说，"我以前见过他们玩这个。他们在田里干活时也玩。"

我摇了摇头。"老天，为什么我们不能回家？这个地方病入膏肓了。"

他拉着我的手。"孩子们只是在模仿他们看到的成年人做的事情，"他说，"他们不理解……"

"他们不需要理解。即使他们玩的游戏也是在帮他们为未来做准备，不管他们理不理解，这个未来都会到来。"

"确实。"

我转身瞪着他，他平静地看着我，脸上挂着"你想让我怎么办"的那种表情。我没有说话，因为他也对此无能为力。

我摇摇头，揉了揉眉毛。"即使知道会发生什么也无济于事。"我说，"我知道这些孩子中有些人会活着看到自由——在他们当奴隶浪费了最好的时光之后。但当自由来临时，已经太晚了。也许现在就已经太晚了。"

"达娜，一个孩子玩的游戏而已，你过度解读了。"

"而你的解读不够。无论如何……无论如何，这不是他们该玩的游戏。"

"确实不是。"他瞥了我一眼，"听着，我不会说我理解你的感受，因为也许那是我无法理解的。但正如你说过，你知道会发生什么。已经发生了。我们是在历史当中。我们肯定无法改变它。如果什么地方出了错，我们可能要竭尽全力才能活下来。我们到目前为止已经很幸运了。"

"也许吧。"我深吸了口气，慢慢地吐出来，"但我没法视而不见。"

凯文皱着眉头思索着。"让我惊讶的是，这里没有什么可看的。韦林似乎并不太注意他的人在干什么，但活儿总有人干完。"

"你认为他不注意，是因为没有人叫你出来看鞭打。"

"有过多少次鞭打？"

"我见过一次。一次就太他妈多了！"

"一次就太多了，是的，但是，这个地方仍然不是我想象的那样。没有监工。没有干不完的活……"

"没有像样的住房，"我插嘴道，"睡在泥地上，东西不够吃。要是他们不在闲暇时间种些吃的，或者萨拉不让他们从厨房偷东西吃，他们就会生病。他们没有权利，可能被虐待或被卖掉，离开亲人，出于任何原因，或者没有原因。凯文，对人残暴不一定需要打他们。"

"等一下，"他说，"我不是说这里的罪恶不严重。我只是……"

"是的，你就是。你不是故意的，但你是这个意思。"我靠着一棵高大的松树坐了下来，把他拉到我身边坐下。我们现在是在树林里。在我们的一侧不远处，有一群韦林的奴隶正在砍树。我们能听到他们的声音，但看不到他们。因此，我认为他们也看不到我们。由于距离远，再加上他们砍树的声音，他们也听不到我们说话。

我又对凯文说："你也许可以作为旁观者来经历这整个过程。我可以理解，因为大多数时候，我也是一个旁观者。这是一种保护。这是1976年为我在1819年提供了屏蔽和缓冲。但有时，就像那些孩子玩的游戏，我无法保持这种距离。我被拉入了1819年，而我不知道该怎么做。但我能确定，我应该做点什么。"

"你做任何事，最终都会让你挨鞭子或被杀掉！"

我耸了耸肩。

"你……你不会是已经做了什么吧？"

"我刚开始教奈杰尔读书写字，"我说，"这就已经是最大逆不道的事了。"

"如果韦林抓到你，而我不在旁边……"

"我知道。所以，你别离我太远。这孩子想学，我要教他。"

他抬起一条腿，弯曲后抵在胸前，倾身看着我。"你认为有一天他会写下自己的通行证，前往北方，是吗？"

"至少他能做到。"

"我看韦林对受过教育的奴隶的看法是对的。"

我转头看着他。

"好好教奈杰尔，"他轻声说，"也许等你离开了，他就能教别人了。"

我郑重地点点头。

"在那所房子里，如果不是有人善于在门外偷听，我就让他去和鲁弗斯一起学习。玛格丽特总是进进出出的。"

"我知道。这就是为什么我没有问你。"我眯起眼睛，看到孩子们又开始玩他们的游戏了。"这份轻松刚才让我觉得很可怕，"我说，"现在我知道为什么了。"

"什么？"

"轻松。我们，孩子们……我从未意识到人可以如此轻易地被训练来接受奴役。"

8

我的教学终于给我惹了麻烦，正好是我和鲁弗斯告别的那天。当然，我并不知道我在告别，不知道有什么麻烦在厨房等着我。我去厨房和奈杰尔碰面。我以为光是在鲁弗斯的房间里麻烦就已经够多了。

我在那里给他读书。自从他父亲第一次抓到我之后，我就经常给他读书。汤姆·韦林不希望我自己读书，但他命令我读给他儿子听。有一次，他当着我的面对鲁弗斯说："你应该为自己感到羞耻！黑鬼都比你读得好！"

"她也比你读得好。"鲁弗斯回答。

他父亲冷冷地盯着他，然后命令我离开房间。有那么一瞬间，我为鲁弗斯担心，但汤姆·韦林和我一起离开了房间。

"不准你再去找他，除非我说可以。"他对我说。

四天过去了，他才说我可以。他又一次在我面前责备了鲁弗斯。

"我不是校长，"他说，"但我会教你，如果你能学会的话。我会教你如何尊重别人。"

鲁弗斯没说话。

"你想让她给你读书？"

"是的，先生。"

"那你有话要对我说。"

"我……对不起，爸爸。"

"读吧。"韦林对我说，然后他转身离开了房间。

"你到底该为什么说对不起？"韦林走后，我问。我说话的声音很轻。

"顶嘴，"鲁弗斯说，"他认为我每句话都是在顶嘴。所以我不怎么和他说话。"

"我明白了。"我打开书，开始阅读。

我们很久以前就读完了《鲁滨孙漂流记》，凯文从书房选了别的几本熟悉的书。我们已经看完了第一本——《天路历程》[1]。现在我们正在读《格列佛游记》。在凯文的辅导下，鲁弗斯的阅读能力也在慢慢提高，但他仍然喜欢别人给他读书。

不过，我和他在一起的最后一天，和其他一些日子一样，玛格丽特也进来听——我读书的时候，她就坐立不安，拨弄鲁弗斯的头发，抚摸他。像往常一样，鲁弗斯把头放在她的腿上，默默地接受她的爱抚。但今天，显然，这还不够。

"你舒服吗？"我读了一会儿后，她问鲁弗斯，"你的腿疼吗？"他的腿恢复得比我想象的慢。快两个月了，他仍然不能走路。

"我感觉很好，妈妈。"他说。

突然，玛格丽特扭过身来面对我。"怎么了？"她问道。

我当时停下了阅读，在等她说完话。于是，我低下头，又开始读了起来。

大约六十秒后，她说："宝贝，你热吗？要不要我叫维吉上来给你扇风？"维吉大约十岁，是个小家仆，经常被叫来给白人扇风，为他们跑腿，在厨房和主屋之间递送盖好的食物，还在白人的餐桌旁伺候他们吃饭。

"我很好，妈妈。"鲁弗斯说。

---

1 《天路历程》(*The Pilgrim's Progress*) 是英格兰基督教作家、布道家约翰·班扬的著作，于1678年2月出版，是一部基督教的寓言诗，被认为是英国最重要的文学作品之一。

"你为什么不继续读？"玛格丽特冲我喝道，"你在这里是来读书的，所以快读！"

我又开始读了起来，已经有点咬牙切齿。

"你饿了吗，宝贝？"一会儿，玛格丽特又问，"萨拉姨妈刚刚做了一个蛋糕。你不想吃一块吗？"

这一次我没有停下来，只是把声音压低了一点，无意识地读着，声音单调。

"我不知道你为什么要听她读书。"玛格丽特对鲁弗斯说，"她的声音像苍蝇在嗡嗡叫。"

"我不想要什么蛋糕，妈妈。"

"你确定？你应该看看萨拉在上面抹了漂亮的白色糖霜。"

"我就想听达娜读书。"

"好吧，她就在那里，在读书。如果你管那个叫读书的话。"

他们说着话，我让自己的声音变得越来越轻。

"你说话我就听不到她读书了。"鲁弗斯说。

"宝贝，我只是说……"

"不要说了！"鲁弗斯把头从她腿上抬起来，"走开，不要再打扰我了！"

"鲁弗斯！"她的声音听起来很受伤，而不是生气。尽管当时处于那种情况下，但他那样说话在我听来还是很不尊重。我停止了阅读，等待着某人爆发。是鲁弗斯。

"走开，妈妈！"他喊道，"让我自己待着！"

"平静点，"她低声说，"宝贝，你会让自己不舒服的。"

鲁弗斯转过头来，看着她。他脸上的表情吓了我一跳。这一次，男孩看起来像是他父亲的翻版，只是稍小一号。他的嘴抿成一条细长的直线，眼神冷酷，充满敌意。他现在说话很平静，就像韦林有时生气时那样。"你让我不舒服，妈妈。离我远点！"

玛格丽特站起来，抹了抹眼睛。"我不明白你怎么能对我这样说话，"她说，"就因为某个黑鬼……"

鲁弗斯只是看着她，最后她离开了房间。

他放松地靠在枕头上，闭上眼睛。"我有时对她感到很厌倦。"他说。

"鲁弗？"

他睁开眼睛，疲惫而友好地看着我。怒气已经消失了。

"你最好小心点，"我说，"如果你母亲告诉你父亲你那样跟她说话，怎么办？"

"她从不说。"他咧嘴笑了，"她过一会儿就会回来，给我带来一块有漂亮白色糖霜的蛋糕。"

"她刚才哭了。"

"她总是会哭的。读吧，达娜。"

"你经常这样和她说话吗？"

"我必须这样，不然她就一直打扰我。爸爸也这样做。"

我深吸了口气，摇了摇头，重新投入《格列佛游记》中。

后来，我离开鲁弗斯房间时，碰到了玛格丽特，她正准备进他房间。果然，她端着一个盘子，上面放着一大块蛋糕。

我下楼，来到厨房，给奈杰尔上阅读课。

奈杰尔正等着我。他已经把我们的书从所藏的地方拿了出来，在给卡丽拼读单词。这让我很吃惊，因为我曾向卡丽提出过可以和他一起学习，但她拒绝了。但现在，他们俩却单独在厨房里，对他们正在做的事情十分投入，甚至没有注意到我，直到我把门关上。

他们抬起头来，睁大眼睛，满脸恐惧。但当他们看到只有我时，就松了口气。我走到他们身边。

"你想学吗？"我问卡丽。

女孩的恐惧似乎又回来了，她瞥了一眼门。

"萨拉姨妈害怕她学习，"奈杰尔说，"害怕如果她学习的话，可能会被抓到，然后挨鞭子或者被卖掉。"

我低下头，叹了口气。这个女孩不会说话，根本无法交流，只能用她自己发明的蹩脚的手语，甚至连她母亲也只是半懂不懂。在一个更加理性的社会里，写作能力对她会有很大帮助。但在这里，唯一能看懂她写的东西的人，是那些可能因为她会写字而惩罚她的人。还有奈杰尔。还有奈杰尔。

我从男孩看向女孩。"要我教你吗，卡丽？"如果被她母亲抓到我教她认字，我的麻烦可能会比被汤姆·韦林抓到还要大。为了她，也为了我自己，我都不敢教她。我不想冒犯或伤害她母亲，但如果她想学的话，我的良心让我不会拒绝她。

卡丽点了点头。她确实想学。她转身背对着我们，弄了下衣服，然后转回身子，手里拿着一本小书。也是从书房偷来的。她的书是一卷英国历史，上面有几幅插图，她指给我看。

我摇了摇头。"要么藏起来，要么放回去。"我对她说，"一开始就学这个对你来说太难了。我和奈杰尔用的是为初学者写的书。"那是一本旧的拼写课本，很可能是韦林第一任妻子学过的课本。

卡丽的手指在一幅画上抚摸了一会儿，然后把书放回了衣服里。

"现在，"我说，"找点活干，以防你母亲突然进来。我不能在这里教你。我们得找别的地方见面。"

她点了点头，看起来松了口气，然后走到房间另一边去扫地。

"奈杰尔，"她走后，我轻声说，"我进来的时候你吓了一跳，是不是？"

"我不知道是你。"

"是的，可能是萨拉，对吗？"

他没说话。

"我在这里教你，是因为萨拉说我可以，而且韦林夫妇似乎从不来这里。"

"他们不来。他们派我们到这里来告诉萨拉他们要什么，或者叫她去见他们。"

"所以，你可以在这里学习，但卡丽不能。不管我们多小心，都可能会有麻烦，但我们不必自找麻烦。"

他点了点头。

"话说，你父亲对我教你有什么看法？"

"我不知道。我没有告诉他。"

哦，老天。我颤抖着吸了一口气。"但他确实知道，对吗？"

"萨拉姨妈可能告诉他了。不过他从来没有对我说过什么。"

要是出了什么问题，等白人惩罚完我之后，还会有黑人来找我报仇的。我到底什么时候才能回家？我还能回家吗？如果我不得不留在这里，为什么我不干脆拒绝这两个孩子，屏蔽掉我的良心，当一个安全舒服的胆小鬼？

我从奈杰尔手中接过书，把我自己的铅笔和记事本上的一张纸递给他。"拼写测试。"我轻声说。

他通过了测试。每个词都对了。我拥抱了他，我们俩都很惊讶。他咧嘴笑了，有点不好意思，又很高兴。然后我起身把他的试卷扔进壁炉的热炭中。试卷燃烧起来，烧成灰烬。我一直都很小心，而我总是讨厌这种小心。我忍不住把给奈杰尔上课与给鲁弗斯上课进行比较，而这种对比让我感到苦涩。

我转身回到桌旁，奈杰尔正等着我。就在这一刻，汤姆·韦林打开门，走了进来。

这本不该发生。自从我到种植园以来，就没有发生过这样的事——没有一个白人进过厨房，甚至连凯文也没有。奈杰尔刚刚还同意我的看法，认为这种情况不会发生。

但汤姆·韦林站在那里盯着我。他稍稍放低了视线，皱起眉头。我意识到，我手里仍然拿着那本旧的拼写课本。我起身时手里拿着，还没有放下。我甚至还把一根手指夹在书页之间做书签。

我抽出了手指，让书合上。我现在该挨打了。凯文在哪里？可能在屋里的某个地方。如果我尖叫，他可能会听到——反正我很快就会尖叫了。但是如果我能够从韦林身边跑掉，跑进主屋，那就更好了。

韦林端端正正地站在门前。"我不是告诉过你，我不希望你读书吗！"

我没说话。很明显，我说什么都没用。我感到自己在颤抖，试着让自己保持不动。我希望韦林看不出来。而且我希望奈杰尔够聪明，能把铅笔从桌子上拿开。到目前为止，只有我有麻烦。我希望能就这样保持住⋯⋯

"我对你很好，"韦林平静地说，"而你却偷我的东西来回报我。偷我的书！读书！"

他从我手中抢过书，扔在地上。然后他抓住我的胳膊，把我拖向门口。我设法扭过身来看着奈杰尔，做出口型："去找凯文。"我看到奈杰尔站了起来。

　　然后我就出了厨房。韦林拖着我走了几步，然后狠狠地推了我一把。我摔倒了，撞得喘不过气来。我没看到鞭子是从哪里来的，甚至没有看到第一鞭的到来。但它来了——就像一块热铁划过我的背部，透过我的薄衬衫烧到我身上，烧焦了我的皮肤……

　　我尖叫着，抽搐着。韦林一下又一下地鞭打着，直到就算他用枪口指着我我也爬不起来。

　　我不停地试图爬开，躲开鞭子，但我没有力气又手忙脚乱，根本爬不远。我也许还在尖叫或只是呜咽，我也不清楚。我真正意识到的只有疼痛。我觉得韦林想要打死我。我觉得自己会死在那里，带着满嘴的泥土和鲜血，身旁的白人鞭打我的同时，还一边咒骂和训诫。那时，我几乎想要立刻死掉。只要能停止这疼痛。

　　我呕吐起来。因为我的脸无法移开，我再次呕吐起来。

　　我看到了凯文，很模糊，但可以看出来是他。我看到他向我跑来，慢动作地向我跑来，跑着。他的腿在摆动，手臂在摆动，然而，他似乎一点都没有靠近我。

　　突然间，我意识到发生了什么，我尖叫起来——我觉得我尖叫了。他必须到我这里来！他必须过来！

　　然后我就昏了过去。

争斗

The Fight

1

我和凯文从未真正搬到一起住过。我在克伦肖大道上有一个沙丁鱼罐头大小的公寓，他的公寓在不远处的奥林匹克大道上，要大一些。我们都有很多书，书架上、箱子里，四处堆着，挤得家具都没处放。如果住在一起，我们俩各自的公寓都装不下这些东西。凯文曾经建议我扔掉我的一些书，这样我就能住进他的地方。

"你真是疯了！"我对他说。

"只是一些你不看的读书会的东西。"

当时我们在我的公寓里，所以我说："不然我们去你那里，我来帮你决定哪些书是你不读的。我甚至还能帮你把它们扔掉。"

他看了看我，叹了口气，但他没有再说什么。我们就只好在两间公寓之间来回走动，我的睡眠时间越来越少了。但这似乎并没有像以前那样困扰我。现在似乎没什么能过多困扰我。我不喜欢现在这个中介机构，但另一方面，我也不再有起床气了。

"辞职吧，"凯文说，"我会帮你的，等你找到一份更好的工作。"

如果说在这之前我还没有爱上他，那么有这句话就足够了。但我没有辞职。中介机构并不是稳定的经济来源，但它是真实的。它可以支撑我，直到我的小说完成，直到我准备好去找别的要求更高的工作。到时候，我可以离开中介机构，不欠任何人。我在和舅舅舅妈的相处中学到，即使是爱我的人也可能对我提出超出我能力范围的要求，而且他们期望这种要求能得到满足，仅仅是因为我欠他们的情。

我知道凯文不是那样的人。情况完全不同了。但我还是保留了我的工作。

在我们相遇四个月后，凯文说："你对结婚怎么看？"

我本来不该感到惊讶，但我实在很惊讶。"你想和我结婚吗？"

"是的，你不想嫁给我吗？"他咧嘴笑了，"我愿意让你帮我打所有的手稿。"

当时我正在擦干晚餐用过的盘子，我把擦碗巾扔给他。说真的，他已经三次要求我为他打字了。第一次我勉强做了，没有告诉他我有多讨厌打字，我自己的小说除了最后一稿，其他都是用手写的。这就是为什么我在一个蓝领中介所而不是白领中介所工作。他第二次问我的时候，我告诉了他我的想法，然后拒绝了。他很恼火。第三次，我再次拒绝时，他很生气。他说，如果这么一个小忙我都不能帮他的话，我就可以离开了。于是我就回家了。

第二天下班后，我按下他家的门铃时，他显得很惊讶。"你回来了。"

"你不想我回来吗？"

"嗯……当然。你现在能为我打这几页吗？"

"不行。"

"该死，达娜……"

我站在那里等着，看他到底是关门还是让我进去。他让我进去了。

而现在他想娶我。

我看着他。只是看着，看了很久。然后我移开目光，因为我在看他的时候无法思考。"你，呃……没有任何亲戚或其他什么人，会因为我而为难你，对吗？"我说话的时候突然想到，他求婚让我吃惊的原因之一是我们从来没有怎么谈过我们的家庭，他的家人会对我有什么反应，我的家人会对他有什么反应。我并不觉得我们在回避这个话题，但不知怎的，我们从未谈及这个问题。即使现在，他看起来也很惊讶。

"我唯一剩下的近亲是我的姐姐，"他说，"这么多年她一直想让我结婚，让我'安定下来'。她会喜欢你的，相信我。"

我不太相信。"我希望她会，"我说，"但恐怕我舅舅和舅妈不会喜欢你。"

他转过身来面对我。"不会吗？"

我耸了耸肩。"他们都老了。有时候他们的想法与现在发生的事情关系不大。我想他们仍然在等我恢复理智，搬回家去，然后去上秘书学校。"

"那我们会结婚吗？"

我走到他面前。"你非常清楚我们会的。"

"你和舅舅舅妈谈的时候，想让我一起去吗？"

"不，如果你想的话，去和你姐姐谈谈。不过你要做好思想准备。她可能会让你意想不到。"

她确实让他意想不到。无论他有没有做好准备，他都没想到他姐姐会是那样的反应。

"我以为我了解她，"他事后告诉我，"我是说，我确实了解她。但我没想到我们已经这么疏远了。"

"她说了什么？"

"她说她不想见你，不会让你去她家，如果我和你结婚，她也不会让我去。"他靠在我公寓里那张租房时附带的破旧紫沙发上，抬头看着我，"她还说了很多别的话。你不会想听的。"

"我相信你。"

他摇了摇头。"问题是，她没理由做出这种反应。她说的那些混账话，她自己甚至都不相信，或者过去不相信。她好像在引用别人的话。可能是她丈夫。那个傲慢的小浑蛋。我曾经为了我姐姐而努力喜欢他。"

"她丈夫有偏见？"

"她丈夫可以当一个优秀的纳粹。她过去常开这样的玩笑，不过都是在他听不到的时候说的。"

"但她嫁给了他。"

"她绝望了。那时她几乎可以嫁给其他任何人。"他笑了一下，"高中时，她和一个朋友每天都形影不离，因为她们都找不到男朋友。那女孩是个黑人，又胖又丑，卡罗尔是白人，也又胖又丑。有一半的时间，我们搞不清楚是她住在那个女孩家里，还是那个女孩和我们住在一起。我的朋友们认识她们两个，但他们都太年轻了。卡罗尔比我大三岁。总之，她和这个女孩报团取暖，双双减肥失败。她们还计划去同一所大学，这样她们的合作关系就不会破裂。那个女孩真的去了，但卡罗尔改变了主意，通过培训成为一名牙医助理。她最终嫁给了她工作后遇到的第一个牙医——一个比她大二十岁的自以为是的小反动分子。现在她住在拉肯亚达的一所大房子里，并因为我想和你结婚，对我引用了些种族歧视的陈词滥调。"

我耸了耸肩，不知道该说什么。"我早就告诉过你"？不是。"我母亲的汽车有一次在拉肯亚达抛锚。"我告诉他，"在等我舅舅来接她时，有三个人报警抓她，说她是可疑人物。高五英尺三英寸[1]。约一百磅[2]。非常危险。"

"听起来像反动分子搬对了地方。"

"我不知道，但那是 1960 年，在我母亲去世之前。现在情况可能已经改善了。"

"你舅妈和舅舅是怎么说我的，达娜？"

我看着自己的手，想着他们说过的所有话，徒劳地想减轻那些话的分量。"我想我舅妈接受了我和你结婚的想法，因为我们孩子的肤色会更浅。总之，比我更浅。她总是说我有点太'显眼'了。"

他盯着我。

"看到了吧？我告诉过你他们观念老旧。她不怎么喜欢白人，但她更喜欢浅色皮肤的黑人。想想吧。总之，她因为你'原谅'了我。但我舅舅没有，他有点感情用事。"

"感情用事，怎么说？"

"他……嗯，他是我母亲的长兄，对我来说就像父亲一样，甚至在我母亲去世之前也是这样，因为我很小的时候父亲就去世了。现在……仿佛是我抛弃了他。至少他自己是这么觉得的。这让我很烦恼，真的。比起生气，他更多的是伤心。真正的伤心。我不得不躲着他。"

"但是，他知道你总有一天会结婚。理所当然的事情怎么能算是抛弃？"

"我是和你结婚。"我伸手将他的几缕灰白的直发绕在手指

1　约为 1.6 米。

2　约为 45 公斤。

上，"他想让我嫁给一个像他一样的人 —— 看起来像他的人。一个黑人。"

"哦。"

"我一直和他很亲近。他和我舅妈想要孩子，但他们生不了。我就是他们的孩子。"

"那现在呢？"

"现在……嗯，他们在帕萨迪纳有几处公寓房，小地方，但很舒服。我舅舅对我说的最后一句话是，他宁可在遗嘱中把房子留给他的教会，也不愿意留给我，看到它们落入白人手中。我想这是他能想到的对我做的最可怕的事情了。或者是他认为的最可怕的事情。"

"哦，见鬼。"凯文嘀咕道，"听着，你确定你还想嫁给我吗？"

"是的，我希望……算了吧，我确定。绝对确定。"

"那我们就去拉斯维加斯，就装作我们没有亲戚。"

于是我们开车去了拉斯维加斯，结了婚，还赌输了几美元。等回到我们更大的新公寓时，我们发现了我最好的朋友送的礼物 —— 一台食物搅拌机，还有一张《大西洋》杂志的支票在等着我们。我的一篇小说终于成功了。

2

我醒了。

我正趴着，脸不舒服地压在某个又冷又硬的东西上。脖子以下靠着的东西要稍微柔软些。慢慢地，我开始感觉到光影，以及各种形状。

我抬起头，想坐起来，我的背部突然像着了火。我向前倒下，头重重地撞在浴室的光地板上。我的浴室。我在家里。

"凯文？"

我听着。我本可以四处看看，但我不想。

"凯文？"

我站了起来，意识到我的眼睛正流着浑浊的泪水，同样也意识到了疼痛。天哪，好痛啊！有好几秒钟，我就只能靠着墙，忍受着痛。

慢慢地，我发现我并不像自己想象的那样虚弱。事实上，等我完全清醒过来，还挺有力气的。只是疼痛让我行动缓慢、小心翼翼，像一个年龄比我大两倍的女人。

我现在可以看出来，刚才我的头在浴室里，身体趴在卧室里。现在我走进浴室，把浴缸放满水。温水。我现在承受不了热水，或冷水。

我的上衣粘在背上。它被切实地撕成了碎片，粘在我身上。我能感觉到，我的背也被划得很严重。我曾看过一些老照片，那是曾当过奴隶的人的背部。我记得那些疤痕，又粗又难看。凯文以前总是说，我的皮肤非常光滑……

我脱下裤子和鞋子，走进浴缸，仍然穿着上衣。我让水把它变软，直到我可以把它从背上揭下来。

我在浴缸里坐了很久，一动不动，没有思考，倾听着那些我知道不会在房子里其他地方听到的声音。疼痛是我的朋友。它以前从来不是我的朋友，但现在它使我平静。它迫使我面对现实，使我保持理智。

但是凯文……

我埋下头，对着肮脏的粉红色的水哭了起来。我背上的皮肤痛苦地拉扯着，水也变得更红。

这一切都毫无意义。我什么都做不了。我什么都控制不了。凯文可能已经死了。他被遗弃在 1819 年，肯定已经死了。死了几十年，也许已经死了一个世纪。

也许我会被再次召唤回去，也许他仍然在那里等着我，也许对他来说，只过了几年，也许他一切都很好……但他曾经说过什么，去西部看看历史如何发生？

终于，我的伤口变软了，破上衣也从伤口上剥离，我筋疲力尽。我现在感觉到了刚才没感觉到的虚弱。我爬出浴缸，尽力擦干自己，然后跌跌撞撞地走进卧室，倒在床上。尽管疼痛难忍，但我一下子就睡着了。

我醒来时，屋子里一片昏暗，床上只有我一个人。我不得不重新回忆起一切。我僵硬地、痛苦地从床上爬起来，去找一些能让我再次迅速入睡的东西。我不想醒着。我简直不想活着。凯文有一次失眠，开了一些处方药。

我找到了剩下的药。我正准备吃两片，从药柜的镜子里看到了自己。我的脸已经肿了起来，浮肿，看起来很老。我的头发一团团缠在一起，粘着污垢和血迹，变成了褐色。我之前情绪有些激动，没有想起来要洗头。

我放下药片，又爬回了浴缸。这一次我打开了淋浴，不知不觉地洗起了头发。我抬起手臂，疼。向前弯腰，疼。洗发水流进伤口，很疼。我慢慢地洗着，畏畏缩缩，龇牙咧嘴。最后，我生气了，不顾疼痛，用力地洗起来。

等我看起来又像个人了，我吃了几片阿司匹林。没太大作用，但我现在已经足够清醒，知道在我能再次入睡之前，还有一些事情要做。

我需要再准备一个包，之前那个帆布包已经丢了。我需要一个看上去不是太好、适合"黑鬼"背的包。我最终选择了一个旧的牛仔运动包，是我在高中时自己做的，也有使用痕迹。它和帆布包一样结实，能装东西，而且已经褪色，看起来破旧得恰到好处。

如果我有长裙子的话，这次我会把它带上。不过，我只有几条鲜艳的丝质晚礼服，只会引起别人的注意。在那种情况下，会让我显得很可笑。我最好继续当一个穿得像男人的女人。

我卷起几条牛仔裤塞进包里。然后是鞋子、衬衫、一件羊毛衫、齿梳、刷子、牙膏和牙刷——我和凯文真的很想念它们——两块大肥皂、我的毛巾、那瓶阿司匹林——如果鲁弗斯召唤我时我的背还在痛，我就会需要它——我的刀。这把刀和我一起回来了，因为我碰巧把它装在我脚踝边的一个临时皮鞘里。不知道该不该庆幸，我还没有机会用它来对付韦林。我本来可能已经杀了他。我当时已经非常愤怒、恐惧、耻辱，完全可能迈出这一步。如果我真的做了，那么如果鲁弗斯再次召唤我，我就得为杀人的事负责。凯文可能也要为此负责。我突然非常高兴我没有杀死韦林。凯文的麻烦已经够多了。而且，当我再见到鲁弗斯——如果我会再见到他，我将需要他的帮助。如果我杀了他的父亲——即使是他不喜欢的父亲，我也不可能得到他的帮助了。

我把另一支铅笔、钢笔和记事本塞进包里。我正在慢慢地清空凯文的桌子。我自己所有的东西都还在箱子里。我还发现了一本简装版的美国奴隶制历史书，可能会有用。这本书列出了我应该知道的日期和事件，还有一张马里兰州的地图。

等所有东西都装进去，包已经装得太满合不上了。我把包上的抽绳拉紧系好，然后把抽绳缠在手臂上。我无法忍受腰上绑着东西。

然后，很不合时宜的是，我饿了。我走进厨房，发现了半盒葡萄干和一整罐混合坚果。我把这两样东西吃完了，自己也很惊讶，然后又轻松地睡了过去。

醒来的时候已经是早上了，我还在家里。背一动就疼。我设法用凯文治疗晒伤的药水喷了喷。鞭伤的裂口火辣辣地疼，药水让伤口冷却下来，似乎有用。不过，我觉得应该用点药效更强的东西。天知道用油和血来保持柔软的鞭子会引起什么样的感染。汤姆·韦林曾下令把盐水泼到他鞭打的农场工人的背上。我还记得盐水泼到那人身上时他的尖叫声。但他的伤口愈合了，没有感染。

我想到那个农场工人时，莫名地感到头晕目眩。一时间，我以为鲁弗斯又在召唤我了。然后我意识到，我不是真的头晕，只是觉得糊涂了。我关于农场工人被鞭打的记忆，突然间似乎并不属于在家里的我。

我从浴室出来，来到卧室，环顾四周。家。床——没有垂帷——梳妆台、壁橱、电灯、电视、收音机、电子钟、书。家。这个家与我曾待的那个地方没有任何关系。这里是真实的。这里是属于我的地方。

我穿上一件宽松的衣服，走到前院。住在隔壁的小个子蓝发女人注意到了我，向我说早上好。她正手脚并用地在她的花圃里挖土，看上去很愉快。她让我想起了玛格丽特·韦林，她也养花。我曾听到玛格丽特的客人恭维她的花。但是，不用猜，她并没有亲自照料它们……

今天和昨天格格不入。我的感觉几乎和我第一次见到鲁弗斯后回家一样奇怪，感觉悬在他家和我家之间。

街对面停着一辆沃尔沃，顶上有高压电线。那边有棕榈树和铺好的街道。那边是我刚刚走出来的浴室。不是一个你必须屏住呼吸才能走进去的蹲坑厕所，而是一个浴室。

我回到房子里，打开收音机，调到全新闻台。我终于知道了，今天是 1976 年 6 月 11 日星期五。我已经离开了近两个月，昨天才回来，而昨天和我离开家时是同一天。没有什么是真的。

即使我今天去找凯文，今晚把他带回来，他那里可能已经过去好几年了。

我找到一个音乐台，把声音开得很大，淹没我的思绪。

时间过去了，我继续开箱整理东西。因为吃了太多阿司匹林，我经常停下来。我开始整理自己的办公室。有一次我在打字机前坐下，试图写下所发生的事情。我试了大概六次，然后放弃了，把打出来的东西都扔掉了。总有一天，等这一切都结束时 —— 如果它真的会结束 —— 也许我能够写下来。

我打电话给我在帕萨迪纳最喜欢的表妹 —— 我父亲的姐姐的女儿，让她帮我买些吃的和用的。我告诉她我生病了，凯文不在身边。我的语气一定让她感觉到了什么。她什么都没有问。

我仍然害怕离开家，无论是走路还是开车。开车，如果我正在车里时鲁弗斯召唤我，那么我就很可能害死自己，而汽车也会撞死别人。走路，我可能在过马路时头晕摔倒。或者我可能摔倒在人行道上，引起别人的注意。有人可能会来帮我 —— 警察，或者其他任何人。那么我就可能带着别人一起回到过去，连带着他们被困在过去。

我表妹是个好人。她看了我一眼，给我推荐了一个她认识的医生。她还建议我让警察去找凯文。她认为我身上的伤是他干的。但我要她发誓保持沉默，我知道她不会说的。她和我从小到大都在保守彼此的秘密。

"我从没想过你会傻到让男人打你。"她离开时说。我想她对我很失望。

"我也没有想到我会这样。"她走后，我低声说。

我在屋里等着，我的牛仔包一直放在身边。日子过得很慢，有时候我觉得我在等待永远不会发生的事，但我还是在继续等待。

我阅读有关奴隶制的书籍，包括虚构类和非虚构类。我读了家里与这个主题哪怕只有一点关系的书，甚至是《飘》，或者其中的一部分。但是，它写的黑奴幸福、温柔、友爱的生活是我无法忍受的。

然后，不知怎的，我被凯文的一本关于"二战"的书籍吸引住了。这是一本集中营幸存者回忆录，其中记述了殴打、挨饿、污秽、疾病、酷刑，每一种可能的恶行。仿佛德国人试图在短短几年时间完成美国人花了近两百年做的事。

这些书让我情绪低落，让我惊恐，让我又把凯文的安眠药塞进牛仔包里。内战前的白人和纳粹一样，对酷刑有相当多的了解，比我这辈子想要了解的还要多。

3

我在家里待了八天，头晕的感觉才终于又来了。我不知道是该为了自己而诅咒它，还是为了凯文而欢迎它，当然我怎么想的也并不重要。

我穿着整齐的衣服，背着我的牛仔包，带着我的刀，去了鲁弗斯的时代。因为头晕，我到的时候是跪着的，但我马上就警觉起来。

我在树林里，要么是下午，要么是清晨。太阳低低地垂在天边，我被树木包围，没有参照物来告诉我太阳是在上升还是在下落。我可以看到离我不远处有一条小溪，在高大的树木间流淌。我的对面有一个女人，黑人，年轻——事实上是一个女孩，她的衣服前面被撕破了。她抓住破了的前襟，正看着一个黑人男子和一个白人男子在打架。

白人的红头发告诉了我他是谁。他的脸上一团糟，已经看不出来面目了。他要输了，实际上已经输了。和他打架的黑人与他个子相仿，一样的瘦削，但看起来却很强壮。可能是多年来的辛苦工作练就了他的身体。鲁弗斯打他的时候，对他似乎没有太大影响，但他打鲁弗斯的时候，却是奔着鲁弗斯的命去的。

我突然想到，他可能真的是要鲁弗斯的命，他想要杀死这个唯一能帮助我找到凯文的人。杀死我的祖先。这里发生了什么似乎很明显。那个女孩，她的衣服被撕开了。如果真像看上去的那样，那么鲁弗斯被揍是咎由自取。也许他长大了，变得比我担心的还要坏。但是不管他是什么样子，我需要他活着——为了凯文，也为了我自己。

我看到他跌倒，爬起来，又被打倒了。这一次，他爬起来得更慢，但他站起来了。我有一种感觉，他已经爬起来太多次了，可能不会再有几次了。

我走近了，女人看到了我。她喊了句什么，我没太听明白，男人转过头来看着她。然后，他顺着她的目光看向我。就在这时，鲁弗斯一拳打中了他的下巴。

出乎意料的是，黑人向后趔趄了一下，差点摔倒。但鲁弗斯已经太累了，他受伤太重，没能利用这个机会。黑人再次挥来一记重拳，鲁弗斯倒下了。这次他不可能再站起来了。他完全失去了知觉。

我走近他们，黑人俯身抓住鲁弗斯的头发，好像还想打他。我赶紧走到他面前。"如果你杀了他，他们会把你怎么样？"我说。

黑人扭头瞪着我。

"如果你杀了他，他们会把那女人怎么样？"我问。

这话似乎触动了他。他放开鲁弗斯，站直身子面对我。"谁会说我对他干了什么？"他的声音低沉而有威胁性，我开始想，我可能会和鲁弗斯一样昏倒在地上。

我刻意地耸耸肩。"如果他们问你，你会自己说你做了什么。那个女人也一样。"

"你打算怎么说？"

"如果可以的话，一个字都不说。但是……我请求你不要杀他。"

"你属于他？"

"不，只是他可能知道我丈夫在哪里。而且我能让他告诉我。"

"你丈夫……"他把我从头到脚看了一遍，"为什么你穿得像个男人？"

我没说话。我实在厌倦了回答这个问题，真希望自己之前冒险出去买了一条长裙。我低头看着满脸是血的鲁弗斯，说："如果你现在把他留在这里，要过很久他才可能派人去找你。你就有时间逃走了。"

"你认为如果你是她，你会希望他活着吗？"他朝那女人做了个手势。

"她是你的妻子吗？"

"是的。"

他就像萨拉一样，抑制住了自己，尽管满腔愤怒，却没有杀人。要忍耐一辈子是可以，但并不容易。我看着那个女人。"你想让你丈夫杀了这个人吗？"

她摇了摇头，我看到她一边的脸肿了起来。"不久之前，我可以亲手杀了他。"她说，"现在……艾萨克，我们快离开吧！"

"离开，把她留在这里？"他盯着我，满是怀疑和敌意，"她说话的样子可不像我见过的任何黑鬼。她的口气就像她和白人关系很好，而且一直很好。"

"她那样说话是因为她从很远的地方来。"女孩说。

我惊讶地看着她。她个儿高、苗条、黝黑，有点像我。也许很像我。

"你是达娜，对吗？"她问。

"是的……你怎么知道？"

"他告诉了我你的事。"她用脚碰了碰鲁弗斯，"他过去一直在谈论你。而且我见过你一次，我小的时候。"

我点了点头。"这么说，你是爱丽丝？我想也是。"

她点了点头，揉了揉肿胀的脸。"我是爱丽丝。"然后她骄傲地看着黑人男子，"现在是爱丽丝·杰克逊。"

我试图从她身上找到我记忆中那个瘦弱、惊恐的孩子的影子——我仅仅在两个月前见过的那个孩子。这是不可能的。但我现在应该已经习惯了不可能的事情，就像我应该已经习惯了白人男子对黑人妇女的掠夺。毕竟我有韦林这个先例。但不知为什么，我本希望鲁弗斯能做得更好。我想知道这个女孩会不会已经怀上了哈格尔。

"你上次见我时，我姓格林伍德，"爱丽丝继续说，"我去年嫁给了艾萨克……就在妈妈去世之前。"

"她死了？"我发现自己在想象一个和我同龄的女人死去，尽管我知道那是错的。但不管怎么说，那个女人死的时候一定相当年轻。"我很遗憾，"我说，"她想要帮我。"

"她帮助了很多人，"艾萨克说，"她曾经对这个没用的小浑蛋比他自己人还好。"他对着鲁弗斯的身子狠狠地踢了一脚。

我缩了一下，希望能把鲁弗斯从他旁边移开。"爱丽丝，"我说，"鲁弗斯不是你的朋友吗？我是说……他是长大了，不愿意保持友谊了，还是怎样？"

"他想要的不只是友谊，但我不愿意。"她说，"他想让霍尔曼法官把艾萨克卖到南方，来阻止我和他结婚。"

"你是个奴隶？"我问艾萨克，很惊讶，"老天，你最好离开这里。"

艾萨克看了爱丽丝一眼，眼神非常清楚，你说得太多了。爱丽丝回了他一个眼神。

"艾萨克，没关系的。她曾经因为教一个奴隶读书而被鞭打。汤姆·韦林就是鞭打她的人。"

"我想知道我们离开后她会做什么。"艾萨克说。

"我会和鲁弗斯待在一起，"我对他说，"等他醒来，我会尽可能慢地帮助他回家。我不会告诉他你们去了哪里，因为我不知道。"

艾萨克看着爱丽丝，她拽着他的胳膊。"我们走吧！"她催促道。

"但是……"

"你不能谁都打！我们走吧！"

他正要走，我说："艾萨克，如果你想的话，我可以给你写一张通行证。不一定要写你真正要去的地方，但如果你被拦住，它可能会有用。"

他满腹狐疑地看着我，然后转身走了，没有回答。

爱丽丝犹豫了一下，轻声对我说："你男人走了。他等了你很久，然后他离开了。"

"他去了哪里？"

"北方的某个地方。我不知道。鲁弗少爷知道。不过，你得小心，鲁弗少爷有时会变得很疯狂。"

"谢谢你。"

她转身跟着艾萨克走了，留下我一个人和昏迷不醒的鲁弗斯，我想着她和艾萨克会去哪里。向北到宾夕法尼亚州？我希望如此。凯文又去了哪里？他为什么要离开？如果鲁弗斯不帮我找他怎么办？或者，如果我不能在这个时代停留足够的时间来找到他，该怎么办？为什么他不能等着……

4

我跪在鲁弗斯身边，把他翻了过来。他的鼻子在流血。嘴唇开裂，也在流血。我觉得他很可能掉了几颗牙齿，但我没有仔细看，不能确定。他的脸上一团糟，可能好长一段时间都只能眼带瘀青了。不过总的来说，他实际上可能并没有看起来那么糟糕。他身上肯定有一些瘀伤，如果不脱掉他的衣服是看不到的。但我认为他的伤势并不太重。等他醒来时，会有些疼痛。但这是他应得的。

我跪坐在地上，看着他，先是希望他能快点恢复知觉，然后希望他继续昏迷，这样爱丽丝和她丈夫还能有机会重新开始。我看着小溪，心想，一点冷水可能会让他更快清醒过来。但我还是待着没动。艾萨克会有生命危险。如果鲁弗斯报复心够强，他肯定会把这个黑人给杀了。奴隶没有任何权力，当然也没有理由打白人。

　　如果有可能的话，如果鲁弗斯身上还残存了一部分我认识的那个男孩的影子的话，我会努力让他不要去找艾萨克。他现在看起来有十八九岁了。我可以糊弄或吓唬他一下。他应该用不了多久就会认识到他和我彼此需要。我们现在要轮流帮助对方。我们都不希望对方有疑虑。我们将不得不学会与对方合作，学会做出妥协。

　　"谁在那儿？"鲁弗斯突然说。他的声音很弱，几乎听不到。

　　"是达娜，鲁弗。"

　　"达娜？"他把肿胀的眼睛睁大了一些，"你回来了！"

　　"只要你还在作死，我就会一直回来。"

　　"爱丽丝在哪里？"

　　"我不知道。我甚至不知道我们在哪里。不过，如果你能指路的话，我会帮你回家。"

　　"她去哪儿了？"

　　"我不知道，鲁弗。"

　　他试图坐起来，身体抬起了不过六英寸[1]，就又跌倒在地，呻吟着。"艾萨克在哪里？"他喃喃地说，"就是我要抓的那个狗娘养的。"

　　"休息一会儿，"我说，"恢复点体力。就算他现在站在你身边，你也抓不住他。"

_____

1　约为15厘米。

158

他呻吟着，小心翼翼地摸了摸腰侧。"他要付出代价！"

我站起来，向小溪走去。

"你要去哪里？"他叫道。

我没有回答。

"达娜？快回来！达娜！"

我可以听到他的声音越来越绝望。他受伤了，独自一个人，只有我。他甚至无法站起来，而我似乎准备抛弃他。我想让他体验一下那种恐惧。

"达娜！"

我从我的牛仔包里掏出毛巾，打湿，拿回去给他。我跪在他身边，开始擦拭他脸上的血。

"你为什么不告诉我你要去那边？"他孩子气地说。他边扶着腰边喘气。

我看着他，想知道他真的长大了多少。

"达娜，说点什么！"

"我想让你说点什么。"

他眯着眼睛看我。"什么？"我离他很近，他说话时我闻到了他的气息。他喝了酒，似乎没有喝醉，但他肯定喝了酒。这让我很担心，但我对此也无能为力。我不敢等到他完全清醒。

"我想让你告诉我那些袭击你的人的情况。"我说。

"什么人？艾萨克……"

"和你一起喝酒的那些人，"我随机应变道，"他们是陌生人——白人。他们让你喝酒，然后想抢劫你。"凯文的老故事派上了用场。

"你到底在说什么？你知道是艾萨克·杰克逊干的。"他严厉地低声说道。

"好吧，艾萨克打了你，"我顺着他说，"为什么？"

他瞪着我，没有回答。

"你强奸了一个女人，或者试图强奸，而她的丈夫打了你。"我说，"你很幸运，他没有杀了你。如果不是爱丽丝和我拦着，他就会杀了你。现在你打算怎么做，来报答我们救了你的命？"

他脸上的困惑和愤怒消失了，他茫然地盯着我。过了一会儿，他闭上了眼睛，我走过去清洗毛巾。当我回来时，他正试图站起来，但没有成功。最后，他喘着气倒了下去，扶着腰。我心想，他会不会比表面上受的伤更严重——内伤。也许是肋骨。

我再次跪在他身边，擦去他脸上剩余的血迹和污垢。"鲁弗，你有没有强奸那个女孩？"

他愧疚地看着一旁。

"你为什么要做这种事？她曾经是你的朋友。"

"我们还小的时候，我们是朋友。"他轻声说，"我们长大了，她就变了，宁愿要一个黑鬼也不要我！"

"你是说她丈夫吗？"我问。我尽力保持声音平稳。

"我还能指谁呢！"

"是的。"我苦涩地低头凝视着他。凯文是对的。我太愚蠢了，希望自己能影响他。"是的，"我重复道，"她怎么敢自己选择丈夫。她一定以为自己是个自由的女人或是其他什么。"

"这和那个有什么关系？"他问道，然后他的声音几乎成了耳语，"我能比任何一个农场工人把她照顾得更好。要不是她一直拒绝，我也不会伤害她。"

"她有权利拒绝。"

"让我们来看看她有什么权利！"

"怎么，你还打算再伤害她吗？她刚刚帮我救了你的命，记得吗？"

"她会为此受到惩罚的。不管我会不会给她，她都会得到的。"他笑了笑，"如果她和艾萨克跑了，她会受到更多惩罚。"

"为什么？你这是什么意思？"

"那她确实和艾萨克跑了？"

"我不知道。艾萨克认为我是你这边的，所以他不相信我，不敢告诉我他们要做什么。"

"他不用告诉你。艾萨克刚刚袭击了一个白人。干了这件事他就不会再去找霍尔曼法官。别的黑鬼可能会，但艾萨克不会。他跑了，而爱丽丝和他在一起，帮他逃跑。至少法官会这样看。"

"她会怎么样？"

"进监狱，好好挨顿鞭子。然后他们再把她卖掉。"

"她会成为奴隶？"

"她自己的错。"

我盯着他。老天保佑爱丽丝和艾萨克。老天保佑我。如果鲁弗斯这么快就能背叛一个终生的朋友，那他过多久会背叛我？

"不过，我不希望她被卖到南方。"他低声说，"不管她有没有错，我都不希望她死在哪个水稻田里。"

"为什么不呢？"我苦涩地问，"和你有什么关系？"

"我希望没有。"

我皱着眉看着他。他的语气刚才突然变了。他是要表现出一点人性了吗？他还有什么剩下的人性吗？

"我告诉她你的事了。"他说。

"我知道。她认出了我。"

"我告诉了她所有事，甚至你和凯文结婚的事，特别是那件事。"

"如果他们把她带回来，你会怎么做，鲁弗？"

"买下她。我有一些钱。"

"那艾萨克怎么办？"

"让艾萨克见鬼去吧！"他说得太激动了，扯痛了自己的腰。他的脸痛苦地扭曲在一起。

"这样你就能摆脱那个男人，占有那个女人，就像你希望的那样。"我厌恶地说，"强奸的奖赏。"

他把头转向我，透过肿胀的眼睛看着我。"我求她不要跟他走，"他低声说，"你听到了吗，我求她了！"

我没说话。我开始意识到，他爱这个女人，这是她的不幸。强奸一个黑人女子并不可耻，但是爱上一个黑人女子就可能是可耻的。

"我本来没想就直接把她拖到灌木丛里。"鲁弗斯说，"我从没想过要那样做。但她一直说不。如果我只想那样的话，几年前我就可以在灌木丛里要了她。"

"我知道。"我说。

"如果我生活在你的时代，我就会娶她，或者想办法娶她。"他又试图站起来。他现在似乎有些力气了，但还是很痛。我坐着看着他，没有帮忙。我并不急于让他恢复过来回家。我要先确定他到家后会怎么讲刚才发生的事。

最后，疼痛似乎让他难以承受，他又躺了下来。"那个浑蛋对我做了什么？"他低声说。

"我可以去找人来帮忙，"我说，"只要你告诉我该走哪条路。"

"等一下。"他喘了口气，咳嗽起来，这让他更难受了。"哦，老天。"他呻吟道。

"我想你的肋骨断了。"我说。

"我不觉得意外。我想你最好还是走吧。"

"好吧。但是,鲁弗……是白人打了你。你听到了吗?"

他没说话。

"你说过,无论怎样都会有人去找艾萨克。好吧,那就这样吧。但给他——和爱丽丝一个机会。他们已经给了你一个机会。"

"我说不说都没有区别。艾萨克是个逃奴。不管怎样,他们都要受惩罚。"

"那么你的沉默也就无所谓了。"

"除了给他们一个你希望他们有的开始。"

我点了点头。"我确实希望他们有一个新的开始。"

"那么,你会信任我吗?"他非常仔细地看着我,"如果我告诉你我不会说的,你会相信我吗?"

"会的。"我停顿了一会儿,"我们永远都不该对彼此撒谎,你和我。不值得。我们都有太多报复对方的机会。"

他把脸转开。"你说话像该死的书。"

"那么我希望凯文教你读书教得很好。"

"你……"他抓住我的手臂,我本可以挣脱,但我让他抓着,"你威胁我,我就威胁你。没有我,你永远找不到凯文。"

"我知道。"

"那就不要威胁我!"

"我说过,我们对彼此都很危险。这更是一种提醒,而不是威胁。"实际上,这更是一种虚张声势。

"我不需要你的提醒或威胁。"

我没有说话。

"怎么样？你要去找人帮我吗？"

我还是什么也没说，也没有动。

"你穿过那片树林，"他指着前面，"外面有一条路，离得不远。向左走，沿着那条路走，就能到我家。"

我听着他的指示，知道我迟早会用到。但我们必须先达成共识，他和我。他不必承认我们有共识。他可以保持他的自尊，如果他认为他的自尊受到了威胁。但他必须表现出他理解我。如果他拒绝，他现在就会受到更多的痛苦。也许等到凯文安全了，哈格尔至少有机会出生的时候 —— 这件事我可能永远不会知道 —— 我将离开鲁弗斯，让他自己去解决麻烦。

"达娜！"

我看着他。我刚才走神了。

"我说她会……他们会有时间逃跑的。是白人打了我。"

"很好，鲁弗。"我把一只手放在他的肩上，"听着，你父亲会听我说的，对吗？我不知道我上次回家时他看到了什么。"

"他也不知道自己看到了什么。不管是什么，他以前也见过 —— 在河边那次 —— 而且他当时也不相信。但是他会听你的。他甚至可能有点怕你。"

"总比反过来要好。我会尽快赶回来的。"

5

大路比想象的要远。天色渐渐暗了下来 —— 太阳正在落下，而不是升起 —— 我从记事本上撕下几页纸，不时地贴在树上做标记。即便如此，我还是担心无法找到回鲁弗斯身边的路。

当我到达大路时，我拔起一些灌木，做成一种路障，上面撒上白色的碎纸片。等我回来的时候，我就能在正确的地方停下来——如果没有人移动它的话。

我沿着大路一直走到天黑，穿过了树林，穿过了田野，经过一座比韦林家更漂亮的大房子。没有人打扰我。有一次，两个白人男子骑马经过，我躲在一棵树后面。他们可能根本没有注意到我，但我不想冒险。还有三个黑人妇女走在路上，头上顶着大包袱。

"晚上好。"我经过时，她们说。

我点了点头，对她们说晚上好。我走得更快了，突然好奇，过了这些年，卢克和萨拉，奈杰尔和卡丽，他们怎么样了。那些曾经玩互相卖奴的孩子现在可能已经在田里干活了。玛格丽特·韦林又变成什么样了呢？我猜她还是和以前一样难缠。

最后，在经过更多的树林和田野后，那座朴素的方正房子终于出现在我面前。楼下的窗户溢满了黄色灯光。我惊愕地发现自己疲惫地说："终于到家了。"

我在田野和房子之间静静地站了一会儿，提醒自己，我是在一个不友善的地方。对我来说它不再陌生，但这只会使它显得更危险，使我更有可能放松和犯错。

我摸了摸自己的背，摸着几条长长的伤疤，提醒自己不能再犯错了。伤疤使我记起我离开这个地方只有几天时间。不是说我忘记了，完全没有。而是我这一路上仿佛已经习惯了认为自从我最后一次见到这些人，已经过了很多年。我开始感觉到——感觉到，而不是认为——对我来说，已经过去了很长时间。这是一种模糊的感觉，但这么感觉似乎是对的，也很舒服。比试图记住真正发生了什么更让人舒服。我的某个部分显然已经放弃了被时间扭曲的现实，抹平了所有事情。好吧，这也没什么，只要不是太过火。

我继续向房子走去，希望我现在已经做好了去见汤姆·韦林的心理准备。但当我快到时，一个瘦高的白人从宿地的方向向我走来。

"喂，"他叫道，"你在这外面做什么？"他步子很大，很快就走到我面前。不一会儿，他站在那里俯视着我。"你不是这里的人，"他说，"谁是你的主人？"

"我是来为鲁弗斯少爷寻求帮助的。"我说。因为他是个陌生人，我突然有些迟疑。我问："这还是他住的地方，对吗？"

那人没有回答，他继续注视着我。我不知道他是想弄清楚我的性别还是我的口音。或者，也许是因为我没有叫他先生或老爷。我得再次开始说那些让人丢脸的荒唐话了。但这个人到底是谁？

"他住在这里。"终于有了一个回答，"他怎么了？"

"有人打了他。他走不了路了。"

"他喝醉了吗？"

"呃……不，先生，不太像。"

"没用的浑蛋。"

我吃了一惊。那人说话的声音很轻，但我不会听错他说了什么。我没说话。

"来吧。"他命令道，然后带我向屋子走去。他让我站在门厅里，自己去了书房，我想韦林就在那里。我看了看离我几步之遥的长木凳，还有靠背椅，虽然我很累，但我没有坐下。玛格丽特·韦林有一次发现我坐在那里系鞋带，她大喊大叫，怒不可遏，就好像她抓住我偷了她的珠宝。我不想在那样的场景中与她重逢。我根本不想与她重逢，但这似乎不可避免。

我身后传来了声音，我惊恐地迅速转过身去。一个年轻的女奴站在那里盯着我。她的肤色较浅，戴着蓝色头巾，怀着孕，看样子快生了。

"卡丽？"我喊道。

她跑向我，抓住我的肩膀，看了一会儿我的脸，然后抱住了我。

那个陌生白人正好在那一刻，和汤姆·韦林一起从书房出来。

"你们在干什么？"陌生人问道。

卡丽迅速从我身边移开，低着头。我说："我们是老朋友，先生。"

汤姆·韦林比以往更苍白、更瘦削，样子更阴沉，向我走来。他盯着我看了一会儿，然后转身面对那个陌生人。"你说他的马什么时候进来的，杰克？"

"大约一个小时前。"

"那么久……你应该告诉我。"

"他以前也花过这么长时间，甚至更久。"

韦林叹了口气，瞥了我一眼。"是的，但我认为这次可能更严重。卡丽！"

哑巴女人本来正向后门走去，听见命令，她转过身来看着韦林。

"让奈杰尔把马车赶到前面来。"

她半点头半屈膝——这是她专门给白人行的礼——然后匆匆离去。

她走的时候我想到了一些事情，于是我对韦林说："我认为鲁弗斯少爷的肋骨可能断了。他没有咯血，所以他的肺应该没有问题，但在你搬动他之前，最好让我先给他包扎一下。"我还从来没有包扎过比割破的手指更严重的伤口，但我确实记得在学校学过的一点急救知识。鲁弗斯摔断腿那次，我没有想到要采取行动，但现在也许能帮上忙。

"等我们把他送到这里，你可以给他包扎。"韦林说。他对那个陌生人说："杰克，你派人去找医生。"

杰克不满地看了我一眼，然后跟着卡丽从后门出去了。

韦林走出前门，没有再跟我说一句话。我跟在他后面，想记起包扎断了的肋骨有多重要 —— 也就是说，是否值得和韦林"顶嘴"。我不希望鲁弗斯受重伤，尽管他活该。任何伤都可能很危险。但在我的记忆中，包扎肋骨主要是为了减轻疼痛。我不确定我的记忆如此是因为它是真的，还是因为我想避免与韦林发生任何形式的冲突。我不需要摸我背上的伤疤就能意识到它们的存在。

一个高大魁梧的奴隶赶着一辆马车来到我们面前，我坐到了后面，韦林则坐在车夫旁边。车夫回头看了我一眼，轻声说："你好吗，达娜？"

"奈杰尔？"

"是我，"他咧嘴笑着说，"我猜，自从你上次见我之后，我又长大了一些。"

他已经长成了另一个卢克 —— 一个高大英俊的男人，和我记忆中的那个男孩没有什么相似之处。

"你闭上你的嘴，看着路。"韦林说，然后对我说，"你得告诉我们该去哪里。"

我很乐意告诉他去哪里，但我说得很客气。"离这里很远，"我说，"在我来你家的路上，我经过了另一家人的房子和田地。"

"那是法官的地方。你本可以在那里得到帮助。"

"我不知道。"就算我知道,也不会去的。不过,我在想,那会不会就是霍尔曼法官,他很快就会派人去追捕艾萨克。很有可能。

"你把鲁弗斯留在路边了吗?"韦林问。

"没有,先生。他在树林里。"

"你确定你知道在树林里的什么地方?"

"是的,先生。"

"你最好知道。"

他没再说别的话。

我没费什么力气就找到了鲁弗斯,奈杰尔把他轻轻地抱起来,就像卢克曾经做的那样容易。在马车上,鲁弗斯扶着腰,然后握住我的手。某一刻,他说:"我会遵守我的承诺。"

我点点头,摸了摸他的额头,以防他没看到我点头。他的额头又热又干。

"他会遵守他的承诺,是什么意思?"韦林问。

他回头看着我,于是我皱着眉头,一脸疑惑地说:"我想他是发烧了,肋骨也断了,先生。"

韦林厌恶地哼了一声。"他昨天就病了,吐得一塌糊涂,但他今天还爬起来跑出去。蠢货!"

之后他又陷入了沉默,直到我们到他家。然后,奈杰尔把鲁弗斯抱上楼,韦林把我领到他的书房禁地。他把我推到一盏鲸油灯旁,在明亮的黄色灯光下,他静静地、用评判的眼神盯着我,直到我看向门的方向。

"你和之前的是同一个人,好吧,"他最后说,"我本来不愿意相信的。"

我没有说话。

"你是谁？"他问道，"你是什么人？"

我犹豫了一下，不知道该怎么回答，因为我不知道他知道多少。真话可能会让他认为我疯了，但我也不想被揭穿在说谎。

"好吧！"

"我不知道你要我说什么，"我对他说，"我是达娜。你认识我。"

"我知道的事就不要说了！"

我沉默地站在那里，困惑又害怕。凯文现在不在这里。如果我需要帮助，我不知道该喊谁。

"我是一个可能刚刚救了你儿子的人。"我轻声说，"如果不是我，他可能已经死在那里了。他生着病，受了伤，又是一个人。"

"你认为我应该感谢你？"

为什么他听起来很生气？他不应该感激我吗？"我不能告诉你你应该有什么感觉，韦林先生。"

"这就对了。你不能。"

有一阵子的沉默，似乎他希望我能打破这沉默。我急切地换了话题："韦林先生，你知道富兰克林先生去哪儿了吗？"

奇怪的是，这句话似乎触动了他。他的表情稍稍缓和了一些。"他，"他说，"傻瓜。"

"他去了哪里？"

"北方的某个地方。我不知道。鲁弗斯有一些他写来的信。"他又瞪了我一会儿，"我猜你想留在这里。"

他的口气好像是在给我一个选择，我很惊讶，因为他没有必要这样。也许他心里毕竟还是有些许感激之情。

"我想要留一段时间。"我说。与其在北方的某个城市游荡，寻找凯文，还不如试着从这里联系他。特别是我没有钱，还对这个时代一无所知。

"你想留在这儿得干活,"韦林说,"就像你以前那样。"

"是,先生。"

"那个富兰克林回来的话,他会在这里落脚。他曾经回来过一次 —— 希望能找到你,我想。"

"什么时候?"

"去年的某个时候。你上去陪着鲁弗斯,等医生来。照顾好他。"

"是,先生。"我转身要走。

"不管怎么说,你似乎就是为了这个来的。"他咕哝道。

我继续走着,很高兴能摆脱他。他对我的了解比他想说的要多。这从他没有问的问题中可以清楚看出。他已经两次看到我消失了。而凯文和鲁弗斯可能至少告诉了他一些关于我的事情。我想知道他们说了多少。我还想知道凯文说了什么或者做了什么,让他成了一个"傻瓜"。

不管是什么,我都会从鲁弗斯那里知道的。韦林太危险了,我不能问他。

6

我尽力把鲁弗斯的身体擦拭干净,用奈杰尔给我的布片包扎他的肋骨。鲁弗斯左侧的肋骨非常痛。不过,他说包扎后他呼吸不那么痛了,我对此很高兴。但他仍然生着病。他的高烧持续不退。而医生还没有来。鲁弗斯不时地咳嗽一阵,而且因为肋骨,咳嗽似乎让他非常难受。萨拉进来看他,也来拥抱了我。比起他的肋骨或发烧，她对他挨打造成的伤痕更为担心。他的脸青一块紫一块，鼻青脸肿，看起来畸形了。

她生气地说："他就是喜欢打架。"鲁弗斯浮肿的眼睛睁开一条缝，看着她，但她还是继续说，"我就见过他单单因为对方刻薄就和人家打架，"她说，"他是想要把自己弄死！"

她简直成了他母亲，又是生气又是担忧，不知道该表达哪一种情绪。她拿走了奈杰尔带给我的盆，装满干净的凉水后拿了回来。

"他母亲在哪里？"她离开时，我轻声问她。

她退开了一些。"走了。"

"死了？"

"还没有。"她瞥了一眼鲁弗斯，看他有没有在听。他的脸转向一旁。"去了巴尔的摩，"她低声说，"我明天告诉你。"

我没有再问，让她走了。我知道我不会被突然袭击，这就够了。这一次，不会有玛格丽特的过度保护妨碍我。

我回到他身边时，他正在无力地挣扎。他咒骂着疼痛，咒骂我，然后又反应过来，说他不是那个意思。他烧得很烫。

"鲁弗？"

他的头从一边摆到另一边，似乎没听到我说的话。我把手伸进牛仔包，找到了阿司匹林的塑料瓶——几乎满满的一大瓶。够用了。

"鲁弗！"

他眯着眼睛看我。

"听着，我有我那个时代的药。"我从床边的水壶里给他倒了一杯水，倒出两片阿司匹林，"这些可以给你退烧，也可以缓解你的疼痛。你愿意吃吗？"

"是什么？"

"叫阿司匹林。在我的时代，人们用它来对付头疼、发烧和其他类型的疼痛。"

他看着我手中的两片药，然后看着我。"给我。"

他吞咽困难，不得不嚼碎了吞下。

"天哪，"他喃喃道，"这么难吃的东西一定对我有好处。"

我笑了笑，在盆里打湿一块毛巾，给他洗脸。奈杰尔拿着一条毯子进来了，告诉我医生因为处理难产而耽搁了，要我陪在鲁弗斯身边过夜。

我并不在意。以鲁弗斯现在这个状态，也不会对我有什么兴趣。不过，我认为奈杰尔留下更合理。我问了他这个问题。

"汤姆老爷知道你的事，"奈杰尔轻声说，"鲁弗少爷和凯文先生都告诉他了。他认为你知道怎么治病。也许还不光是治病。他看到你回家了。"

"我知道。"

"我也看到了。"

我抬头看着他，他现在比我高了一个头，我看到他的眼里只有好奇。如果我的消失曾让他害怕，那么这种恐惧早已经消失了。我对此很高兴。我想要和他的友谊。

"汤姆老爷说你要照顾他，你最好好好干。萨拉姨妈说如果你需要帮忙就招呼她。"

"谢谢。替我谢谢她。"

他点点头，微微一笑。"你出现对我是好事。我现在想和卡丽在一起。她快生产了。"

我咧嘴笑了。"你的孩子，奈杰尔？我猜就是。"

"最好是我的。她是我的妻子。"

"恭喜你。"

"鲁弗老爷付了钱请镇上的一个免费传教士来，讲他们给白人和自由黑鬼结婚时说的话。不需要跳扫帚[1]。"

我点点头，记起了我在书上读到过的黑奴的结婚仪式。他们跳扫帚，有时向后跳，有时向前跳，取决于当地的风俗；或者他们站在主人面前，被宣布结为夫妻；或者遵循其他惯例，甚至雇用牧师，按奈杰尔的那种仪式进行。不过，在法律上都没有任何区别。奴隶的任何婚姻都没有法律约束力。即使是爱丽丝与艾萨克的婚姻，也只是一种非正式的协议，只因为艾萨克是奴隶，或者曾经是奴隶。我希望现在他是一个自由民，正在前往宾夕法尼亚的路上。

"达娜？"

我抬头望着奈杰尔。他叫着我的名字，声音很轻，我差点没有听到。

"达娜，是白人干的吗？"

我吓了一跳，把一根手指放在嘴唇上警告他，并挥手示意他离开。"明天再说。"我保证道。

但他并不像萨拉那样愿意合作。"是艾萨克？"

我点点头，希望他能满意，放下这个话题。

"他逃走了吗？"

我又点头。

他离开了，看起来松了口气。

1　Jump the broom，起源于 19 世纪中期内战前美国的奴隶制，现成为非洲裔美国人和加拿大黑人的传统婚礼习俗。在婚礼上，新婚夫妇要一起跳过一把经过装饰的扫帚。

我陪着鲁弗斯，直到他入睡。阿司匹林似乎真的有用。然后我用毯子裹住自己，把房间里的两把椅子拉到壁炉前并排放好，尽可能舒适地安顿自己。还不错。

第二天早上，医生很晚才来，鲁弗斯的烧已经退了。他身体的其他部分仍然有瘀伤，感到酸痛，而且因为肋骨的疼痛，他仍然只能很浅地呼吸，强忍着不咳嗽，但即便如此，他已经好太多了。我从萨拉那里给他带了一盘早餐，他邀请我分享她准备的大餐。我吃了热的点心加黄油和桃子酱，喝了点他的咖啡，还吃了一点冷火腿。很好吃，也吃得很饱。他吃了鸡蛋、剩下的火腿和玉米饼。每样东西都太多了，而且他胃口不是太好。实际上，他靠着枕头，饶有兴致地看着我吃。

"要是爸爸进来，看到我们在一起吃东西，他一定会骂人的。"他说。

我放下手里的点心，收敛起心里还残留的 1976 年的思维模式。他是对的。

"那你在做什么？想惹麻烦？"

"不，他不会打扰我们。吃吧。"

"上次有人告诉我他不会打扰我，结果他走了进来，把我的背打得皮开肉绽。"

"是的，我知道这事。但我不是奈杰尔。如果我告诉你做什么，而他不喜欢，他会来找我的。他不会因为你服从我的命令而鞭打你。他是个讲究公平的人。"

我看着他，吃了一惊。

"我说的是公平，"他重复道，"不是讨人喜欢。"

我还是没说话。他父亲不是个恶魔，他对他的奴隶拥有的那些权力并没有让他成为恶魔。他根本不是恶魔。他只是一个普通人，有时会做一些残暴的，而他的社会认为是合法和恰当的事。但我在他身上没有看到特别的公平。他为所欲为。如果你告诉他，他不公平，他就会因为你顶嘴而鞭打你。至少我认识的那个汤姆·韦林会这样做。也许现在他已经变得更成熟了。

"留下来，"鲁弗斯说，"不管你对他有什么看法，我不会让他伤害你的。而且，能换个人和我一起吃饭、谈话，很不错啊。"

他还挺好的。我又开始吃起来，不知道为什么他今天早上的心情这么好。从威胁我，不告诉我凯文在哪里开始，到现在，他已经从前一天晚上的愤怒进步了不少。

"你知道，"鲁弗斯若有所思地说，"你看起来仍然很年轻。十三四年前你把我从那条河里捞出来，但看你现在的样子，你那时候应该还只是个孩子。"

呃，不好。"我猜，凯文没有解释这部分。"

"解释什么？"

我摇了摇头。"这样……我来告诉你对我来说是怎么回事。我不能告诉你为什么事情会这样发生，但我可以告诉你它们发生的顺序。"我迟疑了一会儿，整理我的思绪，"河边那次我来找你，对我来说那是 1976 年 6 月 9 日。我回到家时，仍然是同一天。凯文告诉我，我只离开了几秒钟。"

"几秒钟？"

"等一下。等我告诉你全部。然后你可以花时间慢慢消化、提问题。后来，在同一天，我又来找你。你当时大了三四岁，正忙着要把房子烧掉。当我回家时，凯文告诉我只过去了几分钟的时间。第二天早上，6 月 10 日，我来了你这里，因为你从树上掉了下来……凯文和我一起来的。我在这里待了将近两个月。但是当我回家的时候，我发现距离我离开家只过去了几分钟或几个小时。"

"你是说两个月后，你……"

"我回到家和离开时是同一天。不要问我是怎么回事，我不知道。在家里待了八天后，我又回到了这里。"我默默地看了他一会儿，"鲁弗，既然我在这里了，你也安全了，我想找到我的丈夫。"

他慢慢理解这些话，皱着眉头，好像他是在翻译另一种语言。然后他朝他的书桌那边挥了挥手，那是一张新书桌，比我上次来时见到的桌子更大。旧的那张就是个小台子。这张新书桌有一个活动盖板，桌板上面和下面的抽屉空间都很大。

"他的信在中间的抽屉里。你想要的话可以拿走，上面有他的地址……但是达娜，你是说，我一直在长大，但不知怎的，时间对你来说几乎是静止的？"

我在书桌前，在杂乱的抽屉里寻找那些信。"时间没有停止不前，"我说，"我确信我最后两次来这里使我变老了一点，不管我家里的日历是怎么说的。"我找到了那些信。有三封，写在大张纸上的短信，信纸被折叠过，用封蜡封住，没有信封，就这么寄来了。"这是我在费城的地址。"凯文在其中一封中说，"如果能找到一份体面的工作，我就在这里待上一段时间。"除了地址，就这些。凯文写书，但他对写信从来都不怎么上心。在家里时，他总是等我心情好的时候，让我为他处理信件。

"我会变成老头，"鲁弗斯说，"你还是会来找我，样子就像现在一样。"

我摇了摇头。"鲁弗，如果你不小心点，就永远活不到变老。现在你已经长大了，我可能帮不了你多少了。你成人后遇到的那种麻烦对我来说可能一样难解决。"

"是的，但这个时间的问题……"

我耸了耸肩。

"去他的，我们两个肯定是疯得不一般，达娜。我从来没有听说别人遇到过这样的事。"

"我也没有。"我看了看另外两封信。一封来自纽约，一封来自波士顿。波士顿的那封信中，他说要去缅因州。我想知道是什么驱使他往北方越走越远。他一直对西部感兴趣，但缅因州……

"我会写信给他，"鲁弗斯说，"告诉他你在这里。他就会赶回来。"

"我来给他写信，鲁弗。"

"我得把信寄出去。"

"那好吧。"

"我只希望他还没有出发去缅因州。"

我还没回答，韦林打开了门。他带来了另一个人，原来是医生，我的休闲时间结束了。我把凯文的信放回鲁弗斯的书桌里——那里似乎是保存它们的最好地方。我拿走了早餐盘，给医生送去了他要的空盆，医生问韦林我是不是够聪明，能不能准确地回答一些简单的问题，我站在一旁等着。

韦林看也没看我，对两个问题都说了"是"，医生就问了他的问题：你确定鲁弗斯发过烧吗？你怎么知道的？他有没有神志不清？你知道神志不清是什么意思吗？聪明的黑鬼，不是吗？

我讨厌这个人。他又矮又瘦，黑头发，黑眼睛，傲慢无礼，居高临下，对医学几乎和我一样无知。他猜，既然鲁弗斯的烧似乎已经退了，他就不给他放血了——给他放血！他猜有几根肋骨断了，

178

是的。他马马虎虎地重新包扎了一下。他猜我现在可以走了；我对他已经没有用处了。

我逃到了厨房。

"你怎么了？"萨拉看到我问。

我摇了摇头。"没什么大事。只是一个愚蠢的小个子男人，可能比法术和好运符稍微有用点。"

"什么？"

"别理我，萨拉。你有什么需要我做的吗？我想在房子外面待一会儿。"

"在这里总是有事做的。你吃东西了吗？"

我点了点头。

她抬起头看我，用她那种用鼻子看人的方式。"嗯，我在他餐盘上放的足够他吃了。来，揉这个面团。"

她给了我一碗已经发起来的面包面团，可以开始揉了。"他没事吧？"她问。

"他正在康复。"

"艾萨克没事吧？"

我瞥了她一眼。"没事。"

"奈杰尔说，他认为鲁弗少爷没有说出发生了什么。"

"他没有。我设法说服了他。"

她一只手在我肩上搭了一会儿。"我希望你能在这里待一段时间，姑娘。这些天来，就算他爸爸也说服不了他什么。"

"嗯，我很高兴我能做到。但是，你答应过要告诉我他母亲的事。"

"没什么好说的。她又生了两个孩子——双胞胎。病恹恹的小东西。拖了一段时间，然后先后死了。她差不多也死了。她有点疯癫。不管怎么说，生孩子让她的情况很糟糕——生病，伤心。她和汤姆老爷争吵，每次看到他都会大喊大叫，骂骂咧咧，没完没了。她大部分时间都在生病，下不了床。最后，她姐姐来了，带她去了巴尔的摩。"

"那她还在那里吗？"

"还在那里，还在生病。据我所知，还是疯疯癫癫的。我只希望她能留在那里。那个监工，杰克·爱德华兹，是她的一个表亲，我们这里有他这个刻薄卑鄙的白垃圾就够了。"

这么说，杰克·爱德华兹是监工。韦林已经开始雇用监工了。我想知道为什么。但我还没来得及问，两个家仆进来了，萨拉故意转过身去，结束了谈话。不过，后来我问奈杰尔卢克在哪里的时候，开始明白发生了什么事。

"卖了。"奈杰尔平静地说。他不肯再多说什么。鲁弗斯告诉了我他没说的事情。

"你不该问奈杰尔的。"我提到这件事时，他对我说。

"如果我知道的话，就不会问了。"鲁弗斯仍然躺在床上。医生给了他一剂泻药，然后离开了。鲁弗斯把泻药倒进了他的便壶里，命令我告诉他父亲他已经喝了。他让他父亲允许我回他身边，这样我就可以给凯文写信了。"卢克能干活，"我说，"你父亲怎么能把他卖掉呢？"

"他干活没问题。工人们也愿意为他努力工作——大多时候不需要挨鞭子。但有时候，他表现得不是太聪明。"鲁弗斯停了下来，开始深呼吸，他努力忍住了，痛得龇牙咧嘴。"你在某些方面像卢克，"他继续说，"所以你最好表现得聪明点，达娜。你这次要靠自己了。"

"但他做错了什么？我又做错了什么？"

"卢克……他就是不管爸爸说什么，自己想做什么就做什么。爸爸总说他以为自己是白人。大概在你离开两年后，有一天，爸爸厌烦了。新奥尔良的商人来了，爸爸说与其鞭打卢克等他逃跑，不如把他卖掉。"

我闭上眼睛，回想起这个高大的黑人，仿佛再次听到他建议奈杰尔如何违抗白人。这已经对他产生了负面影响。"你觉得那个商人把他一直带到了新奥尔良？"我问。

"是的，他正准备多买好些黑人，把他们一起运到那里。"

我摇了摇头。"可怜的卢克。路易斯安那州现在有甘蔗田了吗？"

"甘蔗、棉花、水稻，他们在那里种了很多。"

"我的祖父祖母在去加利福尼亚州之前就在那里的甘蔗田干活。卢克可能是我的亲戚。"

"只要确保你最后不要落得像他那样。"

"我又没做什么。"

"不要去教别人读书。"

"噢。"

"是的，噢。如果爸爸决定卖掉你，我可能无法阻止他。"

"卖掉我！他又不拥有我。就算根据这里的法律，他也没有权利。他没有任何文件证明他拥有我。"

"达娜，不要说傻话！"

"但是……"

"有一次，我在镇上听到有人吹嘘他和他的朋友如何抓到了一个自由的黑人，撕掉了他的证件，把他卖给了一个商人。"

我没说话。他当然是对的。我没有任何权利——甚至没有任何可以被撕掉的证件。

"反正小心点。"他轻声说。

我点了点头。我想，如果有必要，我可以逃出马里兰州。这并不容易，但我认为我可以做到。另一方面，我也不知道，即使是比我聪明得多的人，在当时那种情况下，如何能逃出被水域和奴隶州包围的路易斯安那？那好，我必须小心，要准备好，如果有任何被卖掉的风险，我就逃跑。

"我很惊讶奈杰尔还在这里。"我说。然后我意识到即使是对鲁弗斯，说这话也不是太聪明。我得学会把想法更多地留在心里。

"哦，奈杰尔逃跑过，"鲁弗斯说，"不过，巡逻员把他带了回来，他挨着饿还生了病。他们鞭打了他，爸爸也鞭打了他。然后萨拉姨妈治好了他，我说服爸爸让我留下他。我觉得我要做的事更难了。我觉得爸爸要等到奈杰尔和卡丽结婚他才会放心。男人结婚了，有了孩子，就更有可能留在原地。"

"你听起来已经像个奴隶主了。"

他耸了耸肩。

"如果是你的话，你会卖掉卢克吗？"

"不会！我喜欢他。"

"你会卖掉谁吗？"

他犹豫了一下。"我不知道。我觉得不会。"

"我希望不会。"我看着他说，"你没有必要做那种事。不是所有的奴隶主都会那样做。"

我把我的牛仔包从他床下藏的地方拿出来，然后坐在他的书桌前，用我的笔在他的大开本纸上写信。我嫌麻烦，没有用他桌上蘸墨水的羽毛笔。

"亲爱的凯文，我回来了，而且我也想去北方……"

"你写完后让我看看你的笔。"鲁弗斯说。

"好的。"

我继续写着，很奇怪，我感觉自己快要哭了。就像我真的在和凯文说话。我开始相信我还会再见到他。

"让我看看你带来的其他东西。"鲁弗斯说。

我把包扔到他的床上。"你可以看看。"我说，然后继续写信。写完信，我才抬头看他在做什么。

他正在看我的书。

"给你笔。"我随口说了一句，然后我等着他一放下书我就抢回来。但他并没有放下书，也没理会笔，而是抬头看着我。

"这是我见过的最大的一堆废奴主义垃圾。"

"不，不是，"我说，"那本书是在奴隶制废除一个世纪后才写出来的。"

"那他们到底为什么还在抱怨奴隶制？"

我把书拉下来，看到他在读的那一页。照片上的索杰娜·特鲁斯[1]庄严地盯着我。照片下面是她一次演讲的部分内容。

"你在读历史，鲁弗。再翻几页，你会发现一个名为 J. D. B. 德鲍[2]的白人声称，奴隶制很好，其中一个原因是它让贫穷的白人有

---

1 索杰娜·特鲁斯（Sojourner Truth，1797—1883），本名伊莎贝拉·"贝尔"·鲍姆弗里（Isabella "Bell" Baumfree），美国早期著名的妇女权益运动、废奴主义人物。1827年纽约州废除奴隶制后，索杰娜投身于福音派的传教工作，并在传教的内容中加入了废奴和女权主义的思想。

2 即詹姆斯·邓伍迪·布朗森·德鲍（James Dunwoody Bronson Depauw，1820—1867），美国出版商、统计学家，以具有影响力的杂志《德鲍评论》而闻名。

了他们可以看不起的人。那是历史。无论它会不会让你不高兴，它都已经发生了。有相当多的历史让我不高兴，但我也无能为力。"还有其他的历史，他绝不能读。太多的事情还没有发生。例如，索杰娜·特鲁斯这时还是奴隶。如果有人从纽约她的主人那里买下她，并在北方的法律能够给她自由之前把她带到南方，那么她可能会采摘棉花度过余生。而就在马里兰州，有两个重要的奴隶儿童。年龄较大的那个，住在塔尔博特县，在一两次改名后将被称为弗雷德里克·道格拉斯[1]。第二个孩子，在往南几英里的多切斯特县长大，名叫哈莉特·罗斯，最终将成为哈莉特·塔布曼[2]。有一天，她将带领三百名逃奴获得自由，让东岸的种植园主遭受巨大损失。而在更远的弗吉尼亚州的南安普敦，一个名叫奈特·杜纳的人正在等待时机[3]。还有更多。我说过，我无法改变历史。然而，如果历史可以被改变，这本在一个白人——甚至是一个有同情心的白人——手中的书可能就是改变历史的东西。

"像这样的历史可以送你去和卢克待在一起。"鲁弗斯说，"我不是告诉过你要小心吗！"

"我不会让别人看到的。"我从他手中接过书，更轻声地说，"还是你在告诉我，你也不值得信任？"

---

1 弗雷德里克·道格拉斯（Frederick Douglass，1817—1895），原名弗雷德里克·奥古斯都·华盛顿·贝利（Frederick Augustus Washington Bailey），著名的美国黑人政治家、演说家、作家，废除奴隶制度与社会改革的领袖，极具影响力，是废奴运动的代表人之一，亦是第一位在美国政府担任美国外交使节的黑人。

2 哈莉特·塔布曼（Harriet Tubman，1822—1913），出生名为阿拉明塔·"明蒂"·罗斯（Araminta "Minty" Ross），美国废奴主义者、政治活动家，曾利用反奴隶制活动者的社会网络，多次采取行动解救奴隶，晚年积极参与争取妇女选举权的社会运动。

3 奈特·杜纳（Nat Turner，1800—1831），一名非洲裔奴隶，曾领导弗吉尼亚州南安普敦的奴隶和自由黑人在1831年8月21日起义，导致55～65名白人死亡。后白人民兵平息叛乱，杀死了200多名黑人。杜纳躲藏两个月后被捕，被定罪处死。

他看起来很惊愕。"该死，达娜，我们必须信任对方。你自己说的。但如果我爸爸翻了你的包怎么办？如果他想的话，他可以的。你没法阻止他。"

我没说话。

"如果他发现那本书，你就会挨一顿前所未有的鞭子。那些内容……他会把你当成另一个登马克·维西[1]。你知道维西是谁吗？"

"知道。"一个曾策划用暴力为他人谋求自由的自由民。

"你知道他们对他做了什么？"

"知道。"

"那就把那本书扔进火里。"

我拿着书想了一会儿，然后打开书，翻到马里兰州的地图。我把地图撕了下来。

"让我看看。"鲁弗斯说。

我把地图递给他。他看了看，翻了过来。背面就只是一张弗吉尼亚州的地图，他又把它递给了我。"这个更容易藏起来，"他说，"但是你知道的，如果让白人看到，他会认为你打算用它来逃跑。"

"我愿意赌一把。"

他厌恶地摇了摇头。

我把书撕成几块，扔到他壁炉里的热炭上。火焰熊熊燃烧，吞

1　登马克·维西（Denmark Vesey，约 1767—1822），南卡罗来纳州查尔斯顿的一名自由黑人和社区领袖，被指控在 1822 年策划了一场重大的奴隶起义并被定罪。虽然所谓的阴谋在实现之前就被发现了，但其潜在的规模激起了前一世纪种植者阶层的恐惧，导致对黑奴和自由黑人的限制增加。

没了干燥的纸张，我发现自己联想到了纳粹的焚书运动[1]。专制社会总是明白"错误"思想的危险。

"封好你的信。"鲁弗斯说，"桌上有蜡和蜡烛。我一旦能到镇上去，就去寄信。"

我照办了，不太熟练，热蜡滴到了手指上。

"达娜？"

我瞥了他一眼，出乎意料地发现他正紧张地看着我。"怎么了？"

他的目光似乎从我身上移走了。"那张地图仍然让我不安。听着，如果你想让我尽快把那封信送到镇上，你就把地图也扔进火里。"

我转身看着他，很沮丧。又是威胁。我原本以为我们之间已经没有这些了。我本希望威胁已经消失了；我非常需要信任他。如果不能信任他，我就不敢和他待在一起。

"我希望你没有这么说，鲁弗。"我平静地说。我走到他身边，压抑住愤怒和失望，开始把他四处摊开的我的东西放回包里。

"等一下。"他抓住我的手，"你生气的时候真他妈的冷酷。等一下！"

"等什么？"

"告诉我你为什么生气。"

什么？真的吗？我能让他明白吗，为什么我认为他威胁我比我

1　1933 年 3 月，纳粹党夺取了德国政权的几个月后，公布首批所谓"有害的不受欢迎的文献"名单。纳粹党焚毁被其定义为"非德意志"的书籍，主要是犹太人作家的书籍，但也有其他对纳粹思想持质疑态度的作家，包括近百位德国作家和近 40 位外语作家，也包括犹太人、和平主义、宗教、古典自由主义、无政府主义、社会主义和共产主义的书籍。1933 年 5 月 10 日，在纳粹德国的柏林歌剧院广场（今倍倍尔广场），德国大学生将 2 万多本书焚毁。

威胁他更糟糕？就是这样。他威胁说，如果我不服从他一时的念头，销毁一张可能帮助我获得自由的纸，他就会让我找不到我丈夫。我的威胁是出于绝望。他的威胁是一时兴起或发怒。至少表面上是这样。

"鲁弗，有些事情我们就是不能讨价还价。这就是其中之一。"

"你告诉我什么事情我们不能讨价还价？"他的语气更像是出于惊讶而非愤怒。

"你说得太对了，我这就告诉你。"我说话的声音很轻，"我不会用我的丈夫或我的自由讨价还价！"

"你两样都没有，怎么讨价还价？"

"你也没有。"

他盯着我，眼神中的困惑不亚于愤怒，这鼓舞了我。他本可以发脾气，本可以马上把我赶出种植园。"听着，"他咬着牙说，"我是在帮你！"

"你是吗？"

"你认为我在做什么？听着，我知道凯文想帮你。他把你留在身边，让你好过些。但他不能真正保护你。他不知道怎么做。他连自己都保护不了。你消失的时候，爸爸差点向他开枪。因为他又打又骂……起初爸爸甚至不知道是为什么。是我帮凯文恢复了正常。"

"是你？"

"我说服爸爸愿意再见到他，这并不容易。如果他看到那张地图，我可能没法帮你说话了。"

"我明白了。"

他等着，看着我。我想问他，如果我不烧掉地图，他会怎么处理我的信。我想问，但我不想听到一个可能会把我赶出去，让我去面对另一个巡逻员或遭受另一顿鞭打的回答。如果可以的话，我想让事情尽量简单。我想留在这里，想让那封信寄去波士顿，把凯文带回我身边。

所以，我告诉自己，毕竟地图更多的是一个象征，而不是必需的东西。如果我必须离开，我知道如何在晚上跟随北极星。我已经特别注意学会了这一点。而在白天，我知道朝向哪里太阳会在我的右边升起，在我的左边落下。

我从鲁弗斯的书桌上拿起地图，扔进壁炉。地图变黑了，然后燃烧起来。

"没有它我也能应付，你知道的。"我轻声说。

"你不需要它。"鲁弗斯说，"你在这里会没事的。你回家了。"

7

艾萨克和爱丽丝一起度过了四天的自由时光。第五天，他们被抓住了。第七天，我知道了这件事。那天鲁弗斯和奈杰尔乘马车进城，帮我寄信，处理一些他们自己的事情。我一直没有听说什么逃奴的事，而鲁弗斯似乎也忘记了他们。他感觉好多了，看上去也好多了。这对他来说似乎已经足够。他离开之前来找我，对我说："给我一些你的阿司匹林。奈杰尔那样赶车，我可能需要吃点。"

奈杰尔听到后叫道："鲁弗少爷，你可以来赶车。我就坐在后面，放松放松，这路这么颠簸，你来教我怎么把车驾稳。"

鲁弗斯朝他扔了一个土块，他接住了，笑着把土块扔了回去，从鲁弗斯身边擦过。"看到了吗？"鲁弗斯对我说，"我残废了，他就趁机欺负我。"

我笑着拿出阿司匹林。鲁弗斯从来不会不问就从我包里拿东西，尽管他可以轻易这么做。

"你确定你感觉好了，可以去镇上？"我一边问，一边把阿司匹林给他。

"不，"他说，"但我要去。"后来我才知道，有一位访客给他带来了爱丽丝和艾萨克被抓的消息。他要去接爱丽丝。

我去了洗衣场，帮一个叫泰丝的年轻奴隶干活，她有许多又重又臭的衣服，需要用力捶打和烹煮才能去掉上面的污垢。她一直在生病，我答应过要帮她。我基本上想干什么活才干什么活。我对此有些内疚。别的奴隶——家奴或农场工人——没有那么多的自由。我在我喜欢的地方干活，或者看到别人需要帮助的时候搭把手。萨拉有时会安排我去做事，但我并不介意。玛格丽特不在的时候，就由萨拉负责管理房子和家仆。她分配工作很公平，和玛格丽特一样把家务管理得井井有条，但不像玛格丽特那样制造那么多紧张气氛和冲突。当然，有些奴隶总是想逃避不喜欢的工作，他们会讨厌她，但他们也服从她。

"懒惰的黑鬼！"当她不得不盯着某人干活的时候，就会嘀咕。

我第一次听到她这样说时，惊讶地看着她。"他们为什么要卖力干活？"我问，"能给他们带来什么？"

"如果他们不卖力，就会挨皮鞭。"她厉声说，"我不会为他们不做的事承担责任。你会吗？"

"嗯，不会，但是……"

"我干活。你也干活。不需要有人一直在背后盯着我们才干活。"

"等时候到了，我就不用干活，可以离开这里了。"

她跳了起来，迅速环顾四周。"你有时候真没脑子！随便胡说！"

"现在就只有我们俩。"

"可能不止我们俩。这儿的人会听墙脚，他们也会乱说。"

我没说话。

"你想做什么就去做，想想什么就去想。但你自己知道就够了。"

我点点头。"我听到了。"

她把声音压得很低。"你需要去看看他们抓回来的几个黑鬼。"她说，"你需要看看他们——饿得要死、衣不遮体、被鞭子抽、被拖过来拽过去、被狗咬……你需要看看他们。"

"我宁可去看看其他人。"

"什么其他人？"

"那些成功的人。那些现在可以自由生活的人。"

"如果有的话。"

"有的。"

"有些人说他们有。不过，这就像死了上天堂。从来没有人回来告诉你这件事。"

"回来再当奴隶？"

"是的。但还是……这些谈话很危险！反正没意义。"

"萨拉，我见过一些奴隶写的书，他们逃跑后住在北方。"

"书！"她想让自己的语气听起来很轻蔑，但实际上语气却很不确定。她不识字。书对她来说可能是令人敬畏的奥秘，或者是危险的浪费时间的胡言乱语。这取决于她的心情。现在她的心情似乎在好奇和恐惧之间摇摆不定，最终恐惧占了上风。"愚蠢！"她说，

"黑鬼写书！"

"但这是事实。我见过……"

"不想再听你说了！"她猛地提高了声音。这很不寻常，和我一样，她自己也吓了一跳。"不想再听了，"她轻声重复，"这里并不糟糕，日子可以过得去。"

她做了保险的事——接受了被奴役的生活，因为她很害怕。她在其他家庭可能是被称为"黑人姆妈"的那种女人。她在激进的20世纪60年代会是被人看不起的那种女人。黑鬼家奴，戴头巾的黑人[1]，女版的汤姆叔叔[2]——惊恐、无力的女人，已经失去了她能失去的一切，对北方的自由就像对来世一样一无所知。

出于道德上的优越感，我自己也有一段时间看不起她。这里有一个比我更没有勇气的人，这在某种程度上安慰了我。或者说曾经安慰了我，直到鲁弗斯和奈杰尔赶车进城，带着奄奄一息的爱丽丝回来。

他们到家时已经很晚了——天快黑了。鲁弗斯跑进屋叫我，我还没意识到他已经回来了。"达娜！达娜，快下来！"

我从他的房间——他不在房间的时候这里就是我的新避难所——出来，匆匆下楼。

"快来，快！"他催促道。

我没说话，跟着他走出前门，不知道会看到什么。他把我领到马车前，爱丽丝躺在那里，浑身是血和污垢，几乎没有气息。

---

1 Handkerchief head，为了自己的私利或因为害怕白人，不认同黑人而认同白人的黑人。

2 汤姆叔叔，美国作家哈里特·比彻·斯托（斯托夫人）于1852年发表的一部反奴隶制的畅销小说《汤姆叔叔的小屋：卑贱者的生活》（*Uncle Tom's Cabin; or, Life Among the Lowly*）中的主要人物。是一个顺从、坚忍并忠心于白人主人的黑奴形象。

"哦，我的天啊。"我低声说。

"救救她！"鲁弗斯说。

我看着他，想起了爱丽丝为什么需要我救她。我没有说话，也不知道自己是什么表情，但他从我身边退开了一步。

"救她！"他说，"想怪我就怪吧，但请救救她！"

我转向她，轻轻地拉直她的身体，抚摸检查有没有骨折的地方。神奇的是，似乎没有骨折。爱丽丝呻吟着，无力地叫唤着。她睁着眼睛，但似乎看不到我。

"你要把她放在哪里？"我问鲁弗斯，"阁楼上吗？"

他轻轻地、小心翼翼地抱起她，把她抱到楼上他的卧室。

奈杰尔和我跟着他上去，看到他把女孩放在他的床上。然后他抬头问询地看着我。

"叫萨拉烧点水。"我对奈杰尔说，"让她送一些干净的布做绷带。干净的布。"会有多干净呢？当然不是无菌的，但我刚花了一整天时间用碱性的肥皂和水煮衣服。那肯定能把它们洗干净。

"鲁弗，给我找个东西把这些破布从她身上剪下来。"

鲁弗斯匆匆出去，回来时带着他母亲的一把剪刀。

爱丽丝的大部分伤都是新的，布条很容易就从伤口上脱落了。我没管那些已经干了粘着布的。温水可以软化它们。

"鲁弗，你有什么消毒液吗？"

"消什么？"

我看着他。"你没听说过吗？"

"没有，那是什么？"

"不要紧。我猜可以用盐水。"

"盐水？你想在她的背上用这个？"

"我想把它用在她受伤的地方。"

"你包里没有比这更好的东西吗？"

"只有肥皂，我打算用的。帮我拿过来好吗？然后……见鬼，我不该做这些的。你为什么不带她去看医生？"

他摇了摇头。"法官想把她卖到南方去，我猜是为了泄愤。我不得不付了两倍的价钱把她买回来。我只有这么多钱，而且爸爸不愿意花钱请医生治黑鬼。医生知道的。"

"你的意思是哪怕他们还有救，你父亲也会任由他们死掉？"

"要么死，要么自己好起来。玛丽姨妈——你知道吗，看孩子的那个？"

"知道。"实际上，玛丽姨妈没有真的在看孩子。她又老又残，坐在阴凉处，拿了根鞭子，如果孩子们刚好在她面前调皮捣蛋，她就威胁孩子们，她会让他们死得很难看。要不然，她就不管他们，自己做些针线活，喃喃自语，心满意足地享受着她的老糊涂。孩子们互相照看。

"玛丽姨妈会治病，"鲁弗斯说，"她懂草药。但是我觉得你知道得更多。"

我转过身，难以置信地看着他。那个可怜的女人有时连自己的名字都不知道。最后我耸了耸肩。"给我拿些盐水来。"

"但是……那是爸爸用在农场工人身上的东西，"他说，"盐水有时候比打他们还疼。"

"如果之后感染了，对她伤害更大。"

他皱了皱眉头，走到女孩身边，保护她似的站着。"你的背是谁治好的？"

"我自己。当时没有别人在。"

"你做了什么？"

"我用了很多肥皂和水清洗，抹了药。在这里，只有盐水可以做药。效果应该一样好。"求你了，老天，让它的效果一样好吧。我对自己现在做的事也是一知半解。也许老玛丽和她的草药不算是坏主意——只要我确保在她比较清醒的时候找她。还是算了。就算我知道自己很无知，但比起她来，我还是更相信自己。即便我不能比她有用，但至少我不太可能造成伤害。

"让我看看你的背。"鲁弗斯说。

我犹豫了一下，吞下了几句骂人的话。他说这话是出于对这女孩的爱——毁灭性的爱，但无论如何，都是爱。他需要知道即将给她造成更大痛楚的这件事是有必要的，需要知道我明白自己在做什么。我转身背对着他，把衬衫下摆掀起了一点。我的伤口已经痊愈或几乎痊愈了。

他没有说话，也没有碰我。过了一会儿，我把衬衫放下。

"你没有像有些工人那样留下又大又粗的疤痕。"他评论道。

"瘢痕瘤。不，感谢老天，我不容易长那个。我现在有的已经很糟糕了。"

"不会像她那么糟糕。"

"去拿盐，鲁弗。"

他点点头，走了。

8

我为爱丽丝做了最大的努力，在尽可能避免弄疼她的前提下把她清洗干净，并给她包扎了最严重的伤口——狗咬伤的地方。

"看来他们就放狗随便咬她。"鲁弗斯愤怒地说。我清洗并特别护理了她被咬伤的地方，他不得不帮我按住她。她挣扎着，哭泣着，呼唤着艾萨克。我简直无法忍受，不愿意再给她带来更多的疼痛。我吞着口水，咬紧牙关，压制住涌上喉头的恶心。我和鲁弗斯说话，更多是为了安抚自己，而不是真的想知道些什么。

"他们对艾萨克做了什么，鲁弗？把他还给了法官？"

"把他卖给了一个商人，把奴隶从陆路带到密西西比州的家伙。"

"哦，天哪。"

"要是我说出来，他就没命了。"

我摇摇头，找到了另一个咬伤的伤口。我想要凯文。我拼命地想回家，想摆脱这一切。"我的信你寄了吗，鲁弗？"

"寄了。"

很好。现在凯文能快点来就好了。

我处理完了爱丽丝，没给她阿司匹林，而是给她服下了安眠药。她多日来不断奔波，又被狗咬，又被鞭打，需要休息。还有艾萨克的事。

鲁弗斯把她留在他的床上。他干脆趴到了她身边。

"鲁弗，看在上帝的分儿上！"

他看了看我，又看了看她。"别说傻话。我不会把她放到地板上的。"

"但是……"

"而且她伤成这样，我肯定不会打扰她的。"

"那就好。"我松了口气，相信了他，"如果可以的话，甚至不要碰她。"

"好吧。"

我把弄得乱七八糟的烂摊子收拾好，离开了他们。最后，我走到阁楼上我的睡垫旁，疲惫地躺下了。

尽管很累，我却睡不着。我想到了爱丽丝，又想到了鲁弗斯，我意识到鲁弗斯已经践行了我说过他会做的事：占有那个女人，而不必操心她的丈夫。现在，爱丽丝不仅要接受失去丈夫的事实，还要接受她自己成了奴隶。鲁弗斯给她带来了麻烦，而现在他因此得到了回报。这没有道理。既然他已经毁了她，无论他现在对她有多好，这都完全不合理。

我躺在床上，闭着眼睛翻来覆去，先是试图思考，然后努力不去思考。我很想再挥霍两片安眠药，为自己寻求解脱。

这时，萨拉进来了。我可以看到从窗口投入的月光下她隐约的轮廓。我小声叫着她的名字，不想惊醒任何人。

她跨过睡得离我最近的两个孩子，走到属于我的角落。"爱丽丝怎么样了？"她轻声问。

"我不知道。她可能会好起来的。反正她的身体会好的。"

萨拉在我的床尾坐下来。"我本来想进去看看她，"她说，"但那样的话，我也得见到鲁弗少爷。有一阵子不想见他了。"

"是啊。"

"他们割掉了那孩子的耳朵。"

我吃了一惊。"艾萨克？"

"是的。把两只耳朵都割下来了。他反抗了。坚强的孩子，虽然做事不太聪明。法官的儿子打他，他也反击了。他说了一些不该说的话。"

"鲁弗斯说他们把他卖给了一个密西西比州的商人。"

"是的。他们处理完他之后，奈杰尔跟我说了这事——他们怎么割了他的耳朵，打他。他得好好恢复，才能去密西西比州或其他地方。"

"哦，老天。全都是因为我们这个小浑蛋喝多了，决定强奸某个人！"

她尖厉地"嘘"了一声，让我安静下来。"你说话时得注意！你不知道这房子里有人喜欢到处乱说吗？"

我叹了口气。"好的。"

"你不是田里的黑奴，但你还是个黑鬼。鲁弗少爷可能会发火，让你很难熬。"

"我知道。好吧。"卢克被卖掉一定让她非常害怕。他曾经是那个嘘她的人。

"鲁弗少爷把爱丽丝留在他的房间里？"

"是的。"

"老天，我希望他别招惹她。总之，今天晚上不要。"

"我想他不会的。该死，我觉得他现在得到了她，会对她温柔耐心的。"

"哼！"她厌恶地哼了一声，"你现在要怎么办？"

"我？想办法让这女孩保持干净舒适，直到她好起来。"

"我不是这个意思。"

我皱起了眉头。"你是什么意思？"

"她留下了，你就出局了。"

我盯着她，想要看清她的表情。我看不清，但我确定她是认真的。"不是这样的，萨拉。她是他唯一想要的人。而我，我对我的丈夫很满意。"

长久的沉默。"你的丈夫……是凯文先生吗？"

"是的。"

"奈杰尔说你和他已经结婚了。我当时不相信。"

"我们没提这个，因为这在这里是不合法的。"

"合法！"她又厌恶地哼了一声，"我猜鲁弗少爷对那个女孩做的事情是合法的。"

我耸了耸肩。

"你丈夫……他时不时就会惹上麻烦，因为他分不清黑人和白人。我想我现在知道是为什么了。"

我咧嘴笑了。"不是因为我。我嫁给他时他就是这样，否则我就不会嫁给他了。鲁弗斯刚刚给他寄了一封信，叫他回来接我。"

她犹豫了一下。"你确定鲁弗少爷寄了信？"

"他说他寄了。"

"问问奈杰尔。"她压低了声音，"有时鲁弗少爷会说让你高兴的话，而不是真话。"

"但是……他没理由对这件事撒谎。"

"没说他在撒谎，只是说问问奈杰尔。"

"好吧。"

她沉默了一会儿，然后说："你认为他会回来找你，达娜，你的……丈夫？"

"我知道他会的。"他会的。他当然会的。

"他打过你吗？"

"没有！当然没有！"

"我男人以前会打我。他告诉我，我是他唯一关心的人。然后，接下来，他说我在看别的男人，然后他就会打人。"

"卡丽的父亲？"

"不……我大儿子的父亲。也是汉娜小姐的父亲。他总是说他会在遗嘱中给我自由，但他没有。这只是另一个谎言。"她站了起来，关节嘎嘎作响。"得去休息一下了。"她准备离开，"现在，你别忘了，达娜，问问奈杰尔。"

"好的。"

9

第二天我问了奈杰尔，但他不知道。鲁弗斯让他去办事了。奈杰尔再见到鲁弗斯的时候，是在鲁弗斯刚刚买下爱丽丝的监狱里。

"她当时是站着的，"他回忆说，"我不知道怎么回事。鲁弗少爷准备走的时候，他拉着她的胳膊，她摔倒了，周围的人都笑了起来。他为她花了太多钱，任何人都看得出来她已经半死不活的了。大家都认为他疯了。"

"奈杰尔，你知道寄一封信到波士顿需要多长时间吗？"我问。

他从正在擦拭的银器上抬起头来。"我怎么会知道？"他又开始擦了，"但我想知道的话，跟着它走就知道了。"他说话的声音很轻。

韦林为难他的时候，或者监工爱德华兹试图支使他的时候，他时不时就会说这样的话。这一次，我认为是爱德华兹。我进厨房的时候，那人正跺着脚走出来。要不是我赶紧跳开，肯定会被他撞倒。奈杰尔是家仆，爱德华兹不应该找他，但爱德华兹还是会找他。

"发生什么事了？"我问。

"老浑蛋发誓说要把我弄到田里去干活。说我太自以为是了。"

我想到了卢克，打了个寒战。"你最好还是尽快离开。"

"卡丽？"

"是的。"

"试着跑过一次。跟着星星走。他们抓住我的时候，如果不是鲁弗少爷，我已经被卖到南方去了。"他摇了摇头，"我现在可能已经死了。"

我走开了，不想再听到任何关于逃跑和被抓的事。外面下着大雨，但在我进主屋之前，我看到那些工人还在田里锄玉米地。

我发现鲁弗斯在书房里和他父亲一起查看一些文件。我就打扫走廊，直到他父亲离开书房。然后我进去找鲁弗斯。

我还没开口，他就说："你上楼去看爱丽丝了吗？"

"我一会儿就去。鲁弗，从这里寄一封信到波士顿需要多长时间？"

他扬了扬眉毛。"总有一天，你会在楼下叫我鲁弗，而爸爸恰好就站在你身后。"

我突然一阵惊恐，向身后看。鲁弗斯笑了起来。"不是今天。"他说，"但总有一天，等你忘了的时候。"

"见鬼。"我嘀咕道，"要多长时间？"

他又笑了起来。"我不知道，达娜。几天，一周，两周，三……"他耸了耸肩。

"他的信里有日期，"我说，"你记得你是什么时候收到波士顿来的那封信的吗？"

他想了想，最后摇了摇头。"不记得了，达娜，我只是没有注意。你最好去看看爱丽丝。"

我恼怒地去了，但没说话。我想，如果他想说的话，他可以给我一个合理的大致时间。但这其实并不重要。凯文会收到信，他会来接我的。我并没有真的怀疑鲁弗斯没有寄信。他不想失去我对他的好感，我也不想失去他对我的好感。这只是一件小事。

爱丽丝成为我工作的一部分——很重要的一部分。鲁弗斯让奈杰尔和一个年轻的农场工人另搬了一张床放到自己房间，一张小矮床，可以推到鲁弗斯的床下。我们不得不把爱丽丝从鲁弗斯的床上移开，好让他们俩都更舒服些。这段时间爱丽丝又变成了一个小孩子，大小便失禁，几乎意识不到我们的存在，除非我们弄疼了她或喂她吃东西。而她确实需要我们一勺一勺地喂她。

有一次，我在喂她的时候，韦林进来看她。

“妈的！”他对鲁弗斯说，“你能为她做的最仁慈的事情就是开枪打死她。”

我觉得鲁弗斯看他的眼神让他有点怕。他没有再说什么就走了。

我给爱丽丝换了绷带，持续检查是否有感染的迹象，并希望不要出现任何感染。我想知道破伤风或者狂犬病的潜伏期是多久。然后我又想让自己停止想这个问题。女孩的身体似乎恢复得较为缓慢，但恢复得很好。我觉得自己很迷信，甚至不敢去想那些肯定会杀死她的疾病。因为光是保持她身体的清洁和帮她重新长大这些实际问题，就已经足够我操心的了。有一阵子她叫我“妈妈”。

“妈妈，很疼。”

不过她认识鲁弗斯。鲁弗斯先生，她的朋友。他说她晚上爬到了他的床上。

从某个方面讲，这是好事。她又开始使用便壶了。但另一方面……

"别这样看着我，"鲁弗斯对我说，"我不会打扰她。那就像伤害一个婴儿。"

后来就成了像是伤害一个女人。我觉得这完全不会困扰他。

随着爱丽丝恢复得越来越好，她对他变得有些拘谨起来。他仍然是她的朋友，但她整晚都睡在她的移动小矮床上。我也不再是"妈妈"。

一天早上，我给她送早餐时，她看着我说："你是谁？"

"我是达娜，"我说，"记得吗？"我总是回答她的问题。

"不记得了。"

"你感觉怎么样？"

"有点僵硬和酸痛。"她把一只手伸向大腿，那里被狗撕下了一块肉，"我的腿很疼。"

我看了看伤口。那里会留下一个丑陋的大疤痕，一辈子都消不了，但伤口似乎愈合得很好，没有异常地变黑或肿胀。她仿佛刚刚才注意到这个地方的疼痛，就像她刚刚才注意到我一样。

"这是哪里？"她问。

她真的刚刚才注意到了很多东西。"这里是韦林家，"我说，"鲁弗斯先生的房间。"

"哦。"她似乎放松了，满足了，不再好奇。我没有给她压力。我已经决定不这么做。我想，等她有足够力量去面对的时候，她会回到现实中来。汤姆·韦林的沉默意思很明显，显然认为她已经没救了。鲁弗斯从未说过他的想法。但和我一样，他也没有逼她。

"我不想让她记起来，"他有一次说，"她可以恢复到认识艾萨克之前。然后也许……"他耸了耸肩。

"她记起的事一天比一天多,"我说,"而且她会问问题。"

"不要回答她!"

"如果我不回答,别人也会的。她很快就能起来走动了。"

他吞了口口水。"这段时间以来,一直都很好……"

"好?"

"她没有恨我!"

10

爱丽丝逐渐痊愈,继续成长。卡丽生孩子的那天,她第一次和我一起下楼来到厨房。

爱丽丝已经和我们在一起三个星期了。她现在在思想上可能已经十二三岁了。那天早上,她告诉鲁弗斯,她想和我一起睡在阁楼上。出乎意料的是,鲁弗斯同意了。他本来不愿意,但后来还是同意了。我又一次想,如果爱丽丝能够就这么不恨他,那么她就可以要求他做任何事。我是说如果。

现在,她慢慢地、小心翼翼地跟着我下楼。她从来没这么瘦弱过,看起来像个孩子,穿着玛格丽特·韦林的旧衣服。但是因为无聊,她还是下了床。

"等我病好了,我会很高兴的。"她在楼梯上停下来,喃喃道,"我讨厌自己这样。"

"你正在好起来。"我说。我走在她前面一点,看着她,免得她绊倒。我本来在楼梯口挽住了她的胳膊,但她挣脱掉了。

"我可以走。"

我让她自己走。

我们和奈杰尔一起到的厨房，但他很匆忙。我们站在一旁，让他在我们前面冲进门。

"嘿！"他走过时爱丽丝说，"对不起！"

他没有理会她。"萨拉姨妈，"他叫道，"萨拉姨妈，卡丽肚子痛！"

老玛丽曾是种植园的助产士，后来她老了就不行了。现在，韦林夫妇可能以为她会继续给奴隶们看病，但奴隶们比她懂得更多。他们尽可能地互相帮助。我以前没见过萨拉被叫去助产，但这次她被叫去倒是很自然。她放下一锅玉米面，打算跟着奈杰尔出去。

"我能帮忙吗？"我问道。

她看着我，好像刚刚才注意到我。"你负责晚餐，"她说，"我正打算叫人进去把饭做完，但你可以，对吗？"

"对。"

"那好。"她和奈杰尔匆匆离开。奈杰尔有一间小屋，远离宿地，但离厨房不远。是一座整洁的木地板小屋，有砖砌的烟囱，是他为自己和卡丽建造的。他曾带我参观过。"不用再睡在阁楼的破布上了。"他说。他做了一张床和两把椅子。鲁弗斯允许他用闲暇时间为本地的其他白人工作，直到他挣够了钱买他无法自制的东西。这对鲁弗斯来说是个不错的投资。他不仅得到了奈杰尔的部分收入，还得到了保证，奈杰尔，他唯一有价值的财产，短时间内不大可能再次逃跑。

"我可以去看看吗？"爱丽丝问我。

"不行。"我不情愿地说。我自己想去，但萨拉不需要我们妨碍她，"不，我们在这里还有活要干。你能给土豆削皮吗？"

"当然。"

我让她在桌边坐下，给了她一把刀和一些要削的土豆。这一幕让我想起了自己第一次在厨房干活的情景。我坐在那里削土豆皮，直到凯文叫我离开。凯文现在可能已经收到我的信了。他肯定收到了。他可能已经在路上了。

我摇摇头，开始切一只鸡。折磨自己没有意义。

"妈妈以前会让我做饭。"爱丽丝说，她皱着眉头，似乎在努力回想什么，"她说我要给我丈夫做饭。"她又皱起了眉头。我为了看她，差点切到手。她想起了什么？

"达娜？"

"嗯？"

"你不是有丈夫吗？我记得以前……你有丈夫。"

"我有。他现在在北方。"

"他自由了吗？"

"是的。"

"嫁给一个自由民很好。妈妈总说我应该嫁给一个自由民。"

妈妈是对的，我想。但我什么也没说。

"我父亲是个奴隶，他们把他卖掉了，他离开了妈妈。她说，嫁给奴隶和自己做奴隶一样糟糕。"她看着我，"做奴隶是什么感觉？"

我尽量不流露出自己的惊讶。我这才发现，她没有意识到自己是奴隶。我想知道她是如何解释自己现在的处境的。

"达娜？"

我看着她。

"你说做奴隶是什么感觉？"

"我不知道。"我深吸了一口气，"我想知道卡丽怎么样了——

她那么痛，甚至叫不出来。"

"你怎么可能不知道做奴隶是什么感觉？你就是个奴隶。"

"我没当多久。"

"你自由过？"

"是的。"

"而你却让自己成为奴隶？你应该跑掉。"

我瞥了一眼门。"你这样说话要小心。可能会有麻烦的。"我觉得自己在像萨拉一样告诫她。

"嗯，这话是真的。"

"有时候，最好把真话留在心里。"

她关切地盯着我。"你会怎么样？"

"不要担心我，爱丽丝。我丈夫会帮我获得自由的。"我走到门边，向卡丽的小屋望去。我并不指望能看到什么，只是想分散爱丽丝的注意力。她已经很接近之前的水平了，"成长"得太快了。等她记起来，她的生活只会变得更糟。她会更痛苦，而大部分的伤害都会来自鲁弗斯。而我只能眼睁睁地看着，什么也做不了。

"妈妈说她宁愿死也不愿意做奴隶。"她说。

"最好还是活着。"我说，"至少在还有机会获得自由的时候活着。"我想到了我包里的安眠药，想着我是多么虚伪。建议别人忍受痛苦是如此容易。

突然，她把她正在削的土豆扔进了火里。

我吓了一跳，看着她。"你为什么这么做？"

"有些事情你没有说。"

我叹了口气。

"我也在这里，"她说，"在这里很久了。"她眯起了眼睛，"我也是奴隶吗？"

我没有回答。

"我问我是奴隶吗？"

"是的。"

她从长凳上半站了起来，整个身体都在要求我回答她。现在我回答了，她又重重地坐了下来，她的背和肩膀缩了起来，双臂在胸前交叉，抱着自己。"但我应该是自由的。我以前是自由的。生来就是自由的！"

"是的。"

"达娜，把我不记得的事告诉我。告诉我！"

"你会想起来的。"

"不，你告诉……"

"哦，嘘，小声点！"

她惊讶地后退了一点。我对她大喊大叫，她可能以为我生气了。我确实生气了，但不是对她。我想把她从悬崖边拉回来，但已经太晚了。她将不得不接受她的坠落。

"你想知道什么，我就告诉你什么。"我疲惫地说，"但请相信我，你以为你想知道，其实你并不想知道那么多。"

"我想知道！"

我叹了口气。"好吧。你想知道什么？"

她张了张嘴，然后皱起眉头，又闭上嘴。最后，她说："有太多……我想知道一切，但我不知道从哪里开始。为什么我是奴隶？"

"你犯了罪。"

"犯罪？我做了什么？"

"你帮助一个奴隶逃跑。"我停顿了一下，"你有没有意识到，你来这里这么久，从来没有问过我你是怎么受伤的？"

这似乎触动了她心里的某个地方。她面无表情地坐了几秒钟，然后皱起眉头，站了起来。我仔细观察着她。如果她要歇斯底里，我希望她就在这里发作，不要让韦林家的人看到。她要说的话里面有太多是汤姆·韦林特别反感的。

"他们打我，"她低声说，"我记得。那些狗、绳子……他们把我绑在一匹马后面，我不得不跟着跑，但我跑不了……然后他们就打我……但是……但是……"

我走过去，站在她面前，但她的目光似乎穿透了我的身体。她脸上那种痛苦困惑的表情，就和鲁弗斯把她从镇上带回来那天一样。

"爱丽丝？"

她似乎没有听到我说话。"艾萨克？"她低声说。但那更像是嘴唇在无声地动，而不是说话。接着……

"艾萨克！"她突然大喊，然后冲向门口。我让她跑了两三步，然后抓住了她。

"放开我！艾萨克！艾萨克！"

"爱丽丝，停下来。你会让我弄疼你的。"她用尽全身微弱的力气挣扎着。

"他们割掉了！他们割掉了他的耳朵！"

我一直希望她没有看到那个。"爱丽丝！"我抓住她的肩膀，摇晃着她。

"我得离开，"她哭着说，"去找艾萨克。"

"也许吧。等你能走十步以上而不会觉得累的时候。"

她停止了挣扎，满眼泪水地凝视着我。"他们把他送去哪里了？"

"密西西比州。"

"哦，天哪……"她倒在我身上，哭了起来。要不是我抱着她，半拖半抱地把她弄回到长凳上，她就会摔倒在地。她瘫坐在我把她放下的地方，哭泣、祈祷、咒骂。我陪她坐了一会儿，但她没有疲倦，至少没有停下来。我不得不离开她去准备晚餐。我担心我不做的话，会惹韦林发火，给萨拉带来麻烦。现在爱丽丝恢复了记忆，家里的麻烦已经够多了，而且不知怎的，我的工作就是要尽量减少麻烦，先是鲁弗斯的，现在是爱丽丝的。

我还是把饭做好了，虽然心思根本没在这上面。有萨拉留下的还在炖着的汤；要炸的鱼；本来硬如石头的火腿，萨拉已经浸泡，然后煮熟了；鸡肉要炸，玉米面包和肉汁要做；爱丽丝忘记削的土豆要削完；面包要在壁炉旁的小砖炉里烘烤；蔬菜，包括沙拉；糖粒桃子甜点——韦林种的桃子；萨拉已经做好的蛋糕，谢天谢地；还有咖啡和茶。会有客人来，帮着把这些吃完。总是有客人来，而且他们都吃得很多。难怪这个时代的主要药物是泻药。

我几乎是准时把食物准备好的，然后去找那两个小男孩，他们的工作是把食物从厨房端到餐桌，然后服侍主人们吃饭。我找到他们时，他们正在消遣时间，盯着现在已经安静下来的爱丽丝，然后又抱怨我让他们洗手。最后，我的洗衣场朋友泰丝——也在主屋干活——跑出来说："汤姆老爷说把食物放到桌子上！"

"桌子收拾了吗？"

"已经收拾好了！虽然你什么都没说。"

哎呀。"对不起，泰丝。来，帮我一下。"我把一盘盖着的汤塞到她手里，"卡丽现在正在生孩子，萨拉去帮她了。把这个拿进去，好吗？"

"然后再回来拿别的菜？"

"是的，谢谢了。"

她匆匆离开了。我帮她洗过几次衣服。最近我在尽可能地多帮她，因为韦林开始偶尔要她上床，而且还弄伤了她。很显然，她欠了债总要还的。

我走到井边，两个男孩正准备打水仗，我叫住了他们。

"你们两个要是不把食物端进屋里……"

"你的口气就像萨拉。"

"我不像。你知道她会说什么。你也知道她会做什么。现在快动起来，否则我就去拿皮鞭，变得真的像她一样。"

不管怎么说，晚餐准备就绪，而且都还可以吃。如果是萨拉做，可能还会有更多东西，但味道不会更好。萨拉成功地帮我克服了在露天炉灶上做饭的不安心理和无知，教了我不少东西。

随着晚餐的进行，剩菜开始被送回来，我试图让爱丽丝吃点东西。我给她准备了一盘吃的，但她把盘子推开了，转身背对着我。

她已经坐了好几个小时，不是发呆就是把头靠在桌子上。现在，她终于开口了。

"你为什么不告诉我？"她苦涩地问，"你本可以说些什么，让我离开他的房间、他的床……哦，天哪，他的床！他还不如亲手把我的艾萨克的耳朵割下来。"

"他从来没有告诉过别人艾萨克打了他。"

"放屁！"

"是真的。他从没说过，因为他不想让你受到伤害。我知道是因为我一直陪着他，直到他重新站起来。我照顾的他。"

"如果你还有点脑子的话，就该让他死！"

210

"就算我有脑子，我也没法阻止你和艾萨克被抓起来。不过，如果有人猜到艾萨克做了什么，你们俩可能都会被杀掉。"

"黑鬼医生，"她轻蔑地说，"以为自己什么都懂，读书的黑鬼。白人黑鬼！你怎么不懂，就应该放着我让我去死？"

我没说话。她越来越气，对我大喊大叫。我悲哀地转过身去，告诉自己，对她来说，把情感发泄在我身上比发泄在别人身上更好、更安全。

此刻，与她的喊叫声同时响起的，是婴儿微弱的哭声。

11

卡丽和奈杰尔给他们的儿子起名叫裘德，这是个瘦瘦的、满身皱纹、棕色皮肤的婴儿。奈杰尔神气活现地走来走去，兴奋地胡言乱语，直到韦林叫他闭嘴，命令他回去干活。他本来在建造一个有屋顶的过道，可以连接主屋和厨房。不过，孩子出生几天后，韦林把他叫到书房，给了他一件给卡丽的新衣服、一条新毯子，还有一套给他自己的新衣服。

"你看，"奈杰尔后来有些苦涩地告诉我，"因为有卡丽和我，他又多了一个黑鬼。"但在韦林家的人面前，他还是适当地表示感激。

"谢谢你，汤姆老爷。是的，先生。当然要谢谢你。衣服很好，是的，先生……"

最后他逃回了有屋顶的过道。

同时，在书房，我听到韦林对鲁弗斯说："应该是你给他一些东西，而不是把你的钱都浪费在那个没用的女孩身上。"

"她好了！"鲁弗斯回答，"达娜把她治好了。你为什么说她没用？"

"因为你如果想从她那儿得到你想要的，你得再给她一顿鞭子把她打残。"

一阵沉默。

"达娜对你来说应该足够了。她还有点脑子。"他顿了一下，"我得说，有点太多了，对她没好处，但至少她不会给你带来麻烦。那个叫富兰克林的家伙教过她一些事情。"

鲁弗斯没有回答，走开了。我一直在书房门口偷听，听到他走过来，我赶紧离开了书房门口，躲进餐厅，等他走过，我才又出来。

"鲁弗。"

他看了我一眼，表示他不想被打扰，但他还是停了下来。

"我想再写一封信。"

他皱起了眉头。"你得有耐心，达娜。还没过多久呢。"

"已经一个多月了。"

"嗯……我不知道。凯文可能又搬家了，也可能在做其他事情。我想你应该再给他一点时间来回信。"

"回什么？"韦林问。他做的正是鲁弗斯预言过的事——悄悄走到我们身后，以至于我没有注意到他。

鲁弗斯酸溜溜地瞥了一眼他父亲。"给凯文·富兰克林的信，告诉他达娜在这里。"

"她写了封信？"

"我叫她写的。我不用写，她自己可以写。"

"唉，你真没脑子你——"他突然停下，"达娜，去干你的活。"

我走开了，心里想着，鲁弗斯没脑子，是因为他没有自己写信而是让我写，还是因为他寄了信？毕竟，要是凯文永远都不回来找我，韦林的财产中就又增加了一个黑奴。就算我不太有用，他总还可以把我卖掉。

我打了个寒战。我得说服鲁弗斯让我再写一封信。第一封信可能遗失了，或者被毁了，或者寄到了错误的地址。这样的事就算在1976年也会有。在这个交通工具为马和马车的年代，会糟糕到什么地步呢？而且，如果我再次一个人回家，把凯文留在这里再多几年，那么他肯定就放弃我了。如果他现在还没有放弃我的话。

我试图把这个念头赶出脑海。这念头不时出现，就算人们讲的所有话似乎都表示他在等我。还在等我。

我出门去洗衣场帮泰丝。我已经开始喜欢辛苦工作了。这让我不会胡思乱想。白人认为我很勤劳。大多数黑人认为我不是傻就是太刻意想讨好白人。我想，我是在尽我所能远离恐惧和疑虑，想办法不让自己疯掉。

第二天，我趁鲁弗斯一个人的时候去找他，这次是在他房间里，这样我们就不大会被打扰。但我提起写信的事，他就是不听。他满脑子都是爱丽丝。她现在身体更强健些了，他的耐心也耗尽了。我曾想过，最终他会直接再次强暴她，然后一次又一次。事实上，我很惊讶他到现在还没这么干。我没意识到他打算让我成为帮凶。他就是这么打算的，而且他就这么做了。

"劝劝她，达娜。"他回绝了我写信的事后说，"你比她年长。她觉得你什么都懂。劝劝她！"

他坐在自己的床上，盯着没生火的壁炉。我坐在他的书桌旁，看着我借给他的透明塑料笔。他已经用了一半的墨水。"你到底用这个写了些什么？"我问。

"达娜，听我说！"

我转身看着他。"我听到了。"

"怎样？"

"我没法阻止你强奸她，鲁弗斯，但我也不会帮你。"

"你想让她受伤？"

"当然不想。但你已经打定主意要伤害她了，不是吗？"

他没回答。

"放了她吧，鲁弗。她因为你受的罪还不够吗？"他不会的，我知道他不会的。

他的绿眼睛发着光。"她永远都不能再从我身边逃开了，永远！"他深吸了口气，慢慢吐了出来，"你知道吗，爸爸想让我把她送去田里干活，把你留下。"

"是吗？"

"他以为我想要的就是女人而已。随便哪个女人。那就你好了。他说，你不大可能给我带来麻烦。"

"你相信他说的？"

他迟疑了，努力挤出一点笑容。"不。"

我点点头。"那就好。"

"我知道你的，达娜。你想要凯文，和我想要爱丽丝是一样的。而且你比我运气好，因为不管现在发生了什么，他曾经也是想要你的。而我也许连那都得不到——彼此需要，彼此爱慕。但我能拥有的东西我不会放弃。"

"你是什么意思，'不管现在发生了什么'？"

"你以为我是什么意思？已经五年了。你想再写一封信。你有没有想过，也许他把第一封信给扔了？也许他跟爱丽丝一样，想和同类人在一起？"

我没说话。我知道他在干什么，他想分享他的痛苦，让我像他一样痛苦。当然，他知道我最脆弱的地方。我尽量保持平淡的表情，但他接着说："有一次，他告诉我，你们俩已经结婚四年了。这就是说，他在这里的时间，离开你的时间，比你们在一起的时间还要长。我怀疑，要不是只有你才能把他带回他自己的时代，他可能根本不会等你那么久。但现在……谁知道呢。他现在可能遇上了意中人，幸福得很呢。"

"鲁弗，随便你说什么，我都不会帮你拉拢爱丽丝。"

"不行？这个怎么样，你劝劝她，让她放聪明点，不然你就得眼睁睁地看着杰克·爱德华兹把她打聪明点。"

我厌恶地盯着他。"这就是你说的爱？"

我还没来得及喘口气，他站了起来，冲到我面前。我坐在原地，看着他，心中满是恐惧，突然想到了我的刀，我可以很快把刀拿到手里。他不能打我。不行，永远都不行。

"站起来！"他命令道。他不经常命令我，也从没用过那样的语气。"我说，站起来！"我没有动。

"我对你太宽松了。"他说，声音突然变得低沉而邪恶，"我对你比对普通黑鬼好多了。看来我犯了个错误！"

"有可能，"我说，"我在等你证明是我犯了个错误。"

有好几秒钟，他站着没动，耸立在我眼前，瞪着我，仿佛要动手揍我。不过，最后他松懈了下来，靠在书桌旁。"你以为你是白人！"他咕哝道，"你还不如一头野兽有自知之明！"

我没说话。

"你以为你救过我就可以拥有我！"

我放松了下来，庆幸不必杀死这个自己救过的人，庆幸不必拿别人的生命冒险，也包括我自己的。

"如果我发现自己什么时候想要你，就像我想要她一样，我会割断自己的喉咙。"他说。

我希望这件事情永远不会发生。如果发生了，我们中的一个人就割喉好了。

"帮帮我，达娜。"

"我不能。"

"你可以的！除了你，其他人都不行。去找她，让她来找我。不管你帮不帮忙，我都会得到她。我想让你做的就是想办法解决问题，这样我就不用打她。如果连这个你都不愿意，你就不是她的朋友！"

她的朋友！他有他那个阶层一切的低俗狡诈。不，我不能拒绝帮助这个女孩，至少帮助她避免一些痛苦。但如果我这样帮她，她会看不起我的。我也会看不起自己。

"快去！"鲁弗斯嘶吼道。

我站起来，出去找她。

她现在很奇怪，反复无常，有时需要我的友谊，信任我，向我吐露她对自由的危险的渴望，她再次逃跑的疯狂计划；有时又恨我，怪我给她带来麻烦。

一天晚上，在阁楼上，她轻声哭着告诉我一些艾萨克的事情。她突然停下来，问道："你有你丈夫的消息了吗，达娜？"

"还没有。"

"再写一封信。哪怕你必须偷偷地写。"

"我正在想办法。"

"没道理让你也失去你男人。"

然而，过了一会儿，她又毫无理由地攻击我。"你应该为自己感到羞耻，哭着喊着找一个穷困的白垃圾男人，你是黑人。你总是想当个白人。白人黑鬼，跟你的自己人作对！"

我从来没有真正习惯她突然变脸、突然攻击我，但我忍了。我已经带着她经历了治疗的其他所有阶段，无论如何，我现在不能抛弃她。大多数时候，我甚至不能生气。她就像鲁弗斯。她痛苦的时候，就会出手伤害别人。但是，随着日子过去，她的伤痛越来越少，出手的次数也越来越少。她的情感和身体都在康复。我曾帮助她愈合，现在我必须帮助鲁弗斯再次撕开她的伤口。

她在卡丽的小屋里，看着裘德，还有别人留给她的另外两个大点的婴儿。她还没有固定的工作，但和我一样，她自己找活干。她喜欢孩子，也喜欢缝纫。她会拿韦林给奴隶们买的粗蓝布做成整齐结实的衣服，小孩子们则在她脚边玩耍。韦林抱怨说，她就像老玛丽一样，又看孩子，又做针线活，但他也会把自己的衣服拿给她缝补。她比那个接手了老玛丽大部分缝纫工作的女奴做得更好更快。如果说她在种植园有什么敌人的话，就是那个女人——莉莎，莉莎现在有可能被派去做更繁重的工作了。

我走进小屋，和爱丽丝一起坐在没生火的壁炉前。裘德睡在她旁边奈杰尔为他做的小床上。另外两个婴儿都醒着，光着身子躺在地毯上，安静地玩着自己的脚。

爱丽丝抬头看着我，然后举起一条蓝色长裙。"这是给你的。"她说，"我讨厌看你穿这些裤子。"

我低头看着自己的牛仔裤。"我这样穿惯了，有时我都忘了。

至少穿这个让我不必在餐桌旁伺候。"

"伺候吃饭并不糟糕。"她已经做过好几次了,"而且如果汤姆先生不是那么小气,你早就该有一条长裙了。比起耶稣,他更爱钱。"

我相信这句话是真的。韦林和银行打过交道。我知道这件事是因为他经常抱怨银行。但我并不知道他和教会有任何来往,或在他家举行过任何形式的祈祷会。奴隶们如果想参加任何形式的宗教集会,就必须在夜里偷偷溜出去,在巡逻者那里碰碰运气。

"至少你男人来找你时,你可以看起来像个女人。"爱丽丝说。

我深吸了口气。"谢谢。"

"好吧,现在告诉我,你来这里想说什么……如果你不想说的话。"

我惊讶地看着她。

"你以为过了这么久我还不了解你吗?你脸上的表情说明你不想来这儿。"

"是的,鲁弗斯让我来和你谈谈。"我犹豫了一下,"他今晚想要你。"

她的表情变得冷酷起来。"他让你来告诉我这话?"

"不是。"

她等着,瞪着我,无言地要求我告诉她更多。

我什么也没说。

"好吧!那他派你来做什么?"

"劝你乖乖地去见他。他还让我告诉你,如果你反抗的话,你就会挨鞭子。"

"狗屁!好吧,你告诉我了。现在滚出去,免得我把这条裙子扔进壁炉里烧了。"

"我他妈的才不在乎你怎么处理这条裙子。"

现在轮到她惊讶了。我通常不会这样和她说话，就算她惹了我。

我舒服地靠在奈杰尔自制的椅子上。"口信送到了，"我说，"你想怎么做就怎么做。"

"我就是这么打算的。"

"不过你可以看远一点。所有三个方向都看远一点。"

"你在说什么？"

"好，看起来你有三个选择：你可以按他的命令去找他；你可以拒绝，挨鞭子，然后让他强行得逞；你可以再次逃跑。"

她没说话，俯身继续做针线活，牵针引线，很快缝出了整齐的小针脚，尽管她的手在颤抖。我弯下腰和一个小婴儿玩，他忘了自己的脚，爬过来研究我的鞋。这是一个几个月大的胖胖的小男孩，充满了好奇心，我刚把他抱起来，他就想把我上衣的扣子拽下来。

"他马上就会在你身上撒尿，"爱丽丝说，"他喜欢在有人抱着他的时候放水。"

我赶紧把孩子放下——事实证明，正是时候。

"达娜？"

我看着她。

"我该怎么做？"

我犹豫了一下，摇了摇头。"我不能给你建议。这是你的身体。"

"不是我的。"她的声音变得很低，"不是我的，是他的。他付了钱，不是吗？"

"付给谁？你吗？"

"你知道他没有付给我钱！哦，这有什么区别？不管是对是错，法律规定他现在拥有我。我不知道他为什么还没有抽烂我的皮。我对他说的那些话……"

"你知道为什么。"

她开始哭了。"我应该带一把刀进去，割断他该死的喉咙。"她瞪着我，"现在去告诉他吧！告诉他我说要杀了他！"

"你自己告诉他。"

"那是你的事！去告诉他！那就是你的工作，帮助白人控制黑鬼。这就是为什么他派你来找我。过几年，他们就会叫你'黑人姆妈'。老头子死后，你就会管理整个家。"

我耸了耸肩，低头挡住因为好奇正准备吮吸我的鞋带的婴儿。

"去告发我吧，达娜。向他证明你才是他需要的那种女人，而不是我。"

我没有说话。

"一个白人，两个白人，有什么区别？

"一个黑人，两个黑人，有什么区别？

"我可以有十个黑人，都不至于背叛我自己的男人。"

我又耸了耸肩，拒绝与她争论。我能赢得什么呢？

她哼了一声，用手捂住脸。"你怎么了？"她疲惫地说，"你为什么让我这样贬低你？你为我做了你能做的一切，甚至可能救了我的命。我见过有人比我病得轻得多，但得了破伤风死了。你为什么让我把你说得那么不堪？"

"你为什么要这么做？"

她叹了口气，蜷缩在椅子上，身体弯成一个 C 形。"因为我太生气了……我太生气了，我可以在嘴里尝到愤怒的味道。而你是唯一可以让我发泄的人，唯一我可以伤害但不会伤害我的人。"

"别一直这样，"我说，"我和你一样，也有感情。"

"你想让我去找他吗？"

"我不能告诉你。你必须自己决定。"

"如果是你，你会去找他吗？"

我瞥了一眼地板。"我们的情况不同。我会怎么做并不重要。"

"你会去找他吗？"

"不会。"

"即使他和你丈夫一样？"

"他不一样。"

"但是……好吧，就算你不……不像我那样恨他？"

"就算这样。"

"那我也不会去。"

"你会怎么做？"

"我不知道。逃跑？"

我起身准备离开。

"你要去哪里？"她赶紧问。

"去拖住鲁弗斯。如果我努力，我想今晚我可以叫他让你休息。你就可以开始准备。"

她把裙子扔到地上，从椅子上站起来，抓住了我。"不，达娜！别走。"她深吸了口气，然后似乎又松懈了，"我在撒谎。我不能再跑了。我不能。在外面又饿又冷还生病，而且也累得走不动。然后他们找到了你，放狗咬你……我的天，那些狗……"她沉默了一会儿，"我要去找他。他知道我迟早会去。但他不知道我多希望自己有胆子直接杀了他！"

12

她去找他了。她变了，变成了一个更安静、更克制的人。她没有杀人，但她似乎枯萎了一些。

凯文没有来找我，没有写信。鲁弗斯最后让我又写了封信 —— 我想是我提供的服务的报酬 —— 他帮我寄了信。然而，又过了一个月，凯文还是没有回信。

"别担心，"鲁弗斯对我说，"他可能真的又搬家了。我们随时可以收到他从缅因州寄来的信。"

我没说什么。鲁弗斯变得健谈而快乐，公开对爱丽丝表现出亲热，而爱丽丝默默忍受着。他有时喝得比较多，有一次他真的喝多了，第二天早上爱丽丝下楼时，整个脸又青又肿。

就在那天早上，我不再想要不要叫他帮我去北方找凯文。我并没指望他会给我钱，但他可以给我弄到一些该死的看起来很正式的自由证件。他甚至可以和我一起去，至少到宾夕法尼亚州边界。或者他可以马上阻止我。

他已经找到了控制我的方法 —— 通过威胁别人。这比直接威胁我更安全，而且很有效。这无疑是他从他父亲那里学到的经验。比如说，韦林知道该把萨拉逼到什么程度。他只卖掉了她的三个孩子，留下一个，让她为了这个孩子继续活下去，保护她。我现在确信他本可以为卡丽找到一个买家，就算她有残疾。但卡丽是一个有用的年轻女人，她不仅自己卖力好好干活，并生育了一个健康的新奴隶，还帮韦林控制住了她母亲，现在又是她丈夫，而韦林无须付出任何努力。我不想知道鲁弗斯从他父亲对付她的经验中学到了多少。

我现在想要我的地图，上面有城镇的名字，我可以给自己写去往那里的通行证。当然上面有一些城镇还不存在，但至少它能让我更好地了解前路的情况。没有地图，我就只能碰运气了。

好吧，至少我知道伊斯顿在往北几英里处，韦林家门前的那条路能把我带到那里。不幸的是，它也会带我穿过许多空旷的田野，那里几乎不可能藏身。不管有没有通行证，我都要尽可能地避开白人。

我必须带上吃的——玉米饼、熏肉、干果、一瓶水。我可以拿到我需要的东西。我曾听说过逃奴还没到达自由之地就已经饿死了，或者中了毒，因为他们和我一样，不知道哪些野生植物可以吃。

事实上，我读过听过的关于逃奴命运的恐怖故事太多了，使得我在韦林家又多待了几天。我本来可能不会相信这些故事，但眼前就有艾萨克和爱丽丝的例子。然后，恰恰是爱丽丝给了我所需要的动力。

我当时正在帮泰丝洗衣服，脏衣服在大铁锅里煮着，我一边流汗一边搅拌。这时候，爱丽丝悄悄来到我身边，她回头往后看，大眼睛里流露着恐惧。

"你看看这个。"她对我说，甚至没有看一眼泰丝。泰丝已经停止了捶打韦林的裤子，看着我们。她信任泰丝。"看，"她说，"我一直在看我不该看的地方——鲁弗先生的床头柜，然后发现了不该出现在那儿的东西。"

她从围裙口袋里拿出两封信。两封信，封蜡是破损的，信上写满了我的字迹。

"哦，我的天哪。"我低声说。

"你的？"

"是的。"

"我就知道。我认得一些字。现在得把这些拿回去。"

"好的。"

她转身要走。

"爱丽丝。"

"嗯？"

"谢谢。你放回去时要小心。"

"你也要小心。"她说。我们的视线交会，我们都知道对方是什么意思。

那天晚上我离开了。

我拿了吃的东西，"借"了奈杰尔的一项旧帽子来压住我的头发，幸好我头发并不是很长。我问奈杰尔要帽子的时候，他只是看了我很久，没有问问题，然后给我拿来了帽子。我想他没有指望再见到它。

我偷了鲁弗斯的一条旧长裤和一件破衬衫。鲁弗斯的邻居们太熟悉我的牛仔裤和衬衫了，而爱丽丝给我做的那条裙子看起来太像这里的女奴穿的了。此外，我已经决定要变成一个男孩。我穿着我选好的宽松、破旧、绝对是男性的服装，希望我的身高和女低音能让我蒙混过去。

我把所有能装的东西都装进了我的牛仔包里，把包留在了我睡垫上放枕头的位置，我通常把它当作枕头。我的行动自由现在对我来说比以往任何时候都更有用。我可以去我想去的地方，没有人会说："你在这里做什么？你为什么不干活？"每个人都认为我在干活。难道我不是那个总在干活的勤劳的蠢货吗？

所以，没人打扰我，我可以做准备工作。我甚至趁机到韦林的书房里逛了逛。最后，在一天结束的时候，我和其他家仆一起去了阁楼，躺下等他们睡着。我不该这么做的。

我想让其他人说他们看到我上床了。我想让鲁弗斯和汤姆·韦林第二天意识到他们没有看到我时，会浪费时间在种植园里找我。因为如果有家仆——也许是哪个孩子——说"她昨晚根本没有上床"，那么他们就不会那样做。

计划过度。

我等其他人安静了一段时间后，就爬了起来。当时大约是半夜，我知道我可以在天亮前经过伊斯顿。我曾与走过这段路程的人谈过。不过，在太阳升起之前，我必须找一个地方躲起来睡觉。然后我可以给自己写一张通行证，去某个别的地方，这些地方的名字和大致位置我都是在韦林的书房里找到的。在县界附近有一个地方叫怀伊磨坊。过了那里之后，我将转向东北，斜着向韦林的一个表亲的种植园方向走去，向特拉华州进发，前往半岛的最高处。这样的话，我就有希望避开许多河流。我有种感觉，河流会使我的旅程漫长而艰难。

我蹑手蹑脚地离开了韦林家，在黑暗中穿行，比几个月前我逃往爱丽丝家时还没有信心。应该是几年前了。那时我还不太清楚有什么好怕的。我还从没见过像爱丽丝那样被抓住的逃奴。我还从没体验过鞭子抽打我的背的感觉。我还从没感受过男人的拳头。

由于恐惧，我感到胃里翻江倒海，但我继续走着。我被路上的一根木棍绊倒在地，先是咒骂，然后捡了起来。木棍手感不错，很结实。一根像这样的棍子曾经救过我。现在，它稍稍压制住了我的恐惧，给了我信心。我走得更快了。我一走过韦林的田地，就进入了路边的树林。

这条路往北，朝着爱丽丝的老木屋，朝着霍尔曼种植园，朝着伊斯顿，我必须绕过伊斯顿。至少很容易走。这里是平坦的乡村道路，地势单一，只有几处几乎不明显的起伏的丘陵。这条路穿过茂密的昏暗的森林，那里可能有很多藏身的好地方。我唯一看到的水是溪流，非常细浅，都没法打湿我的脚。不过，过不了多久，河流就会出现。

我躲开了一个黑人老头，他正赶着一辆骡子拉的车。他哼着不成调子的小曲驶过，显然既不害怕巡逻员，也不怕夜里的其他危险。我羡慕他的平静。

我躲开了三个骑马经过的白人男子。他们带着一条狗，我怕它闻到我的气味，让我暴露。幸好风向对我有利，狗继续走它的路。但后来，另一条狗发现了我。它穿过田野，越过栅栏，向我狂奔而来，吠叫着，咆哮着。我几乎不假思索地转身迎接它，它向我扑来时，我用棍子打倒了它。

我其实并不害怕。我害怕的是与白人在一起的狗，或者是成群的狗。萨拉曾告诉过我，有逃奴被追踪他们的狗群撕咬成了碎片。但一条独行的狗似乎构不成什么威胁。

事实证明，那条狗根本不是威胁。我打了它，它倒下了，然后爬起来，一瘸一拐地呻吟着离开了。我让它走了，很高兴我没有把它伤得太重。我平时很喜欢狗。

我继续匆匆赶路，想要赶快离开，以免狗叫声引起人们的注意，驱使他们出来查看。不过，这次经历确实让我对自己的自卫能力更加有了信心，夜间的自然噪声也没那么让我不安了。

我到了镇上，避开了我能看到的地方——几座阴森的建筑物。我继续走着，开始感到疲惫，担心黎明快要到来。我不知道我的担心是合理的，还是出于我渴望休息。好几次鲁弗斯召唤我的时候，我都希望我戴着手表。

我逼着自己继续前进，直到我看到天空越来越亮。然后，我环顾四周，想知道哪里可以藏身，好让我挨过白天。这时，我听到了马的声音。我走到离大路更远的地方，蹲在一个茂密的有灌木、草和小树丛的地方。现在我已经习惯了躲藏，也不像以前那样会在躲藏的时候害怕。还没有人发现我。

有两个骑马的人在路上，慢慢地朝我走来。非常慢。他们四处张望，透过昏暗的光线向树丛中窥视。我可以看到，其中一个人骑着一匹浅色的马。是一匹灰色的马，我看到它更近了，一个……

我吓了一跳，没敢喘气，但我确实不自觉地微微动了动。一根我没注意到的小树枝在我身下折断了。

骑马的人似乎在我面前停下了。鲁弗斯骑着他通常骑的灰马，汤姆·韦林骑着一匹颜色更深的马。我现在可以清楚地看到他们。他们在找我 ——已经在找我了！他们甚至还不应该知道我走了。他们不可能知道 ——除非有人告诉他们。一定是有人看到我离开了，鲁弗斯和汤姆·韦林之外的其他人。如果是鲁弗斯或汤姆·韦林看到了，他们会直接阻止我的。一定是哪个奴隶出卖了我。而现在，我暴露了我自己。

"我听到了什么声音。"汤姆·韦林说。

鲁弗斯说："我也听到了，她就在这附近。"

我往下缩了缩，试图让自己变得更小，而动作不至于太大，发出更多的声音。

"那个富兰克林真该死。"我听到鲁弗斯说。

"你骂错人了。"韦林说。

鲁弗斯没有回应。

"看那边！"韦林指着离我较远的地方——我前面的树林。他策马过去查看他看到的东西——惊飞了一只大鸟。

鲁弗斯的眼神更好。他没有理会他父亲，径直朝我走来。他不可能看到我，也不可能看到任何其他东西，只是看到了一个可能的藏身之处。他纵马跳进我藏身的灌木丛中。接下来，要么会踩到我身上，要么会把我赶出去。

他把我赶了出去。我往旁边一躲，躲开了马蹄。

鲁弗斯发出一声欢呼，纵身下马落在我身上。他把我压倒了，棍子从我的手中斜着掉了下去，刚好卡在我摔倒的位置。

我听到我偷来的衬衫撕裂的声音，感觉到裂开的木头划过我的腰……

"她在这儿！"鲁弗斯叫道，"我找到她了！"

如果我能拿到我的刀，他也会去拿别的东西。我扭身弯腰去够脚踝处的刀鞘，他仍然压在我身上。我的腰侧突然火辣辣地疼。

"来帮我按住她！"他叫道。

他父亲大步走过来，往我脸上踢了一脚。

这一脚止住了我的动作。我听到鲁弗斯在喊，从很远的地方——奇怪的、轻柔的喊声——"你没必要这么做！"

我渐渐失去意识，没有听到韦林的回答。

13

我醒来的时候，手脚都被绑住了，我的腰侧有节奏地抽痛着，我的脸颊则完全不是在一抽一抽地痛，而好像是在持续地颤抖。我用舌头探了探，发现右边有两颗牙齿不见了。

我像一个粮袋般被扔在什么东西上，头和脚都悬空，血从嘴里滴下来，滴到眼前熟悉的靴子上，那靴子让我知道我在鲁弗斯的马上。

我发出了声音，一种哽咽的呻吟，马停了下来。我感到鲁弗斯在动，然后我被抬了下来，放在路边的高草丛中。鲁弗斯低头看着我。

"你这个傻瓜。"他轻声说。他拿出他的手帕，擦拭着我脸上的血。我躲开了，疼痛突然变得剧烈，泪水一下子溢满了双眼。

"傻瓜！"鲁弗斯重复道。

我闭上眼睛，感到眼泪流到了我的头发里。

"你向我保证你不会打我，我就给你松绑。"

过了一会儿，我点了点头。我感到他的手在我的手腕上动着，然后在我的脚踝上。

"这是什么？"

他找到了我的刀，我想。现在他又会把我绑起来。如果我是他，我就会这么做。我看着他。

他正在解开我脚踝上的空刀鞘。只是随便剪的一块皮革，缝得也很糟糕。显然，我在与他搏斗时丢失了那把刀。不过，毫无疑问，刀鞘的形状告诉他，那里曾经装过什么。他看了看它，又看了看我。最后，他阴沉着脸点点头，利落地把刀鞘扔了。

"起来吧。"

我试着站起来。最后，他不得不帮我。我的脚被绑麻了，现在恢复过来，感觉到了疼痛。如果鲁弗斯决定让我跟在他的马后面跑，我就会被拖死。

他把我半扶半抱地弄回他的马上时，注意到我扶着腰，他停下来移开我的手，查看伤口。

"擦伤，"他宣布，"你很幸运。想用木棍打我，是吗？你还打算干什么？"

我没说话，想到他纵马冲过那个地方，我根本没时间跳开。

我靠在他的马背上，他从我脸上擦去了更多的血，一只手紧紧按住我的头顶，让我无法躲开。我只得忍受着。

"现在你的牙齿缺了一大块，"他说，"嗯，如果你不大笑，就不会有人注意到。不是门牙。"

我运气还真好！我吐了一口血沫，他没有意识到我是在评价我的好运。

"好了，"他说，"我们走吧。"

我等着他把我绑在马后面，或者再把我像粮袋那样扔到马背上。结果，他把我放在马鞍上，让我坐在他前面。这时候，我才看到韦林在路上几步远的地方等着我们。

"看啊，"老头说，"受过教育的黑鬼也不一定聪明，对吧？"他转过身去，好像没指望得到回答。他也没有得到回答。

我僵硬地坐着，挺着身子，直到鲁弗斯说："你能不能靠在我身上，免得掉下去？你的自尊心比脑子强。"

他说错了。在那一刻，我根本管不了我的自尊心了。我靠在他身上，不顾一切地寻找任何可以支撑我的东西，我闭上了眼睛。

很长一段时间，他都没有再说什么，直到我们接近了他家。然后，他说："你醒了，达娜？"

我坐直了。"是的。"

"你要挨鞭子。"他说，"你知道的。"

不知怎的，我好像是忘了。他的温柔让我放松了警惕。现在想到要更痛，我吓坏了。要再挨鞭子。"不！"

我原本没有想过，也没有打算这么做，但我的一条腿已经跨过马背，滑下了马。我的腰很疼，我的嘴很疼，我的脸还在流血，但这些都没挨鞭子糟糕。我向远处的树林跑去。

鲁弗斯轻而易举地抓住了我，抱着我，咒骂我，弄痛了我。"你乖乖挨鞭子！"他嘶吼道，"你越是反抗，他就会打得你越痛。"

他？那么，是韦林要鞭打我，还是监工爱德华兹？

"你做事动点脑子！"见我还在挣扎，鲁弗斯喝道。

我现在的行为让我像一个狂野的女人。如果我的刀还在，我肯定已经杀了人。而现在，我只是在鲁弗斯、他父亲和被叫来帮忙的爱德华兹身上留下了抓痕和瘀伤。我完全无法思考。我这辈子从没有如此不顾一切地想要杀死另一个人。

他们把我带到谷仓，把我的手绑起来，把他们绑在我手上的东西高高拉起。我的脚趾勉强能碰到地面，韦林扯掉我的衣服，开始打我。

他打我，我的手腕吊在头上，身子来回摆动，痛得半死不活，根本站不稳。我无法忍受被吊起来的拉力，无法摆脱不停的抽打……

他打我，直到我试图让自己相信他要打死我。我大声说了出来，喊了出来，鞭子似乎印证了我的话。他会打死我的。他肯定会打死我的，除非我能逃脱，除非我能救自己，除非我能回家！

没有用。这只是惩罚，我知道的。奈杰尔已经承受过了。爱丽丝承受了更多。两人都还活着，还很健康。我不会死的，尽管随着鞭打不断继续我真的想去死。只要能让这疼痛消失！但是没有什么可以让他停下。韦林有足够的时间打我。

我完全失去了意识。我不知道鲁弗斯给我松了绑，把我从谷仓里抱出来，进了卡丽和奈杰尔的小屋。我不知道他指挥爱丽丝和卡丽给我清洗，像我照顾爱丽丝那样照顾我。爱丽丝后来告诉我，他要求用在我身上的所有东西都要干净，他坚持要他们仔细清洗和包扎我身上那道又深又丑的伤口——擦伤。

我醒来的时候他已经走了，但他把爱丽丝留给了我。她安抚我，喂我吃已经剩得不多的阿司匹林。她向我保证，对我的惩罚已经结束，我没事了。我的脸肿得不能说话，没法告诉她拿盐水来给我洗嘴巴。不过，我比画了几次之后，她明白了，拿来了盐水。

"好好休息。"她说，"卡丽和我会像你照顾我一样好好照顾你的。"

我没有试图回答。不过，她的话触动了我心里的某个地方。我开始无声地哭了起来。我们都失败了，她和我。我们都在逃跑后被抓回来，她是几天，我只有几个小时。我可能比她更了解东岸的大体布局。她只知道她出生和成长的地区，她也看不懂地图。我知道几英里外的城镇和河流，但这对我屁用都没有！韦林是怎么说的？受过教育并不等于聪明。他说得有道理。我所受的教育和对未来的知识都没能帮助我逃跑。然而，多年后，一个大字不识的逃奴，名叫哈莉特·塔布曼，将十九次进入这片乡村，带领三百名逃犯获得自由。我哪里做得不对？为什么我仍然是这个男人的奴隶？他报答我对他的救命之恩，就是差点打死我。为什么我又任由他们打了我一顿？还有，为什么……为什么我现在这么害怕——想到我迟早又不得不逃跑，我就害怕得要命。

我呻吟着，试图不去想这些。我身体的疼痛已经足够我应付的了。但现在我心中有一个问题，我必须回答。

我真的会再次尝试吗？我可以吗？

我动了一下，从趴着变成了侧躺着。我试图摆脱我的思绪，但它们还是来了。

它们说，看到了吗？把人变成奴隶多容易啊。

我痛哭起来，仿佛是由于腰侧的疼痛。爱丽丝走过来，给我换了一个不那么痛的姿势。她用一块冰凉的湿布擦拭我的脸。

"我会再试的。"我对她说。我不知道自己为什么要说这个，吹嘘，也许是撒谎。

"什么？"她问。

我肿胀的脸和嘴仍然扭曲着我的声音。我必须重复这些话。如果我说得足够多，也许它们会给我勇气。

"我会再试的。"我尽可能缓慢而清晰地说。

"你好好休息！"她的声音突然变得很刺耳，我知道她听懂了，"以后有的是时间说话。睡吧。"

但我无法入睡。疼痛让我清醒；我的思绪让我清醒。我意识到自己在想，我这次会不会被卖给某个过路的商人……或者下次……我渴望我的安眠药能让我忘记一切，但我心里有个小角落却很高兴我没有安眠药。我现在不放心自己拿着这些药。我不知道我会服下多少。

14

缝纫工莉莎摔倒受伤了。爱丽丝从头到尾告诉了我。莉莎鼻青脸肿，伤痕累累，还掉了几颗牙齿。她浑身又青又肿。就连汤姆·韦林也很关心她。

"谁干的？"他问，"告诉我，他们会受到惩罚的！"

"我摔倒了，"她闷闷不乐地说，"在楼梯上摔的。"

韦林骂她是个傻瓜，让她滚远点。

爱丽丝、泰丝和卡丽遮住了她们自己身上的几处擦伤，无声地向莉莎投去意味深长的目光。莉莎愤怒而恐惧地避开了她们的目光。

"她听到你在夜里起床了，"爱丽丝告诉我，"她跟在你后面起来，直接去找了汤姆先生。她知道不能去找鲁弗先生，因为鲁弗先生可能会让你走。汤姆先生一辈子都没放走过一个黑鬼。"

"但是为什么？"我躺在睡垫上问。我现在没那么虚弱了，但鲁弗斯不许我起床。这一次，我很乐意服从。我知道，一旦我起来，汤姆·韦林就会指望我像完全康复了一样工作。因此，我完全错过了莉莎的"意外"。

"她这样做是为了害我。"爱丽丝说，"如果是我在晚上溜出去，她会更高兴，但她也恨你——几乎和恨我一样恨你。她认为如果不是因为你，我已经死了。"

我吃了一惊。我从来没有过一个真正的、会不惜一切让我受伤或死掉的敌人。对奴隶主和巡逻员来说，我只是另一个黑鬼，值许多钱。他们对我的所作所为与我个人并没有多大关系。但这里有一个女人，她憎恨我，出于纯粹的恶意，几乎害死了我。

"她下次会闭上嘴的，"爱丽丝说，"我们已经让她知道了如果她不闭嘴会有什么后果。现在她更怕我们，而不是汤姆先生。"

"别因为我给你们惹麻烦。"我说。

"别告诉我们该怎么做。"她回答。

15

我起来的第一天，鲁弗斯把我叫到他的房间，递给我一封信，凯文写给汤姆·韦林的信。

"亲爱的汤姆，"信中说，"我可能没有必要写这封信，因为我希望能赶在信到达之前到你那里。然而，如果我被耽搁了，我希望你和达娜知道我来了。请告诉她我来了。"

这是凯文的笔迹——字体倾斜，整齐清晰。尽管多年来一直在做笔记和手写书稿，他的字迹也从来没有变得像我的字迹那样难看。我茫然地看着鲁弗斯。

"我说过，爸爸是个公平的人，"他说，"而你只是大声嘲笑我。"

"他给凯文写信说了我的事？"

"他是在……在……"

"在得知你没有寄我的信之后？"

他惊讶地睁大了眼睛，然后慢慢露出理解的神情。"所以，这就是你逃跑的原因？你是怎么发现的？"

"好奇心。"我瞥了一眼床头柜，"为了满足我的好奇心。"

"你偷看我的东西可能会挨鞭子的。"

我耸了耸肩，刺痛从我已经结疤的肩膀上传来。

"我甚至没有看出来信被动过。从现在开始，我得更好地盯着你。"

"为什么？你打算对我隐瞒更多的谎言吗？"

他吃了一惊，站起身，又重重地坐下，抬起一只擦得发亮的靴子，放在床上。"注意你说的话，达娜。有些话我是不会接受的，就算是你说的。"

"你撒谎了，"我故意重复道，"你三番五次地对我撒谎。为什么，鲁弗？"

过了几秒，他的怒气消散了，代之以别的情绪。我起初看着他，后来觉得不自在，转开了视线。"我想把你留在这里，"他低声说，"凯文讨厌这个地方。他会把你带去北方。"

我又看着他，渐渐明白过来。就是源自他这种一厢情愿的毁灭性的爱。他爱我。幸好不是他对爱丽丝的那种爱。他似乎并不想和我上床，但他希望我在他身边，可以交谈，可以听他说话，关心他说什么，关心他。

而我确实关心他。不管有多愚蠢，但我就是关心他。我必须关心，我一直原谅他做的事情……

我内疚地盯着窗外，觉得自己本该更像爱丽丝一点。她没有原谅他做的任何事，没有忘记任何事，对他的恨就像她对艾萨克的爱一样深。我不怪她。但她的恨有什么好处呢？她无法鼓起勇气再次逃跑，也无法杀了鲁弗斯并面对自己的死亡。她什么都做不了，除了让自己更悲惨。她说："每次他把手放在我身上，我的胃里就会翻腾！"但她忍受着。最终，她将为他生下至少一个孩子。不管我有多关心他，我都不可能那样做。不可能。他两次让我失去控制，差点杀了他。我对他的愤怒可以到这种程度，即使我知道杀了他的后果。他能使我不假思索地陷入狂怒。不知怎么，我无法接受他像其他人那样欺负我。如果他强暴了我，我们两个人都不可能活下来。

也许这就是为什么我们不恨对方。我们可以深深地伤害对方，咬牙切齿地迅速杀死彼此。他就像是我的弟弟。爱丽丝就像一个妹妹。看着他伤害她，知道如果要保住我的家庭，他就必须继续伤害她，这太让人难受了。而且，此时此刻，我很难平静地谈论他对我做的事。

"北方，"我最后说，"是的，至少在那里我可以留住我背上的皮肤。"

他叹了口气。"我从来没有想让爸爸鞭打你。但是老天，你不知道这已经算轻的了吗？他伤你远没有伤别人那么严重。"

我没说话。

"他不可能一点惩罚都不给，就这样放过逃奴。如果他这样做，明天就会有十个人跑掉。不过，他对你很宽容了，因为他认为你逃跑是我的错。"

"就是你的错。"

"那是你自己的错！如果你能等到……"

"等什么！你是我信任的人。我确实等到了，等到我发现你是个骗子！"

他这次接受了这个指控，没有生气。"哦，该死，达娜……好吧！我应该把这些信寄出去。连爸爸都说我答应了就应该寄出去。然后他说我是个傻瓜，居然会答应你。"他顿了顿，"但就是因为我答应了，他才会找凯文，让他回来。他这样做不是为了感谢你救了我，而是因为我做出了承诺。如果不是这样，他会把你留在这里，直到你回家。如果你这次会回家的话。"

我们一起默默地坐了一会儿。

"我认识的人里面只有爸爸，"他轻声说，"他对答应黑人的事和答应白人的事都一样在乎。"

"这会困扰你吗？"

"不！这是他身上为数不多让我尊重的地方。"

"这是他身上为数不多你应该学习的地方。"

"是的。"他把脚从床上拿了下来,"卡丽会拿一盘吃的上来,我们可以一起吃。"

我有点吃惊,但我只是点了点头。

"你的背不怎么疼了,是吗?"

"是的。"

他沮丧地盯着窗外,直到卡丽端着托盘进来。

16

第二天,我又回去帮助萨拉和卡丽做事了。鲁弗斯说我不必这样,虽然干活很乏味,但我还是能忍受,总胜过更长时间的无聊。而且现在我知道凯文要来了,我的背和腰似乎都没那么疼了。

然后杰克·爱德华兹走了进来,破坏了我刚刚得到的平静。不可思议的是,这个人干的事和卢克一样,可卢克不会伤害任何人,这个人却能造成非常多的苦难。

"你!"他对我说,他知道我的名字,"你去洗衣服。泰丝今天要去田里。"

可怜的泰丝。韦林已经厌倦了她在床上的陪伴,随手把她扔给了爱德华兹。她一直担心爱德华兹会把她送到田里去,在那里他可以盯着她。有爱丽丝和我在家里,泰丝知道她是多余的。她因为担心自己多余而哭了起来。"他们叫你干什么,你就干什么。"她哭着说,"但他们仍然对你就像对一条老狗。去,张开你的腿;去,好好干活。他们在乎什么!我才不该有什么感觉呢!"她坐在我身边哭。我当时还趴在床上，满头大汗，痛不欲生，但我知道我并不像我认为的那样糟糕。

不过，如果我服从爱德华兹的话，现在的情况会更糟。他没有权力给我下命令，他也知道这一点。他只有权力管农场工人。但今天，鲁弗斯和汤姆·韦林进城去了，留下爱德华兹管事，给他几个小时的时间向我们展示他有多"重要"。我听到他在厨房外吓唬奈杰尔。我也听到了奈杰尔的回答，先是息事宁人——"我只是在做汤姆老爷叫我做的事。"然后是威胁——"杰克老爷，你对我动手，你就会受伤。就这样吧！"

爱德华兹退缩了。奈杰尔又高又壮，不是个光说不练的人。而且，鲁弗斯会支持奈杰尔，而韦林则会支持鲁弗斯。爱德华兹骂了奈杰尔之后，又跑到厨房来找我麻烦。我的个头和力气都吓唬不了他，尤其是现在。但我知道洗一天衣服我的背和腰会怎么样。我已经够痛了。

"爱德华兹先生，我不应该洗衣服。鲁弗斯先生让我不要洗。"这是假话，但鲁弗斯也会支持我的。在某些方面，我仍然可以信任他。

"你这个撒谎的黑鬼，我让你做什么你就做什么！"爱德华兹俯视着我，"你以为你挨过鞭子？你还不知道什么算挨鞭子呢！"他把鞭子带在身边。它就像他手臂的一部分——又长又黑，握把为了添重加了铅。他把鞭尾抖了出来。

我走了出去，老天有眼，我去洗衣服。我不能这么快又被打。我不能。

爱德华兹走后，爱丽丝从卡丽的小屋出来，开始帮我。我感到脸上的汗水混杂着因愤怒失望而无声流出的泪水。我的背已经开始隐隐作痛，我也感到隐隐的羞愧。奴役是一个漫长的过程，让人变得迟钝。

"别再捶打衣服了，你要倒下了。"爱丽丝说，"我来做。你回厨房去。"

"他可能会回来，"我说，"你可能会惹上麻烦。"我担心的不是她的麻烦，而是我的麻烦。我不想被拖出厨房，再挨鞭子。

"我不会的，"她说，"他知道我晚上睡在哪里。"

我点了点头。她是对的。只要她还在鲁弗斯的保护之下，爱德华兹就只能骂她，而不能碰她。就像他没有碰过泰丝——直到韦林不要她了……

"谢谢，爱丽丝，但是……"

"那是谁？"

我环顾四周。有一个白人，留着灰白胡子，风尘仆仆，骑着马绕过主屋的一侧向我们走来。起初我以为是卫理公会的牧师。虽然韦林对宗教并没有特别的兴趣，但牧师是汤姆·韦林的朋友，有时也来吃晚餐。但是眼前这人骑马过来，却没有孩子们围着他。孩子们总是簇拥着牧师，还有他妻子，如果他带她一起来的话。夫妇俩会分发糖果和关于"安全"的《圣经》经文（"你们做仆人的，要听从你们的主人……"），孩子们背诵这些经文就能得到糖果。

我看到两个小女孩盯着那个灰白胡子的陌生人，但都没有走近或与他说话。他骑马径直向我们走来，然后停了下来，不确定地看着我们俩。

我张开嘴想告诉他韦林夫妇不在家，但在那一刻，我看清了他的样子。我手上鲁弗斯的一件上好的白衬衫掉到了土里，我跌跌撞撞地走到栅栏边。

"达娜？"他轻声说。他声音中的疑问让我害怕。他不认识我吗？我变了这么多吗？他没有变，不管有没有胡子。

"凯文，快下来。你在上面我够不着你。"

我还没来得及再喘口气，他已经下了马，越过洗衣场的栅栏，把我拉了过去。

我的背和肩膀上的钝痛轰然而起。突然间，我挣扎着要离开。他困惑地放开了我。

"怎么……"

我再次走向他，因为我不能离开，但在他能搂住我之前我抓住了他的胳膊。"别，我的背很痛。"

"为什么痛？"

"因为我逃跑去找你。哦，凯文……"

他抱着我，现在轻轻地，抱了几秒钟。我想如果那一刻我们能够回家，一切都会好的。

最后，凯文从我身边退后了一点，看着我，没有放开。"谁打了你？"他轻声问。

"我说过了，我逃跑了。"

"谁干的？"他坚持问，"又是韦林吗？"

"凯文，算了吧。"

"算了？"

"是的！忘了吧。我可能某一天还得住在这里。"我摇了摇头，"你想怎么恨韦林就怎么恨。我也恨他。但不要对他做任何事。我们还是离开这里吧。"

"那就是他。"

"是的！"

他慢慢地转身，盯着主屋的方向。他脸上没有被胡须遮住的地方起了皱纹，显得阴郁。他看起来比我最后一次见他时老了十岁。他的额头上有一道锯齿状的疤痕，一定是一个很严重的伤口留下的。这个地方，这个时代，对他并没有比对我更仁慈。但这对他有什么影响？他现在可能愿意做哪些他以前不愿意做的事？

"凯文，拜托，我们走吧。"

他用同样严厉的目光盯着我。

"你对他们做任何事，都会让我受罪。"我急切地低声说，"我们走吧！现在就走！"

他又盯着我看了一会儿，然后叹了口气，揉了揉额头。他看着爱丽丝，由于他只是这么无声地看着她，我也转头看她。

她在看着我们，没有哭，但她脸上的痛苦我从来没有在另一个人的脸上看到过。我丈夫终于来找我了。而她的丈夫不会再来找她。然后她的表情消失了，她坚韧的面具又恢复了。

"你最好按她说的做。"她轻声对凯文说，"趁现在把她带走。不然的话，不知道我们的'好主人'会做什么。"

"你是爱丽丝，对吗？"凯文问。

她点了点头，她不会对韦林或鲁弗斯这样。他们会得到一个干巴巴的"是的，先生"。"以前有时会在这里看到你，"她说，"那时候事情还有道理可讲。"

他哼了一声，似笑非笑。"有过这样的时候吗？"他瞥了我一眼，然后又看向她，比较着我们。"老天，"他喃喃自语道，然后对她说，"你在这里自己干完活，没事吧？"

"没事的，"她说，"只要带她离开这里就行了。"

他似乎终于相信了。"去拿你的东西。"他对我说。

我差点说就别管我的东西了。多余的衣服、药品、牙刷、笔、纸等。但在这里，有些东西是不可替代的。我尽可能快地爬过栅栏，走到主屋，上了阁楼，把所有东西都塞进我的包里。然后我又出来，没有被人看到，也不用回答问题。

凯文在洗衣场的栅栏边等我，并给他的母马喂东西吃。我看着那匹母马，不知道它有多累。它还能驮着两个人走多远？凯文还能走多远？我走到他身边时，看了看他，从他脸上布满灰尘的皱纹中可以看出倦意。我不知道他是以怎样的速度赶到我身边的。他最后一次睡觉是什么时候？

有那么一会儿，我们站着，浪费着时间，凝视着对方。我们都情不自禁，至少我是这样。新的皱纹，还有别的，他的样子好看得要命。

"对我来说已经五年了。"他说。

"我知道。"我低声说。

他突然转过身。"我们走吧！让我们把这个地方永远甩在身后。"

求你了，老天。但可能性不大。我转身向爱丽丝道别，叫了一次她的名字。她正在拍打鲁弗斯的一条裤子，不停地拍打着，没有丝毫停顿表明她听到了我的声音。

"爱丽丝！"我叫得更大声了。

她没有转身，也没有停止拍打那条裤子，不过我现在确定她听到了我说的话。凯文将一只手放在我肩上，我瞥了他一眼，然后又看向她。"再见，爱丽丝。"我说，这次我没有期待任何回答。也没有回答。

凯文骑上马，拉我上马坐在他身后。我们离开时，我靠在凯文满是汗水的背上，等待着爱丽丝那有规律的拍打声逐渐消失。

但当我们在路上遇到鲁弗斯的时候，仍能隐约听到那声音。

鲁弗斯一个人。至少这一点让我很高兴。但他在我们前面几英尺处停了下来，皱着眉头，故意挡住了我们的路。

"哦，见鬼。"我嘀咕道。

"你就这么走了，"鲁弗斯对凯文说，"没有感谢，什么都没有，就把她带走了。"

凯文默默地盯了他几秒钟，直到鲁弗斯的愤怒消失了，开始显得不自在。

"没错。"凯文说。

鲁弗斯眨了眨眼。"听着，"他用更温和的语气说，"听着，你为什么不留下来吃晚饭。我父亲到时候会回来的。他会希望你留下来的。"

"你可以告诉你父亲——"

我的手指抠进凯文的肩膀，阻止了他几乎脱口而出的话，免得内容和语气都变得有攻击性。"告诉他我们有急事。"凯文说完。

鲁弗斯没有挪开，仍然挡着我们的路。他看着我。

"再见，鲁弗。"我轻声说。

没有任何警告，鲁弗斯的情绪也没有明显的变化，他微微转身，用步枪瞄准了我们。我对枪械现在有了一点了解。除了最受信任的奴隶，任何奴隶表现出对枪支的兴趣都是不明智的，但在我逃跑之前，我一直是被信任的。鲁弗斯的枪是一把燧发枪[1]，一把细长的肯塔基步枪。他甚至让我开过几次枪……以前的事了。而我也

1　燧发枪，1547年由法国人马汉发明，在转轮火枪的基础上改进而成，利用燧石重击引燃火药。17世纪中叶，很多欧洲军队普遍装备燧发枪。两个世纪后，燧发枪逐渐被采用击发式点火的枪械取代。

曾因为他被一根类似的枪管正对着。然而，现在这支枪的目标是凯文。我盯着枪，然后盯着那个拿枪的年轻人。我一直以为我了解他，而他不断向我证明我并不了解他。

"鲁弗，你在做什么！"

"邀请凯文吃晚饭。"他说，然后对凯文说，"下来吧。我想爸爸可能想和你谈谈。"

人们不断提醒我注意他，暗示他比表面上看起来更卑鄙。萨拉也曾警告过我，而大多数时候，她爱他就像爱她失去的儿子。我也看到过他偶尔在爱丽丝身上留下的痕迹。但他对我从来没有这样过——即使他愤怒到了极点。我从来没有像怕他父亲那样怕他。即使是现在，我也没有很害怕，也许我应该非常害怕。我不是为自己害怕。因此我向他发出了挑战。

"鲁弗，如果你要朝谁开枪，最好是朝我。"

"达娜，闭嘴！"凯文说。

"你认为我不会吗？"鲁弗说。

"我认为，如果你不对我开枪的话，我就会杀了你。"

凯文飞快地下了马，把我也拖了下来。他不明白我和鲁弗斯的关系，我们对彼此的依赖。但鲁弗斯明白。

"没必要谈到杀人。"鲁弗斯温和地说，就像在安抚一个生气的孩子，然后他用一种更正常的语气对凯文说，"我只是觉得爸爸可能有话要对你说。"

"说什么？"凯文问。

"嗯……也许是她的开销。"

"我的开销！"我爆发了，挣脱了凯文，"我的开销！我在这里的每一天都在卖力干活，直到你父亲把我打得什么都干不了！你们这些人欠我的！而你们，该死的，欠我的你们根本还不清！"

他把步枪挥向了我想要的地方——直接对准我。现在我要么刺激他向我开枪，要么让他羞愧地放我们走，或者可能的话，我可以回家。我可能回到家里受了伤，甚至死了。但无论如何，我都会离开这个时代、这个地方。如果我回家，凯文会和我一起走。我抓住他的手，握住它。

"你打算怎么做，鲁弗？用枪指着我们，这样你就可以劫持凯文？"

"回到房子里去。"他说。他的声音已经变得冷酷。

凯文和我对视着，我轻声说："我这辈子想知道的做奴隶的事情，我都已经知道了。"我告诉他，"我宁愿被枪打死，也不愿意再回到那里去。"

"我不会让他们留住你的。"凯文回答说，"来吧。"

"不！"我瞪着他，"你想去随你。我不会再回到那个房子里去！"

鲁弗斯厌恶地咒骂着。"凯文，把她扛到你的肩膀上，带她进去。"

凯文没有动。他要是动了才怪。

"还想让别人替你干这些勾当，是不是，鲁弗？"我苦涩地说，"先是你父亲，现在是凯文。一想到我浪费时间救了你毫无价值的生命！"我走向那匹母马，抓住缰绳，作势要重新上马。在那一刻，鲁弗斯崩溃了。

"你不能走！"他喊道。他蹲下一些，端正了枪，显然他准备开枪，"该死，你不能离开我！"

他要开枪了。我把他逼得太紧了。我拒绝了他，就像爱丽丝一样。尽管惊恐万分，我还是擦过了马头向后卧倒。只要能在自己和来复枪之间加点障碍，我不在乎自己会怎么摔倒。

我撞到了地上，不是太重。我想爬起来，发现爬不起来。我的平衡感消失了。我听到喊声——凯文的声音，鲁弗斯的声音……忽然，我看到了那把枪，很模糊，但似乎离我的头只有几英寸。我伸手向它打去，但没有打中。它并不在我看到的位置。一切都在扭曲，变得模糊。

"凯文！"我尖叫起来。我不能再抛下他了，就算我的尖叫会让鲁弗斯开火。

有东西重重地落在我背上，我再次尖叫起来，这次是因为疼痛。一切都变得昏暗。

风暴

The Storm

1

家里。

我昏迷了不超过一分钟。我醒来时，在客厅地板上，凯文正俯身看我。这次我不会把他看错。是他，而且他回家了。我们回家了。我的背感觉好像又被打了一顿，但这没关系。我把我们带回家了，我们俩都没有被枪杀。

"我很抱歉。"凯文说。

我凝神注视着他。"抱歉什么？"

"你的背不疼吗？"

我垂下头，下巴抵在手背上。"疼。"

"我倒在了你身上。鲁弗斯在喊，马在叫，你在尖叫，我不知道是怎么回事，但是……"

"幸亏它确实发生了。不要道歉，凯文，你在这里。如果你没有倒在我身上，你会再次被困住。"

他叹了口气，点点头。"你能站起来吗？我觉得如果我抱你起来，会比你自己走路还疼。"

我慢慢地、小心翼翼地站起来，发现站起来和躺着差不多疼。我的头脑现在很清醒，我可以毫不费力地行走。

"去床上，"凯文说，"休息一下吧。"

"一起吧。"

我们在洗衣场见面时他的那种表情又出现了，他握住我的手。

"一起来吧。"我轻声重复。

"达娜，你受伤了。你的背……"

"嘿。"

他停下来，把我拉近。

"五年了？"我低声说。

"那么久。是的。"

"他们弄伤了你。"我指了指他额头上的伤疤。

"那没什么。几年前就痊愈了。但你……"

"和我一起来吧。"

他照做了。他非常小心，害怕弄疼我。当然，他确实弄疼了我。我知道他会，但这没关系。我们很安全。他回家了。我把他带回来了。这就足够了。

最后，我们睡着了。

我醒来时他不在房间里。我静静地躺着听，直到我听到他在厨房里开门关门的声音。我还听到他的咒骂声。我意识到，他有了一点口音。不是特别明显，但那确实听起来有点像鲁弗斯和汤姆·韦林的口音。只有一点。

我摇了摇头，想把这种比较的念头从我的脑海中抹去。听起来他好像在找什么东西，五年过去了，他不知道能在哪里找到。我起床去帮忙。

我发现他在摆弄炉子，把炉头打开，盯着蓝色的火焰看，又把它关掉，打开烤箱，往里看。他背对着我，没有看到我，也没有听到我的声音。我还没说话，他又"砰"的一声关上了烤箱的门，摇着头走了。"天哪!"他嘀咕道,"如果我还没有回家,也许我就没有家了。"

他走进了餐厅,依然没有注意到我。我留在原地,思考着,回忆着。

我可以回想起走过韦林家门口的那条狭窄的土路,看到韦林家的房子在暮色中朦朦胧胧、方方正正,很熟悉,一些窗户里透出黄色的灯光——韦林用蜡烛和油奢侈得惊人。我听说别人不是这样的。我记得看到房子时,我感到欣慰,觉得我回家了。但又不得不停下来纠正自己,提醒自己我是在一个陌生的、危险的地方。我还记得,我惊讶于自己竟然把这样一个地方当成了家。

那是两个多月前,我去找人来救鲁弗斯的时候。我回过 1976年的家,回过现在这所房子,但它并没有家的感觉。现在也没有。首先,凯文和我在这里一起生活了仅仅两天。后来我一个人在这里住了八天,也没多大改变。时代没错,年份没错,只是我对这座房子不够熟悉。我觉得我好像在自己的时代里迷失了自己的位置。鲁弗斯的时代是一个更尖锐、更强大的现实。工作更艰难,气味和味道更强烈、更危险、更苦涩……鲁弗斯的时代对我的要求是前所未有的。如果我不满足它的要求,它可以轻易地杀死我。这是一个严酷的、强大的现实,是这座房子,是此时温柔的便利和奢华所无法触及的。

如果我在过去只待了很短的时间就有这种感觉,那么凯文待了五年,他会有什么感觉?他的白皮肤使他避免了我遇到过的许多麻烦,但是,他仍然不可能过得很轻松。

我发现他在客厅里试电视机的旋钮。那台电视对我们来说是新的,就像这座房子一样。开关藏在屏幕下面,而凯文显然不记得了。

我走过去，把手伸到下面，打开了电视机。电视上正在播放公共服务公告，建议妇女在怀孕期间看医生，照顾好自己。

"把它关掉。"凯文说。

我照做了。

"有一次，我看到一个女人生孩子的时候死了。"他说。

我点了点头。"我没有见过，但我一直听说有这种事。我想，这在当时很常见。医疗很糟糕，或者根本就没有。"

"不，我看到的和医疗没关系。这个女人的主人把她的手腕吊起来打她，直到孩子从她身体里掉出来，掉到了地上。"

我吞了一下口水，看向一旁，揉着自己的手腕。"我明白了。"韦林会对他哪个怀孕的女奴做这种事吗？我想知道。很可能不会。他有更好的商业头脑。母亲死了，婴儿死了——全是损失。不过，我听说过其他奴隶主的故事，他们不在乎自己做了什么。韦林的种植园里有一个女人，她以前的主人发现她在写东西，就切掉了她右手的三根手指。那个女人几乎每年都生一个孩子。生了九个，活了七个。韦林说她是专门下蛋的母鸡，从不鞭打她。不过，他卖掉了她的孩子，一个接一个。

凯文盯着空空的电视机屏幕，苦笑了一声，转开了脸。"我觉得这里只是另一个中转站，"他说，"也许没有其他中转站那么真实。"

"中转站？"

"像费城、纽约和波士顿。像缅因州的那个农场……"

"那你确实去了缅因州？"

"是的，差点在那里买了一个农场。会是个愚蠢而错误的决定。

然后波士顿的一个朋友把韦林的信转给了我。终于到家了，我想，而你……"他看着我，"嗯。我得到了我想要的一半。你还是你。"

我安心地走向他，这安心让我有些吃惊。我之前没有意识到我有多担心，即使是现在也还在担心，我担心对他来说，我可能不再"是我"了。

"这里的一切都那么柔软，"他说，"那么舒适……"

"我知道。"

"这很好。该死，我不会再回到我为了挣钱住过的一些破地方，但还是……"

我们走过餐厅，穿过过道。我们在我的办公室停下，他进去看着我挂在墙上的美国地图。"我一直沿着东海岸往上走，越走越远。"他说，"我猜我接下来会在加拿大落脚。但在我去过的所有地方里，你知道我唯一放心并渴望去一个地方是什么时候吗？"

"我想我知道。"我静静地说。

"那是在……"他停下来，意识到我说了什么，皱着眉头看着我。

"就是你回马里兰州的时候，"我说，"你去韦林家看我是不是在那里。"

他看起来很惊讶，但奇怪的是也很高兴。"你怎么知道？"

"是真的，是吗？"

"是真的。"

"上次鲁弗斯召唤我的时候我就感觉到了。我一点都不喜欢那个地方。然而，不可否认，当我再次看到它的时候，简直就像回家了一样，那感觉吓到我了。"

凯文摸着他的胡须。"我留胡子是为了能回来。"

"为什么？"

"为了伪装自己。你听说过一个叫登马克·维西的人吗？"

"那个在南卡罗来纳州策划叛乱的自由民？"

"是的。不过，维西仅仅停留在策划阶段，但他吓坏了很多白人。很多黑人也因此受苦。大约在那个时候，我被指控帮助奴隶逃跑。我勉强赶在暴徒到来前脱了身。"

"那时你在韦林家吗？"

"不，我在学校有一份教书的工作。"他揉了揉额头上的伤疤，"我会全部告诉你的，达娜，但要换个时间。现在，我得让自己回到 1976 年的生活中来。如果我可以的话。"

"你可以的。"

他耸了耸肩。

"还有一件事，就一件。"

他疑惑地看着我。

"你是在帮助奴隶逃跑吗？"

"当然！我给他们提供食物，白天把他们藏起来，晚上，我就把他们领到一个自由黑人家庭，这家人会提供第二天的食物和藏身之处。"

我笑了笑，没有说什么。他听起来很生气，几乎像是在为自己做的事辩护。

"我觉得我可能不习惯对了解这些事的人说它们。"他说。

"我知道。你做了，那就够了。"

他又揉了揉自己的头。"五年时间比听起来要久。要久得多。"

我们继续往他的办公室走去。我们买下的房子是坚固的老式框架房屋，我们俩的办公室以前是卧室。房间宽敞舒适，让我有种在韦林家的感觉。

不，我摇摇头，否定了这个想法。这房子根本不像韦林的房子。我看着凯文环顾他的办公室。他绕了一圈，在书桌、文件柜和书架前都停了下来。他站在书架旁看了一会儿，书架上摆满了《米利巴之水》，那是他写得最成功的小说，赚的钱为我们买下了这所房子。他摸了摸其中一本，似乎想把它拿下来，接着他离开了书架，渐渐逛到他的打字机前。他在打字机上摸索了一会儿，想起了如何打开它，然后看着旁边的一沓白纸，又把打字机关掉了。突然，他抡起拳头，狠狠地砸在上面。

我被突如其来的声音吓了一跳。"你会把它砸坏的，凯文。"

"那有什么区别？"

我迟疑着，想起了我上次回家时也想写东西。我试了又试，最后只是塞满了废纸篓。

"我该怎么办？"凯文说，转身背对着打字机，"天哪，如果我在这里也感觉不到什么……"

"你会的。给自己一点时间。"

他拿起他的电动削笔刀查看着，好像他不知道那是什么东西，然后他似乎又想起来了。他把它放下，从桌上的瓷杯里拿了一支铅笔，放进削笔刀里。小机器听话地把铅笔削出了一个细小的尖。凯文盯着笔尖看了一会儿，然后又看了看削笔刀。

"一个玩具，"他说，"只不过是一个该死的玩具。"

"你买的时候我就是这么说的。"我对他说。我本想笑着拿它开个玩笑，但他的声音中有些东西让我害怕。

他的手突然一挥，把削笔刀和一杯子铅笔都从桌上打了下来。铅笔散落一地，杯子碎了。削笔刀重重地落在光地板上，没碰到地毯。我赶紧拔掉了它的插头。

"凯文……"我还没说完，他就大步走出了房间，我追上了他，抓住他的胳膊，"凯文！"

他停了下来，瞪着我，好像我是一个竟敢对他动手的陌生人。

"凯文，你不可能一下子就整个恢复，就像你不能一下子就整个改变一样。这需要时间。过一段时间，你就能习惯所有事情了。"

他的表情没有变化。

我捧着他的脸，看着他的眼睛，此刻他的眼神是真正的冰冷。"我不知道你是什么感觉，"我说，"离开这么久，无法控制自己能否回来，我猜我没法知道。但我知道……当我想到自己已经永远地把你留在那里的时候，我几乎不想活了。但现在，你回来了……"

他挣脱我的手，走出了房间。他脸上的表情像我见过的，我常常在汤姆·韦林脸上看到的那种表情。孤僻、丑陋。

我离开了他的办公室，没有去追他。我不知道该怎么帮助他，我也不想看着他，看到他身上那些让我想起韦林的地方。但我去了卧室，我发现他在。

他站在梳妆台旁边，看着自己的照片——曾经的自己。他一直不喜欢照相，但是我说服他拍了这张照片，一张年轻面孔的特写，一头浓密的灰白头发，深色的眉毛，浅色的眼睛……

我担心他会把照片扔到地上，像他想砸烂削笔刀那样砸烂它。我从他手中拿过照片。他放了手，转身看着梳妆台镜子里的自己。他用手捋了捋头发，头发仍然浓密，仍然是灰白的。他可能永远不会秃顶。但他现在看起来老了，这张年轻的脸上发生的变化，不是新生的皱纹或胡子所能解释的。

"凯文？"

他闭上了眼睛。"让我一个人待一会儿，达娜。"他轻声说，"我只是需要自己一个人，重新习惯……习惯一切。"

突然传来一声巨响，震动了房子，凯文受惊地靠着梳妆台，慌乱地看着周围。

"只是一架飞机飞了过去。"我告诉他。

他看了我一眼，眼里几乎是仇恨，然后和我擦肩而过，走进自己的办公室，关上了门。

我让他一个人待着。我不知道还能做些什么，甚至不知道还有什么事是我可以做的。也许这是他必须自己解决的事情。也许这是只有时间可以解决的事情。也许任何可能性都有。但当我看着走廊那边他紧闭的门时，我实在太无助了。最后，我去洗澡了，那疼痛足以让我专心一阵子。之后，我检查了我的牛仔包，将一瓶消毒剂和凯文的一大瓶头痛药埃克塞德林放了进去，并用一把旧的折刀代替了弹簧刀。这把刀很大，和我丢失的那把弹簧刀一样可以要人命，但不像以前那把刀即拿即用，所以很难给对手一个措手不及。我考虑用某种厨房刀来代替，但我觉得厨房刀如果要足够大且有杀伤力，就会很难藏起来。不是说哪种刀对我来说特别有效，只是有一把刀让我觉得更安全。

我把刀扔进包里，换了新的肥皂、牙膏，又放进一些衣服和其他东西。我的思绪又回到了凯文身上。我不知道他是不是在为失去的五年怪我。就算他现在不怪我，等他试图重新写作的时候，会不会怪我？他会再次写作的。写作是他的职业。我想知道他在这五年是否写了什么作品，更准确地说，他是否出版了什么作品。我确定他一直在写。我无法想象我们两人五年都没有写作。也许他在写日记或别的什么。他已经变了，五年了，他没法不变。但他为之写作的市场并没有改变。他可能会低落一段时间，而且可能会怪我。

再次见到他，爱他，知道他的流亡生活已经结束，本来这一切是这么美好。本来我以为一切都会好起来，但现在我不知道还有什么事会好得起来。

我穿上一件宽松的衣服，去厨房看看能做些什么吃的——如果我能让凯文吃点东西。我两个多月前拿出来解冻的猪排肉还是冰冷的。那么我们离开多久了？今天是哪天？不知怎的，我们俩之前都没有想到要查看一下。

我打开收音机，新闻台正好在报道黎巴嫩战争。那里的战争局势更恶劣了。总统正在下令疏散非政府人员的美国人，听起来和鲁弗斯召唤我那天总统下的命令一样。片刻之后，播音员提到了今天是星期几，证实了我的想法——我只离开了几个小时。凯文离开了八天。我们不在的时候，1976 年并没有向前推移。

新闻转到了关于南非的报道，当地黑人因为政府的白人至上主义而发起暴乱，与警察产生冲突，大批黑人因此死亡。

我关掉收音机，试图平静地做饭。南非白人给我的印象一直是如果生活在 18 世纪或 19 世纪，他们会更幸福。事实上，就种族关系而言，他们确实还生活在过去。他们的生活轻松舒适，靠的是被他们置于贫困之中、被他们看不起的许许多多黑人。汤姆·韦林就会觉得像在自己家一样自在。

过了一会儿，饭菜的香味把凯文从他的办公室里吸引了出来，但他只是默默地吃着。

"我能帮上忙吗？"终于，我还是问了。

"帮什么？"

他的声音里带着刺，我警觉起来，没有回答。

"我很好。"他勉强地说。

"不，你不好。"

他放下了叉子。"你这次离开了多久？"

"几个小时，或者刚两个月。你选。"

"我的办公室有一份报纸，我刚才在看。我不知道它过期几天了，但……"

"那是今天的报纸。是鲁弗斯最后一次召唤我的那个早上送来的。如果你相信日历的话，那就是今天早上。6 月 18 日。"

"没关系。我读那份报纸是在浪费时间。我大部分时间都不知道那上面他妈的写了些什么。"

"这就像我说的，混乱的感觉不会一下子消失。我也一样。"

"刚开始，回家的感觉真好。"

"是很好。现在也是。"

"我不知道。我什么都不知道。"

"你太着急了。你……"我停下来，意识到我在椅子上有些摇晃，于是低声说，"哦，天哪，不要！"

"我想我是有点着急。"凯文说，"我想知道刚出狱的人是怎么重新适应的。"

"凯文，去拿我的包。我把它留在卧室里了。"

"什么？为什么……"

"快去，凯文！"

他终于明白过来，去了卧室。我坐着不动，祈祷他能及时回来。我可以感到眼泪滑过脸颊。这么快，这么快……为什么我就不能和他在一起几天，在家里平静地过几天？

我感到有什么东西压在我的手上，我抓住了它。我的包。我睁开眼睛，看到它黑乎乎的影子，还有站在我旁边的凯文更大的模糊身影。我突然很担心他可能会做什么。

"走开，凯文！"

他说了些什么，但突然间有很多噪声，我听不见他的声音——即使他还在那里。

2

有水，雨水向我倾泻而下。我攥着包，坐在泥地里。

我站起身来，尽可能地挡住我的包，这样至少我还有干衣服可以换。我阴沉着脸，四处寻找鲁弗斯。

我没能找到他。我透过暗淡的光线四处张望，直到我意识到自己在哪里。我可以看到远处熟悉的韦林家的房子，方方正正，一扇窗户亮着黄色的灯光。至少这次我不用再走很远的路了。考虑到眼下的暴风雨，这是值得庆幸的事情。但是鲁弗斯在哪里？如果他是在屋里遇到的麻烦，为什么我到的时候人在外面？

我耸耸肩，开始向房子走去。如果他在那里，我在外面浪费时间就太傻了。我已经淋得够湿了。

我被他绊倒了。

他脸朝下趴在一个水坑里，水几乎淹没了他的头。他脸朝下。

我抓住他，把他从水里拉了出来，拉到一棵树旁，好躲避雨水。一会儿，响起了雷声，一道闪电划过，我又把他从树旁拖开。以他招引厄运的能力，我不想冒险。

他还活着。我移动他的时候，他吐了一身，还吐了些在我身上。我差点和他一起吐起来。他开始咳嗽、喃喃自语，我意识到他不是喝醉了就是生病了。更可能是喝醉了。他还很重。他看起来并不比我上次见到他时块头大多少，但现在他湿透了，而且他开始无力地挣扎。

本来他一动不动，我还能拖着他往房子那边走。现在我厌恶地放下他，独自向房子走去。比我更强壮、更能忍的人或许可以拖着或背着他走完剩下的路。

奈杰尔应了门，站在那里俯视着我。"究竟是谁……"

"是达娜，奈杰尔。"

"达娜？"他突然警觉起来，"发生什么事了？鲁弗老爷呢？"

"在外面。他对我来说太重了。"

"哪里？"

我回头看了看来时的路，没有看到鲁弗斯。要是他又把自己翻过来了……

"该死！"我喃喃道，"来吧。"我带着奈杰尔回到那一大块灰色的东西前，鲁弗斯的脸还是朝上的。"小心点，"我说，"他吐在我身上了。"

奈杰尔把鲁弗斯像一袋谷物一样拎起来，扔到肩上，大步走回房子。他的步子又快又大，我跑着才能跟上他。鲁弗斯又在奈杰尔的背上吐了起来，但奈杰尔没有理会。我们还没到房子里，雨水就已经把他们俩冲洗得相当干净了。

在里面，我们遇到了正从楼梯上下来的韦林。他看到我们，停了下来。"你！"他说，盯着我。

"你好，韦林先生。"我疲惫地说。他看起来有些驼背，苍老，比以前更瘦了。他拄着拐杖走路。

"鲁弗斯还好吗？他是不是……"

"他还活着，"我说，"我发现他时他不省人事，脸朝下趴在水沟里。再过一会儿，他就会被淹死。"

"如果你出现在这里，我想他本来可能会死。"老人看着奈杰尔，"带他到他的房间去，放到床上。达娜，你……"他停了下来，看着我身上的短裙子——滴着水，紧贴在身上，在他看来短得不像话。那是一种宽松的罩衫，孩子们在可以干活的年龄之前都是这样穿的。它显然比我的裤子更让韦林生气。"你就没有什么像样的东西可以穿？"他问。

我看了看我被打湿的包。"也许有像样的，但可能没有干的。"

"你有什么就去穿上，然后到书房来。"

他想和我谈谈，我想。过了漫长而混乱的一天，在结束的时候我就需要这个。除了下命令，韦林通常不和我说话。而当他和我说话时，我又总是很害怕。很多话都不能说，他很容易生气。

我跟着奈杰尔上了楼梯，然后继续爬上狭窄的像梯子一样的阁楼楼梯。我以前睡觉的那个角落是空的，所以我走过去放下包，在里面翻找。我找到了一件几乎全干的衬衫和一条只打湿了裤脚的李维斯裤子。我擦干身体，换了衣服，梳了头发，把一些最湿的衣服摊开来晾着。然后我下楼去见韦林。我知道把东西留在阁楼上也不用担心，反正别的家仆会翻看的，我曾撞见过他们这么做，好在从来没丢过任何东西。

我忐忑不安地走进书房。

"你看起来和以前一样年轻。"韦林看到我后酸溜溜地抱怨道。

"是的，先生。"我同意他说的任何话，只要能快点摆脱他。

"你那里怎么了？你的脸。"

262

我摸了摸结痂的地方。"那是你踢我的地方，韦林先生。"

他本来坐在一张破旧的扶手椅上，但此刻他像个年轻人一样从椅子上探出身子。他的手杖像一把钝木剑伸在前面。"你在说什么！我已经有六年没有见到你了。"

"是的，先生。"

"呵！"

"对我来说，只过了几个小时。"我想鲁弗斯和凯文很可能已经告诉了他足够多的事情，足够他理解，无论他相不相信。也许他确实理解。他似乎更生气了。

"究竟是谁说你是个受过教育的黑鬼？你甚至不能撒一个像样的谎。我的六年对你也是六年！"

"是的，先生。"他为什么要费心问我问题？为什么我还要费心回答他？

他又坐了下来，身体前倾，一只手挂着拐杖。不过他的声音柔和下来了。"那个富兰克林顺利回家了吗？"

"是的，先生。"如果我问他，他认为那个家在哪里，那会怎么样？还是算了，他至少为凯文和我做过一件好事，不管他是什么样的人。我和他对视了一会儿。"谢谢你。"

"我不是为了你。"

我突然爆发了。"我才不管你为什么要这么做！我只是对你说，就是一个人对另一个人说，我很感激。你为什么就不能接受！"

老人的脸色变得苍白。"你想好好挨一顿鞭子！"他说，"你一定有一阵子没有挨过了。"

我没说话。但我马上意识到，如果他再打我，我就会扭断他的细脖子。我不会再忍了。

韦林靠到椅背上。"鲁弗斯总说你还不如一头野兽识相。"他喃喃地说,"我总说,你只是又一个疯狂的黑鬼。"

我站着看着他。

"你为什么又救我儿子?"他问。

我稍稍安定了下来,耸耸肩。"没人应该那样死去,趴在水沟里,在泥浆、威士忌和自己吐出来的东西里面淹死。"

"别说了!"韦林喊道,"我要亲自来抽你鞭子!我要……"他没声了,喘着粗气。他仍然面如死灰。如果他不拿回一些他以前的权威,真的会把自己弄生病的。

我又恢复到冷漠的状态。"是的,先生。"

过了一会儿,他控制住了自己。事实上,他听起来又恢复了平静。"你上次看到鲁弗斯的时候,和他出了些问题。"

"是的,先生。"鲁弗斯想向我开枪,还真是个问题。

"我希望你能继续帮他。你知道的,只要你帮他,这里总会是你的家。"

我忍不住笑了。"就算是我这样的坏黑鬼,对吗?"

"你是这样想自己的吗?"

我苦笑了。"不,我不怎么会骗自己。你儿子还活着,不是吗?"

"你真够坏的。我不知道还有哪个白人能容忍你。"

"如果你能更有点人情味,继续容忍我,我就会继续为鲁弗斯先生做我能做的事。"

他皱起了眉头。"你现在在说什么?"

"我是说,只要你们再打我一次,你儿子就只能自生自灭了。"

他的眼睛睁大了,也许是感到惊讶。然后他开始颤抖。我从没见过一个人真的因为愤怒而颤抖。"你在威胁他!"他结结巴巴地说，"老天啊，你真是疯了！"

"不管疯没疯，我说到做到。"我的背和腰痛了起来，仿佛是在提醒我，但此时，我并不害怕。无论他怎么对鲁弗斯，他爱他的儿子，他知道我威胁他的事我做得到。"按鲁弗斯先生发生意外的速度来看，"我说，"没有我的话，他可能最多再活六七年。我想不会比这更多了。"

"你这个该死的黑婊子！"他向我晃了晃他的手杖，手杖就像一根他变长的食指，"如果你认为你可以威胁……发号施令，而不会受惩罚……"他上气不接下气，又开始喘了起来。我毫不同情地看着他，心想，他是不是已经生病了。"滚出去！"他喘着气说，"去找鲁弗斯。照顾好他。要是他出了什么事，我就活剥了你！"

小时候，每当我做了惹我舅妈烦的事，她就会对我说这样的话。"姑娘，我要把你活剥了！"然后她会拿我舅舅的皮带打我。但我从来没有想过，有人这样威胁别人，会真的按字面上的意思去做，就像韦林现在一样。我转身离开了他，免得他发现我的勇气已经消失了。他可以从他的邻居，从巡逻者，甚至从该地区的任何警察那里得到帮助。他想对我做什么都可以，而我没有任何执行权。完全没有。

3

鲁弗斯又病了。我到他的房间时，发现他躺在床上颤抖得厉害，而奈杰尔试图用毯子把他裹起来。

"他怎么了？"我问。

"没什么，"奈杰尔说，"我猜又得了冷热病。"

"冷热病？"

"是的，他以前也得过。他会好起来的。"

他看起来并不怎么好。"有人去找医生了吗？"

"汤姆老爷不怎么找韦斯特医生看冷热病。他说医生都只知道放血、发水疱、催泻、催吐，让你的病越来越重。"

我吞了一下口水，想起了我极其讨厌的那个傲慢的小个子男人。"那医生真的有那么糟糕吗，奈杰尔？"

"他有一次给了我一些药，差点要了我的命。从那时起，我生病的时候就让萨拉给我看病。至少她不会把黑鬼当作马或骡子来治。"

我摇了摇头，走到鲁弗斯的床前。他看起来很可怜，似乎很痛苦。我试图想起什么是冷热病，这个词很熟悉，但我不记得我听到或读到过这种病时是怎么讲的。

鲁弗斯抬头看着我，眼睛红红的，他想笑一笑，但龇牙咧嘴的，并不好看。令我惊讶的是，他这种努力让我有点感动。我没有想到，除了自己和家人的缘故我还会关心他。我并不想关心。

"白痴。"我低头对他咕哝道。

他做出伤心的样子。

我看着奈杰尔，想知道这个病是不是如他所想的并不严重。如果是他躺在那儿发抖，他会认为这病严重吗？

奈杰尔正忙着把湿衬衫从自己身上拽开。我意识到，他还没机会换衣服。

"奈杰尔，如果你想去擦干身子，我就在这里守着他。"我说。

他抬起头，对我笑了笑。"你走了六年。"他说，"一回来就能适应，就像你从没离开过一样。"

"每次我离开，我都希望我永远不要回来。"

他点了点头。"但至少你有一段时间的自由。"

我移开目光，心里奇怪地感到内疚，是的，我确实得到了一段时间的自由。尽管不够多，但可能比奈杰尔这辈子知道的都要多。我不喜欢为此感到内疚。突然有东西咬了我的耳朵，我忘记了我的内疚。我拍打着耳朵，终于想起来什么是冷热病。

疟疾。

我茫然地想，刚刚咬了我的蚊子会不会携带这种病。我读到过很多关于疟疾的信息，但没有任何信息能让我相信这种病像奈杰尔认为的那样无害。它可能不会致命，但会使人身体虚弱，而且会复发，会降低人对其他疾病的抵抗力。还有，鲁弗斯这样没有防护地躺着，他可能会再被蚊子咬，这种病可能会传播到整个种植园和外面的地方。

"奈杰尔，有没有什么东西可以挂起来，免得蚊子咬他？"

"蚊子！就算现在有二十只蚊子咬他，他也感觉不到。"

"他不会，但我们其他人最终会感觉到。"

"什么意思？"

"现在还有其他人得这病吗？"

"我觉得没有。有孩子生病了，但我觉得是他们的脸出了问题，一边肿起来了。"

腮腺炎？不要紧。"好吧，看看我们能不能防止这病的蔓延。有没有蚊帐，或者你们在这儿用的什么？"

"当然，白人有。但是……"

"你能拿一些来吗？他的床有顶棚，我们应该可以把他整个围起来。"

"达娜，听着！"

我看着他。

"蚊子和冷热病有什么关系？"

我眨了眨眼，吃惊地盯着他。他不知道。他当然不知道。当时的医生都不知道。这可能意味着奈杰尔不会相信我说的话。毕竟，像蚊子这么小的东西怎么可能让人生病？"奈杰尔，你知道我从哪里来的，对吧？"

他做了个表情，似笑非笑。"不是纽约。"

"不是。"

"我知道鲁弗老爷说你从哪里来。"

"你相信他应该不难。你已经不止一次看到我回家了。"

"两次。"

"那么？"

他耸了耸肩。"我说不准。如果我没有看到……你是怎么回家的，我会认为你是个疯狂的黑鬼。但我从来没有见过哪个人像你这样。我不想相信你，但我觉得我确实相信你。"

"好。"我深吸了口气，"在我们那里，人们已经知道蚊子会传播冷热病。它们叮咬患病的人，然后又叮咬健康的人，把病传播给他们。"

"怎么会？"

"它们从病人身上吸血，然后……当它们叮咬健康的人时，会把一些血传到他们身上。就像一条疯狗咬了一个人，把这个人变成疯子。"不谈微生物。否则，奈杰尔不仅不会相信我，还可能会认为我真的疯了。

"医生说，是空气中的某种东西在传播冷热病，脏水和垃圾里面的东西。他说是一种瘴气。"

"他错了。他用的放血、催泻，还有别的方法，都是错的。他之前给你的药是错的，现在他的判断也是错的。他的病人能活下来真是个奇迹。"

"我听说他切除腿或胳膊又快又好。"

我不得不看着奈杰尔，看他是不是在开一个可怕的玩笑。他没有。"去拿蚊帐，"我疲惫地说，"我们要尽量让那个屠夫远离这里。"

他点点头走了。我不知道他是否相信我。但这并不重要。采取这个小小的预防措施，不会对任何人有任何损失。

我低头看着鲁弗斯，发现他已经停止了颤抖，闭上了眼睛。他的呼吸平稳，我以为他睡着了。

"你为什么一直想把自己弄死？"我轻声说。

我没想到他会回答，因此当他静静地说话时我吓了一跳。"大多数时候，活着太麻烦，太不值了。"

我在他床边坐了下来。"我从没想过，你可能真的想死。"

"我没有。"他睁开眼睛，看了看我，然后又闭上，用手遮住眼睛，"但如果你的眼睛、你的头、你的腿像我的一样疼的话，死亡可能会变成好事。"

"你的眼睛疼吗？"

"我看东西的时候会痛。"

"你以前患冷热病的时候，眼睛会痛吗？"

"不，这不是冷热病。冷热病已经够糟了。我的腿感觉要断了一样，我的头……"

他把我吓坏了。他的疼痛似乎加剧了，他蜷缩着身体，仿佛要摆脱疼痛，然后又迅速展开，躺着喘气。

"鲁弗，我要去找你父亲。要是他亲眼看到你病得这么重，就会派人去找医生。"

他似乎深陷在疼痛之中，没有回答。我不想在奈杰尔回来之前离开他，但我不知道自己能为他做什么。韦林和奈杰尔一起进来了，我的问题解决了。

"冷热病是蚊子引起的？这是怎么回事？"韦林问。

"我们可以先不管这个，"我说，"这看起来不像疟疾，不像冷热病。他现在很痛。我想应该派人去找医生。"

"你对他来说已经是医生了。"

"但是……"我停下来，深吸一口气，让自己平静下来，鲁弗斯在我身后呻吟着，"韦林先生，我不是医生。我不知道他出了什么问题。不管有什么专业帮助，你都应该为他争取。"

"现在吗？"

"他可能有生命危险。"

韦林的嘴唇变成一条冰冷的直线。"如果他死了，你也会死，而且会死得很难看。"

"这话你已经说过了。但不管你对我做什么，你儿子还是会死。这就是你想要的吗？"

"做你该做的事，"他固执地说，"他就会活着。你不是一般人。我不知道你是什么——女巫、魔鬼，我不在乎。不管你是什么，你上次来的时候几乎让一个女孩起死回生，她甚至不是你要救的人。你凭空出现，又消失得无影无踪。如果是几年前，我肯定会发誓说不可能有你这样的人。你不是正常人！但你能感觉到痛苦——你也会死。记住这一点，做好你的事。照顾好你的主人。"

"但是，我告诉你……"

他走出房间，关上了身后的门。

4

我们拿到了蚊帐，把它装上了，以防万一。奈杰尔说韦林并不介意给我们蚊帐。他只是不想再听到任何关于蚊子的该死的屁话。他不喜欢被人当傻子。

"他简直是怕你，他从没像这样怕过任何东西。"奈杰尔说，"我想他宁可杀了你，也不会承认的。"

"我看不出来他怕我。"

"你不像我那样了解他。"奈杰尔停顿了一下，"他杀得了你吗，达娜？"

"我不知道。有可能吧。"

"那我们最好把鲁弗老爷治好。萨拉会做一种可以治冷热病的茶，也许对鲁弗老爷现在的病有用。"

"你能让她泡一壶吗？"

他点了点头，出去了。

萨拉和奈杰尔一起上楼给鲁弗斯送来了茶，顺便来看我。她现在看起来老了，头发灰白，脸上布满了皱纹，走起路来一瘸一拐。

"水壶掉在我脚上了。"她说，"我有一阵子完全不能走路。"她让我感到每个人都在变老，从我生命中经过。她给我带来了烤牛肉和面包。

鲁弗斯现在发烧了。他不想喝茶，我连哄带骗地让他吞下了。

但在等待的时间里，鲁弗斯的另一条腿也开始疼了。他的眼睛最难受，一动就疼，而他忍不住要看我或奈杰尔在屋里走动。最后，我把一块凉的湿布放在他的眼睛上面。这似乎有用。他的关节仍然很疼——胳膊、腿，到处都疼。我觉得我可以缓解这种情况，所以我拿着他的蜡烛，去阁楼找我的包。我正好撞见一个小女孩试图取下头痛药的瓶盖。我很害怕。她拿的有可能是那瓶安眠药。阁楼并不像我想象的那么安全。

"不行，亲爱的，把那个给我。"

"是你的？"

"是的。"

"是糖果？"

老天。"不，是药。难吃的药。"

"呸！"她说，把瓶子还给了我。她回到了她的睡垫上，在另一个孩子旁边。他们是新来的孩子。我猜在他们之前的两个小男孩是不是已经被卖掉了，或者被送到了田里。

我把头痛药、剩下的阿司匹林和安眠药都拿出来带上。我必须把它们放在鲁弗斯的房间里，不然最终会有一个孩子想出办法弄掉安全瓶盖。

我回到鲁弗斯身边时，他已经扔掉了湿毛巾，侧着身子痛苦地扭成一团。奈杰尔躺在壁炉前的地板上，已经睡了。他本可以回到他的小屋，但他问我是否想让他留下来，因为这是我回来的第一个晚上。我说好。

我把三片阿司匹林溶在水里，试图让鲁弗斯喝下。他甚至不肯张嘴。于是我叫醒了奈杰尔，奈杰尔按住他，我捏住他的鼻子，他一张嘴喘气，我就把难喝的溶液倒进他嘴里。他咒骂着我们两个，但过了一会儿，他感觉好点了。暂时性的。

那是难熬的一晚，我没怎么睡着。接下来的六天六夜，我也没怎么睡。不管鲁弗斯得的是什么病，都很可怕。他一直很痛苦，发着烧——有一次我不得不叫奈杰尔来帮我按住他，我把他绑了起来，免得他伤害自己。我给他吃了很多阿司匹林，但他还想要更多。我让他喝肉汤、菜汤、果汁和蔬菜汁。他不想吃这些东西。他根本不想吃东西，但他也不想让奈杰尔把他按住。所以，他还是吃了。

爱丽丝不时地进来换我去休息。她和萨拉一样，看上去老了些。她看起来也更冷峻了。她变成了一个冷静、尖刻的姐姐，不再是我认识的那个女孩了。

"因为鲁弗老爷，人们对她不好。"奈杰尔告诉我，"他们认为她和他在一起这么久，那她肯定是喜欢这样。"

爱丽丝轻蔑地说："谁在乎一群黑鬼怎么想！"

"她失去了两个孩子，"奈杰尔告诉我，"剩下的那个病恹恹的。"

"白人婴儿。"爱丽丝说，"看起来更像他，不像我。乔甚至是个红头发。"乔是唯一活下来的。我听到这个差点要哭了。还没到哈格尔。我烦死了这没完没了的来来回回，我真希望这能结束。这个在我受伤的时候为我挺身而出、照顾我的朋友，我甚至不能为她感到难过。我正忙着为自己难过。

生病的第三天，鲁弗斯的高烧退了。他很虚弱，体重也轻了几磅，但没了高烧和疼痛，他好受很多，其他都不重要了。他认为自己在好转。其实不然。

高烧和疼痛又回来了，持续了三天，他身上起了皮疹，瘙痒难耐，最终开始脱皮……

最后，他终于好了，而且一直很好。我祈祷，无论他得的是什么病，我都不会得上，也不用再去照顾其他得这种病的人。他最严重的症状消失了几天后，我被允许睡在阁楼上。我感激地瘫倒在萨拉给我做的睡垫上，觉得这是世界上最柔软的床。我沉沉地睡去，昏睡了很久，直到第二天快中午才醒。爱丽丝跑上阁楼来找我的时候，我还有点晕乎乎的。

"汤姆老爷生病了。"她说，"鲁弗老爷叫你去。"

"哦，不会吧。"我喃喃道，"告诉他叫医生来。"

"已经派人去了。但是汤姆老爷的胸口很疼。"

这句话的含义慢慢地渗透了过来。"他的胸口很疼？"

"是的。来吧。他们在会客厅。"

"老天，听起来像是心脏病发作。这我可没办法。"

"来吧。他们要你来。"

我边跑边穿上裤子和衬衫。这些人想让我做什么？施魔法吗？如果韦林是心脏病发作，无须我的帮助，他要么康复，要么死掉。

我跑下楼梯，跑进客厅。韦林躺在沙发上，一动不动，一声不吭，不是好兆头。

"做点什么吧！"鲁弗斯恳求道，"救救他！"他的声音又细又弱，样子也是又瘦又弱。他的病在他身上留下了痕迹。我想知道他是怎么下楼的。

韦林没有呼吸，我也找不到脉搏。有那么一会儿，我盯着他，犹豫不决，厌恶得不想再碰他，更不用说给他做人工呼吸了。然后，我压制住厌恶，开始做口对口心脏复苏和体外心脏按摩——叫什么来着？心肺复苏术。我知道这个名字，见到有人在电视上做过。除此之外，我一无所知。我甚至不知道自己为什么要救韦林。他不值得。而且我不知道心肺复苏术在这个没有救护车的时代是否有用，就算我让韦林的心脏跳动起来 —— 我没指望能做到 —— 也没有人可以接着救他。

我没能做到。

最后，我放弃了。我环顾四周，看到鲁弗斯在我旁边的地板上。我不知道他是坐下的还是摔倒的，但我很高兴他现在坐着。

"我很抱歉，鲁弗。他死了。"

"你让他死了？"

"我到这里时他已经死了。我试着把他救回来，就像你溺水时我做的那样。我失败了。"

"你让他死了。"

他的口气就像个快哭了的孩子。他的病让他变得脆弱，我觉得他可能会哭。即使是健康的人，在父母去世时也会哭，并说出一些不理智的话。

"我尽力了，鲁弗。我很抱歉。"

"你真该死，你让他死了！"他想向我扑过来，结果只是摔倒了。我过去想把他扶起来，但他想把我推开，我停了下来。

"让奈杰尔来找我，"他低声说，"去找奈杰尔。"

我站起来，去找奈杰尔。在我身后，我听到鲁弗斯再次说："你就这么让他死了。"

5

事情对我来说发生得太快了。我又被安排去与萨拉、卡丽一起干活，鲁弗斯没管我，这让我很高兴。我需要时间来消化这一切，适应种植园的生活。卡丽和奈杰尔现在有三个儿子，奈杰尔从未向我提起过。因为最小的儿子只有两岁，他忘记了我并不知道。有一次我和他在一起，他看着他们玩耍。"有孩子真好，"他轻声说，"有儿子真好。但是要看到他们变成奴隶让人很难受。"

我见到了爱丽丝瘦弱苍白的小儿子，令我宽慰的是，尽管她那样说话，但她显然很爱这个孩子。

"我总是在想，我可能一觉醒来发现他像另外两个一样冷冰冰的。"有一天在厨房里，她说。

"他们是怎么死的？"我问。

"发烧。医生来了，给他们放血、催泻，他们还是死了。"

"他给婴儿放血和催泻？"

"他们一个两岁，另一个三岁。他说这样可以退烧。烧确实退了，但他们……他们还是死了。"

"爱丽丝，如果我是你，我永远不会让那个人接近乔。"

她看着她儿子坐在厨房地板上，吃着糊糊加牛奶。他五岁了，爱丽丝是黑皮肤，但他的皮肤近乎白色。"另外两个我也没想让医生接近，"爱丽丝说，"是鲁弗老爷找他来的，找他来，让我任他杀死我的孩子。"

鲁弗斯本来是好意。甚至医生可能也是好意。但爱丽丝只知道她的孩子死了，她怪鲁弗斯。鲁弗斯自己要教我的就是这种态度。

韦林下葬的第二天，鲁弗斯决定惩罚我，因为我让老人死了。我不知道他是不是真的认为我做了这样的事。也许他只是需要找一个人出气。他确实在受到伤害后会对其他人泄愤，我曾经见过。

因此，葬礼结束后的第二天早上，他派现在的监工，一个名叫埃文·福勒的魁梧男人，到厨房来叫我。杰克·爱德华兹在我离开的六年时间里，不是辞职就是被解雇了。福勒来告诉我，我要在田里干活。

我不相信，甚至当那个人把我从厨房里推出来的时候。我以为他只是另一个杰克·爱德华兹，喜欢作威作福。但在厨房外面，鲁弗斯站在那里等着我们，并注视着这一切。我看了看他，又看向福勒。

"就是这个人？"福勒问鲁弗斯。

"就是她。"鲁弗斯说，然后转身回到了主屋。

我惊呆了，福勒将镰刀似的玉米刀塞到我手里，驱赶着我往玉米田走去。我就这么被驱赶着。福勒牵来他的马，骑着马在我身后跟着，我走着。那是一段很长的路。玉米田和我离开时不一样了。很显然，即使在这个时代，种植者也已经在实行某种形式的作物轮作[1]。虽然这和我没什么关系。我究竟能在玉米地里干什么？

我回头瞥了一眼福勒。"我以前从没在田间干过活。"我对他说，"我不知道怎么做。"

"你会学会的。"他说。他用鞭子的握把挠了挠自己的肩膀。

我开始意识到，我刚才应该反抗的，应该拒绝让福勒把我带到这里，这里只有其他奴隶能看到我的遭遇。现在已经太晚了。这将是严峻的一天。

奴隶们走在一排排的玉米旁，像打高尔夫一样挥舞着刀子，将玉米秆砍倒。每一排有两个干活的奴隶，他们相向而行，然后把砍下的秸秆收集起来，堆成几垛，放在每排的两端。看起来很容易，但我觉得干一天会累死人。

1　指在同一田块上有顺序地在季节间和年度间轮换种植不同作物的方式。

福勒下了马，指向其中一排。

"你像其他人一样砍，"他说，"就像他们那样做。现在开始干活。"他把我推向那一排玉米。另一头已经有一个人了，一边干活一边向我走来。我希望这是一个干活快、有力气的人，因为我觉得自己好一阵子都没法高效有力地干活。我希望在我自己的时代里，在家洗衣扫除、在工厂和仓库里干活能让我足够强壮，能够帮助我在这个时代生存下来。

我举起刀，砍向第一根秸秆。它弯折下来，只断了一部分。

几乎与此同时，福勒拿鞭子狠狠地抽了我的背。

我尖叫着，踉跄了一下，转身面对他，手里还拿着我的刀。他无动于衷，又抽打在我的胸口上。

我跪倒在地，火辣辣的疼痛让我弯下了腰。泪水流了下来。就连汤姆·韦林也没这样打过女奴，他最多踢过男奴的裆部。福勒是头野兽。我痛苦而憎恨地抬头瞪着他。

"站起来！"他说。

我做不到。我觉得没有什么能让我在那时站起来——直到我看到福勒再次举起鞭子。

不知怎么，我站起来了。

"现在像其他人那样做，"他说，"靠近地面砍。使劲砍！"

我握紧了刀，觉得自己更想砍他。

"好了，"他说，"试试，把它解决了。我以为你应该很聪明。"

他高大魁梧。他给我的印象是动作不快，但很强壮。我担心就算我想办法弄伤了他，他也不会伤得很重，他还是可以杀死我。也许我应该让他动手杀我。也许这能让我离开这个可怕的地方。这里的人会因为你帮助他们而惩罚你。也许这能让我回家。但我会变成多少块？福勒会把刀从我手里抢走，然后掉转刀刃对付我。

我转过身，愤怒地砍向玉米秆，然后又砍向下一个。福勒在我身后笑了起来。

"也许你还是有些脑子的。"他说。

他看了我一会儿，一边催促我继续干活，一边把鞭子甩得啪啪响。等他离开时，我已经汗流浃背，浑身发抖，尊严尽失。我遇到了我的干活搭子。她低声说："慢点！没办法就挨一两下鞭子。你今天累死，他就会逼得你每天都累死。"

这话有道理。该死，如果继续这样下去，我甚至都没法撑过今天。我的肩膀已经开始痛了。

我正在收集割下的秸秆时，福勒回来了。"你以为你在干什么！"他喝道，"你现在应该割到下一排的一半了。"我弯下腰时，他抽了我的背，"动起来！你现在不是在厨房里发胖和偷懒。动起来！"

他整天都这样，突然现身，对我大喊大叫，不管我走多快，都要我走得更快。他咒骂我，威胁我。他并不经常打我，但让我很紧张，因为我永远不知道什么时候会落下一鞭子，以至于仅仅听到他过来就吓得半死。我发现自己畏畏缩缩，一听到他说话就会惊跳起来。

我那排的女人解释说："他对新来的黑鬼总是很严厉。让他们走快点，这样他就能看到他们能干多快。如果后来他们慢下来了，他就会说他们偷懒，然后鞭打他们。"

我让自己慢下来。这并不难。我觉得我的肩膀就算骨折了都不会痛得那么厉害。汗水流进了我的眼睛，我的手开始起水疱。我的后背很痛，既是因为挨鞭子，也因为肌肉酸痛。过了一会儿，逼自己干活就已经比让福勒打我更痛苦了。再过了一会儿，我已经累得随便怎样都不在乎了。痛就是痛。又过了一会儿，我只想躺在两排玉米之间，不再起来。

我绊了一跤摔倒了，爬起来又摔倒了。最后，我脸朝下趴在土里，站不起来。然后一片令人欢喜的黑暗袭来。我可能是在回家，也可能是死了，或者昏过去了；对我来说都没有区别。我在远离痛苦。这就够了。

6

我醒来的时候朝天躺着，一张白人的脸浮在我的上方。有那么狂乱的一瞬间，我以为那是凯文，我以为我回家了。我急切地说出了他的名字。

"是我，达娜。"

鲁弗斯的声音。我还在地狱里。我闭上眼睛，不关心接下来会发生什么。

"达娜，起来。如果我抱着你，会比你自己走路更痛。"

这句话奇怪地在我脑中回响。凯文曾对我说过类似的话。我再次睁开眼睛，想确定是鲁弗斯。

是他。我仍然在玉米田里，仍然躺在土里。

"我来找你。"鲁弗斯说，"我猜来得还不够快。"

我挣扎着站了起来。他伸出一只手来帮我，但我没有理他。我稍微掸了掸身上的土，跟着他向他的马走去。我们一起骑着马回到了房子，没有说一句话。在房子里，我直接去井边打了一桶水，总算提上了楼梯，然后洗了洗，在新伤口上抹了消毒剂，穿上了干净衣服。我的头很痛，让我不得不去鲁弗斯的房间拿些头痛药。鲁弗斯已经把阿司匹林吃完了。

不巧的是，他在房间里。

"好吧，你在田里派不上用场。"他看到我时说，"很明显。"

我停下来，转过身盯着他。只是盯着。他本来坐在床上，背靠着床头，但现在坐直了，面对我。

"别做什么蠢事，达娜。"

"对，"我轻声说，"我已经做了足够多的蠢事。到目前为止，我救过你多少次？"我头痛欲裂，走到他的桌子前。我把头痛药留在了那里。我倒了三片在手里。我从来没吃过这么多。我从来不需要吃这么多。我的手在颤抖。

"如果不是我阻止，福勒会狠狠地抽你一顿鞭子。"鲁弗斯说，"这已经不是我第一次把你从鞭子下救出来了。"

我拿了头痛药，转身准备离开。

"达娜！"

我停下来，看着他。他又瘦又弱，眼窝深陷；他的病在他身上留下了痕迹。他再怎么努力可能也无法将我抱到他的马上。同样，他也无法阻止我现在离开——我想。

"要是你离开我，达娜，你会在一个小时内再回到田里的！"

这个威胁让我惊呆了。他是认真的。他要把我送回去。我站在那里盯着他，现在不是出于愤怒，而是惊讶和恐惧。他可以这样做。也许以后，我有机会让他付出代价，但现在，他可以为所欲为。他的语气更像他父亲，而不是他自己。在那一刻，他甚至看起来像极了他的父亲。

"你永远不准再离开我！"他说。奇怪的是，他的声音听起来好像有点害怕。他重复着这句话，一个字一个字隔开，强调着每一个字。"你永远不准再离开我！"

我站在原地，大脑在抽痛，我的表情尽可能地平静。我还有一些残存的自尊心。

"回到这里来！"他说。

我在那里又站了一会儿，然后回到他的书桌前，坐下来。然后他蔫了。我觉得他像他父亲的那个神情消失了。他又变回了他自己——不管那是谁。

"达娜，别让我这样跟你说话，"他疲惫地说，"只要按我说的做。"

我摇了摇头，想不出可以说什么稳妥的话。我觉得我也蔫了。令我羞愧的是，我意识到我差点哭了。我迫切地想要一个人待着。不知怎的，我忍住了眼泪。

就算他注意到了，他也没有说什么。我想起来我手里还拿着头痛药，我没喝水就吞了下去，希望它们能迅速起作用，让我稍微稳定下来。然后我看了看鲁弗斯，他又躺下了。我该留下来看着他睡觉吗？

"我不明白你怎么能那样吞下那些东西。"他说，揉了揉喉咙。长久的沉默，然后是另一个命令。"说说话！跟我说话！"

"不然呢？"我问，"你会因为我不和你说话找人打我吗？"

他嘀咕了一句，我没听清。

"什么？"

沉默。然后，我心里涌起一阵苦涩。

"我救了你的命，鲁弗斯！一次又一次。"我顿了一下，喘了口气，"我还试图救你父亲的命。你知道我努力了。你知道我没有杀他，也没有放任他死去。"

他不自在地动了一下，有点畏缩。"给我一些你的药。"他说。

不知为何，我没有把瓶子扔给他。我站了起来，把瓶子递给他。

"打开它，"他说，"我不想搞那个麻烦的瓶盖。"

我打开瓶盖，把一片药倒在他手里，然后把瓶盖扣上。

他看了看药片。"只有一片？"

"这药药效更强。"我说。而且，我还想尽可能久地留着它们。谁知道他还会让我需要这药几次。我服下的那些已经开始起作用了。

"你吃了三片。"他孩子气地说。

"我需要三片。没有人一直在打你。"

他移开目光，把药片放进嘴里。他仍然要咀嚼药片才能吞下。"这个味道比别的难吃。"他抱怨说。

我没有理他，把瓶子放进了书桌。

"达娜？"

"什么？"

"我知道你试图救爸爸。我知道。"

"那你为什么要送我去田里？为什么我必须经历这一切，鲁弗？"

他耸耸肩，脸上抽动着，又揉了揉肩膀。显然他身上仍然有很多地方肌肉酸痛。"我想我只是想找个人出气，而且好像……嗯，如果是你照顾别人，他们就不会死。"

"我不是一个魔法师。"

"不是，但爸爸认为你是。他不喜欢你，但他认为你比医生治得好。"

"我不能。有时我比医生管用，比起杀人，更能救人，就这样。"

"杀人？"

"我不会在人们最需要力气的时候放血或者催泻，让他们浑身无力。而且我知道怎么保持伤口的清洁。"

"就这些？"

"这足以在这里救几条命，但不，这不是全部。我对一些疾病有一点了解。只是一点点。"

"你对……对女人因为生孩子受了伤了解多少？"

"怎么受伤的？"我想知道他说的是不是爱丽丝。

"我不知道。医生说她不能再生了，但她还是生了。孩子们很小就死了，她也差点死了。从那以后她就一直不好。"

现在我知道他在说谁了。"你母亲？"

"是的，她要回家了。我希望你能照顾好她。"

"我的天！鲁弗，我对这样的问题一无所知！相信我，一无所知。"要是这个女人在我的照顾下死了怎么办？他会把我打死的！

"她想回家，现在既然……她想回家。"

"我不能照顾她。我不知道怎么做。"我犹豫了一下，"反正你母亲不喜欢我，鲁弗。你和我一样清楚这一点。"她恨我。仅仅因为怨恨，她就会把我的生活变成地狱。

"我只能相信你。"他说，"卡丽现在有她自己的家。如果让她来，我就必须让她离开她的小屋，离开奈杰尔和孩子们……"

"为什么是我？"

"妈妈必须要有人陪她过夜。万一她需要什么该怎么办？"

"你是说我得睡在她的房间里？"

"是的，她以前从没让仆人睡在她的房间里。不过现在她已经习惯了。"

"她不会习惯我的。我告诉你，她不会要我的。"老天保佑！

"我想她会的。她现在年纪大了，不再那么满肚子火气。她需要的时候你给她鸦片酊，她就不会给你添太多麻烦。"

"鸦片酊？"

"她的药。梅姨说，她不再那么需要它来止痛了，但她仍然需要它。"

鸦片酊是一种鸦片提取物，我不怀疑她仍然需要它。我的手上要有一个吸毒者了。一个恨我的吸毒者。"鲁弗，爱丽丝能不能……"

"不行！"他毫无余地地拒绝。我想到，比起恨我，玛格丽特·韦林有更多理由恨爱丽丝。

"反正爱丽丝再过几个月又要生孩子了。"鲁弗斯说。

"是吗？那也许……"我闭上了嘴，但思绪还在继续。也许这一个就是哈格尔。也许这一次，我留在这里会有一些收获。只要……

"也许什么？"

"没什么。不重要。鲁弗，我请你不要让我照顾你母亲，为了她，也为了我。"

他揉了揉额头。"我会考虑的，达娜，我会和她谈谈。也许她还记得她喜欢哪个人。现在让我睡觉吧。我还是太虚弱了。"

我准备离开。

"达娜。"

"什么？"又怎么了？

"去读本书或其他什么。今天不要再干活了。"

"读本书？"

"做你想做的事。"

换句话说，他很抱歉。他总是很抱歉。如果我拒绝原谅他，他会觉得惊讶、不理解。我突然想起他以前和他母亲说话的方式。如果他态度温和但不能从她那里得到他想要的东西，那么他就不再温和了。为什么不呢？她总是会原谅他的。

7

玛格丽特·韦林想要我。她瘦弱又苍白，看起来比她的实际年龄要老。她的美丽已经变成了一种脆弱和憔悴。当我被重新介绍给她时，她从她的小瓶子里喝了一口深棕红色的液体，露出慈祥的微笑。

奈杰尔把她抱到楼上她的房间。她能走一点路，但爬不了楼梯。后来，她想去看看奈杰尔的孩子们。她对他们非常亲切。除了鲁弗斯，我不记得她以前对任何人这样。她对奴隶的孩子不感兴趣，除非他们是她丈夫的孩子。她的兴趣也是负面的。但现在，她给奈杰尔的儿子们吃糖，他们很喜欢她。

她要求见另一个奴隶，一个我不认识的奴隶。当听说那个奴隶已经被卖掉了，她哭了起来。她和蔼可亲、慈祥宽容，让我有点害怕。我不太相信她改变了那么多。

"达娜，你还能像以前那样读书吗？"她问我。

"是的，夫人。"

"我想要你，因为我记得你读得很好。"

我保持表情平静。如果她不记得她曾经对我读书的看法，我記得。

"给我读读《圣经》。"她说。

"现在吗？"她刚吃过早餐。我还没有吃东西，而且我很饿。

"现在，是的。读一读'山上宝训'[1]。"

我和她在一起的第一个整天就是这样开始的。她听累了我读书，就想出其他事情让我去做。比如说，给她洗衣服。她不信任别人。我不知道她是不是已经发现了通常是爱丽丝洗衣服。还有做清洁。除非她看到我打扫房间，否则她不相信她的房间已经打扫过了。她不相信萨拉明白她希望怎么准备晚餐，除非我下楼找到萨拉，把萨拉带来接受她的指令。她必须和卡丽、奈杰尔谈清洁的问题。她必须检查在餐桌旁服务的男孩和女孩。总之，她必须证明她确实在再次管理自己的房子。多年来没有她一切运转正常，但她现在回来了。

她决定教我缝纫。我家里有一台旧的辛格牌缝纫机，我用它可以缝得很好，足以满足我和凯文的需要。但我认为手工缝东西，特别是为"休闲"而做针线活是一种慢性折磨。不过，玛格丽特·韦林从未问过我是否想学。她要填满她的时间，而我的工作就是帮助她。所以我花了好几个小时，百无聊赖地试图模仿她那细小、笔直、均匀的针脚，而她只花了几分钟就把我缝的东西扯掉，不客气地教训我，说我缝得多么糟糕。

日子一天天过去，我学会了在给她跑腿的时候磨蹭。我学会了在觉得自己快要爆发的时候说谎话来摆脱她。我学会了静静地听她说了又说，说了又说……主要是说巴尔的摩的情况比这里怎么怎

1　山上宝训，亦作"登山宝训"，指的是《圣经·马太福音》里耶稣基督在山上所说的话。

么好。我怎么都学不会的是喜欢晚上睡在她房间的地板上，但她不允许我把拖床搬进来。她确实觉得我睡在地板上没有什么困难。黑鬼们总是睡地板。

玛格丽特·韦林虽然让人讨厌，但她已经成熟了。她不再像以前那样爱发脾气了。也许是因为鸦片酊。

"你是个好姑娘。"有一次我坐在她的床边缝沙发套时，她对我说，"比以前好多了。一定有人教了你怎么守规矩。"

"是的，夫人。"我甚至没有抬头。

"很好。你以前放肆无礼。没有什么比一个放肆无礼的黑鬼更可恶的了。"

"是的，夫人。"

她让我沮丧，让我厌烦，让我愤怒，让我发狂。但我和她在一起的这段时间里，我的背完全康复了。工作不难，她也从不抱怨任何事情，除了我的缝纫。她从不威胁我或试图让我挨鞭子。鲁弗斯说她对我很满意，似乎连他都感到惊讶。所以，我默默地忍受着她。我现在已经明白，自己幸运的时候要意识得到。或者说我以为我明白了。

"你应该看看你自己。"有一天，我躲在爱丽丝的小屋里时，她对我说。这个小屋是鲁弗斯在她第一个孩子出生前让奈杰尔给她建的。

"你是什么意思？"我问。

"鲁弗老爷真的让你对上帝产生了恐惧，不是吗？"

"恐惧……你在说什么？"

"你跑来跑去为那个女人拿东西、送东西，就好像你喜欢她一样。他只不过是让你在田里头干了半天活。"

"见鬼,爱丽丝,别烦我。我已经听了一上午的胡言乱语。我不需要再听你说。"

"你不想听我说,就出去。你对那个女人拍马屁,讨好她,真让人恶心。"

我起身去了厨房。有些时候,指望爱丽丝讲道理是愚蠢的;有些时候,指出明显的事实并没什么好处。

厨房里有两个农场工人。一个是年轻人,有一条腿断了上过夹板,显然骨头是歪着长好的。另一个是老人,已经不怎么干活了。我进去之前,能听到他们在说话。

"我知道鲁弗老爷有机会就会把我弄走。"年轻人说,"我对他没有用。如果是他爸爸,早就把我弄走了。"

"没有人愿意买我,"老人说,"我早就没力气了。你们年轻人才需要担心。"

我走进厨房,年轻人张着嘴正想说话,迅速闭上了嘴,毫不掩饰敌意地看着我。老人只是转过身去。我见过奴隶们对爱丽丝这样。我以前还没有注意到他们对我也这样。突然间,厨房也和爱丽丝的小屋一样待着不舒服了。如果萨拉或卡丽在这里,情况可能会有所不同,但她们不在。我离开了厨房,回到主屋,感到很孤独。

不过,我一进主屋,就问自己为什么要那样偷偷摸摸地离开。我为什么不反击?爱丽丝指责我,这太荒谬了,她也知道这一点。但是,那些农场工人……他们只是不了解我,不知道我对鲁弗斯或玛格丽特的忠诚程度,不知道我可能会告发他们什么。

如果我告诉他们,他们有多大可能会相信我?

但还是……

我走过走廊,慢慢走向楼梯,想知道为什么我没有试图为自己辩护——至少要试试。我是否已经习惯了逆来顺受？

在楼上，我可以听到玛格丽特·韦林用手杖敲打地板的声音。她走路时不怎么用拐杖，因为她几乎不走路。她用拐杖来叫我。

我转身走到屋外，向树林走去。我必须思考。我没有给自己足够的时间。有一次——天知道是多久以前——我曾经担心，我让自己和这个陌生的时代之间保持了太远的距离。现在，根本没有距离了。从什么时候起我不再表演？我为什么不再表演？

有人穿过树林向我走来。几个人。他们在路上，而我离路有几英尺远。我蹲进了树丛里，等待他们走过。我没心情回答某个白人愚蠢的、不可避免的问题。"你在这里做什么？你的主人是谁？"

我可以回答，不会有什么麻烦。我现在还没有接近韦林家土地的边缘。但这会儿，我想做自己的主人，免得我忘记了那是什么感觉。

一个白人骑着马走来，领着二十几个黑人，他们被两个两个地用链子拴在一起。他们戴着手铐和铁项圈，两行人中间有一条铁链，铁项圈用链子连接到中央的铁链上。在这些男人后面，几个女人脖子上绑着绳子，被捆在一起走着。这是一队奴隶，供出售的奴隶。

队伍的最后，第二个白人男子骑着马，腰上别着一支枪。他们都朝着韦林家走去。

我突然意识到，厨房里的奴隶并不是无端猜测自己会不会被卖掉。他们已经知道会有一场买卖。他们是从未踏入过主屋的农场工人，他们已经知道了。而我什么也没听说。

最近，鲁弗斯不是在解决他父亲的事务，就是在睡觉。大病初愈的虚弱感仍然伴随着他。他没时间陪我。他几乎没时间陪他母亲。但他有时间卖奴隶。他有时间让自己变得更像他的父亲。

我让那群人远远地在我前面先到达房子。等我到的时候，队伍里已经多了三个奴隶。有两个男人，一个面色阴郁，另一个明显在哭泣；还有一个女人，她的动作仿佛是在梦游。我走近时，开始感到这个女人很熟悉。我停了下来，几乎不想知道那是谁。一个高大健壮的漂亮女人。

泰丝。

我这次回来只见过她两三次。她仍然在田里干活，仍然在晚上为监工服务。她没有孩子，可能这就是她被卖掉的原因。或者，这可能是玛格丽特·韦林安排的。如果她知道她丈夫曾经对泰丝有过一段时间的兴趣，她可能会那么报复的。

我走向泰丝，白人男子刚把绳子绑在她脖子上，把她拴到了队伍中，此时他看到了我。他转身面对我，拔出了枪。

我停了下来，惊恐又迷惑……我没有做出任何威胁性的动作。"我只是想和我的朋友说再见。"我对他说。不知道为什么，我的声音很小。

"就在那里说。她能听到。"

"泰丝？"

她低头站着，缩着肩膀，一只手上挂着一个红色的小包袱。她应该听到了我的话，但我以为她没有听到。

"泰丝，我是达娜。"

她一直没有抬头。

"达娜！"鲁弗斯的声音从台阶附近传来，他正在和另一个白人谈话，"你离这里远一点。到里面去。"

"泰丝？"我又叫了一次，希望她能回答。她肯定认得我的声音。她为什么不抬头？她为什么不说话？她为什么甚至不愿意动一下？仿佛我对她来说不存在，仿佛我不是真实的。

我向她走去。我觉得我会走到她身边，拿下她脖子上的绳子，或者在这样做的时候被枪杀。但就在这时，鲁弗斯走了过来。他抓住我，把我推进屋里，然后推进书房。

"待在这里！"他命令道，"就待在……"他停下来，突然绊倒在我身上。他现在紧紧抓着我，不是为了让我留在原地，而是为了让他自己站直。"该死！"

"你怎么能这样做！"他站直后，我嘶吼道，"泰丝……其他那些人……"

"他们是我的财产！"

我难以置信地盯着他。"哦，我的天……"

他用手擦了一把脸，转过身去。"听着，这次卖奴隶是我父亲死前安排的。你也没办法。所以，你就别管了！"

"不然呢？你也要把我卖了？你还不如把我也卖了！"

他没有回答，回到外面去了。过了一会儿，我坐到了汤姆·韦林的旧扶手椅上，头埋在他的桌子上。

8

卡丽在玛格丽特·韦林那儿为我打了掩护。她撞见我回楼上时告诉了我。实际上，我不知道自己为什么要上楼，只是我这会儿不想再见到鲁弗斯，而且没有别的地方可去。

卡丽在楼梯上拦住了我，眼神里带着批判，然后她拉着我的胳胳带我下楼，来到她的小屋。我不知道也不关心她有什么想法，但她用手势告诉我，她已经告诉玛格丽特·韦林我生病了。这我看懂了。然后她用两只手的拇指和食指卡住脖子，看着我。

"我看到了，"我说，"泰丝和另外两个人。"我喘了口粗气，"我以为在这个种植园这已经结束了。我以为它和汤姆·韦林一起死了。"

卡丽耸了耸肩。

"我希望我当时把鲁弗斯留在了泥浆里。"我说，"一想到我救了他，他才能做出这样的事，我就……"

卡丽抓住我的手腕，使劲地摇头。

"你是什么意思，不是？他不是什么好东西。他现在已经长大了，成了这个系统的一部分。他父亲在管事的时候，他自己还不完全自由的时候，他还能对我们有一点同情。但现在，他在管事了。而且我觉得他必须马上做点什么，来证明这一点。"

卡丽又用双手卡住了自己的脖子。然后她走近我，把手指卡在我的脖子上。最后，她走到婴儿床边 —— 她最小的孩子已经长大，最近开始不在那儿睡了 —— 在那里，她象征性地用双手再次紧紧卡住，留下一个足够容纳一个小脖子的圆圈。

她直起身来，看着我。

"所有人吗？"我问道。

她点了点头，手臂张开做了个大大的手势，仿佛在召集她身边的一群人。然后，她的双手再一次卡在脖子上。

我点了点头。她肯定是对的。玛格丽特·韦林不可能管理种植园。土地和人都会被卖掉。而如果汤姆·韦林不是个例的话，黑奴肯定会都被卖掉，而不会考虑到他们的家庭关系。

卡丽站在那里，低头看着婴儿床，仿佛她已经读懂了我的想法。

"我本来开始觉得自己是个叛徒，"我说，"我为救了他而感到内疚。现在……我不知道该有什么感觉。不知为什么，我似乎总是原谅他对我的所作所为。我没法像我应该有的那样恨他，除非我看到他对其他人做的事。"我摇了摇头，"我想我能明白为什么这里有些人认为我是白人，而不是黑人。"

卡丽快速地向一边挥了挥手，她的表情很恼火。她走到我身边，用手指擦拭我一边的脸——擦得很用力。我往后退了退，她把手指举到我面前，给我看手指的两面。但这一次，我没有明白。

她很沮丧，拉着我的手，带我到奈杰尔正在砍柴火的地方。在那里，在他面前，她重复了那个擦脸的手势，他点了点头。

"她的意思是它不会脱落，达娜，"他轻声说，"黑皮肤。她说让那些说你坏话的人见鬼去。"

我拥抱了她，然后赶快离开了，这样她就不会发现我快要哭了。我去了玛格丽特·韦林那里，她刚喝了她的鸦片酊。这种时候和她在一起就相当于一个人待着。而我现在正需要一个人待着。

9

奴隶买卖后有三天，我都躲着鲁弗斯。他让我很容易就做到了这件事。他也躲着我。然后在第四天，他来找我。他发现我在他母亲的房间里，一边答着"是的，夫人"，一边给她换床单，而她坐在窗边，看起来又瘦又弱。她几乎不吃东西。实际上，我已经发现自己在哄她吃饭。然后我意识到，她喜欢被人哄着。她有时会忘了自己的地位，只是做一个老母亲。鲁弗斯的母亲。很不幸。

他走了进来，说："让卡丽做完，达娜。我有别的事要你做。"

"哦，你必须现在带她走吗？"玛格丽特说，"她刚刚……"

"我稍后会让她回来的，妈妈。卡丽马上就会上来给你铺好床。"

我默默地离开了房间，不管他有什么想法，我都不期待。

"下楼去书房。"他在我身后说。

我回头看了他一眼，试图判断他的情绪，但他看起来只是疲惫。他吃得很好，休息时间是他需要的两倍，但他总是显得很疲惫。

"等一下。"他说。

我停了下来。

"你是不是又带了那种里面有墨水的笔？"

"是的。"

"去拿来。"

我上了阁楼，我仍然把大部分东西放在那里。这次我带了一盒三支笔，但我只拿了一支下楼，以防他还像上次一样喜欢浪费墨水。

"你听说过登革热¹吗？"下楼时他问。

"没有。"

"嗯，据镇上的医生说，我得的就是这种病。我告诉他了。"自从他父亲去世后，他就经常往返于镇上，"医生说，我没放血，没服有效的催吐剂，他不明白我怎么会好的。他说我还很虚弱，因为我没有把所有的毒排出身体。"

"把你自己交给他，"我平静地说，"如果再有一点运气，就能

1　登革热（dengue）是登革病毒经蚊媒传播引起的急性虫媒传染病。典型的登革热临床表现为起病急骤，高热，头痛，肌肉、骨关节剧烈酸痛，主要在热带和亚热带地区流行。

解决我们两个人的问题。"

他疑惑地皱起了眉头。"你这话是什么意思？"

"没什么意思。"

他转过身来，抓住我的肩膀。他可能想把我抓痛，但并不痛。"你是想说你希望我死？"

我叹了口气。"如果我希望你死，你就会死，是吗？"

沉默。他放开了我，我们走进了书房。他坐在他父亲的旧扶手椅上，示意我坐到旁边的一把硬温莎椅上。比起他父亲，这是一个进步，他父亲总是让我站在他面前，就像一个被叫到校长办公室的小学生。

"如果你认为卖黑奴的事很糟糕——而且爸爸真的早就安排好了——你最好确保我不会出事。"鲁弗斯向后靠着，疲惫地看着我，"你知道如果我死了，这里的人会怎么样吗？"

我点了点头。"让我不安的是，"我说，"如果你活着，他们会怎么样。"

"你不会认为我会对他们做什么吧？"

"你当然会。我得盯着、记着，还要判断你什么时候做得太过分了。相信我，我并不期待这份工作。"

"你自己承担了太多。"

"又不是我想这么做。"

他嘀咕了些什么，听不清，可能是些下流话。"你应该待在田里。"他又说，"天知道我为什么不把你留在那里。你本来可以学到一些东西。"

"我本来会被杀死。你本来得开始好好照顾你自己。"我耸了耸肩，"我不认为你有这个本事。"

"该死，达娜……坐在这里互相威胁有什么用？我不相信你想伤害我，就像我也不想伤害你。"

我没有说话。

"我把你带到这里是让你帮我写几封信，不是和我吵架。"

"写信？"

他点了点头。"我告诉你，我讨厌写东西。读那么多倒无所谓，但我讨厌写东西。"

"六年前你并不讨厌。"

"那时候我没必要写。没有八九个人都等着我回复，还要得这么急。"

我转着手中的笔。"你不知道在我自己的时代，我费了多少力气来逃避做这样的工作。"

他突然咧嘴笑了。"是的，我知道。凯文告诉过我。他还告诉过我你写的书。你自己的书。"

"他和我就是靠那个谋生的。"

"是的。好吧，我觉得你可能有点怀念了，我是说，怀念写你自己的东西。所以，我给你准备了足够多的纸，够你给我们两个人写的。"

我看着他，不大确定我是否听对了。我曾读到过，这个时代的纸张很贵。而且我看到过韦林从来没有太多纸。但鲁弗斯是在提出……提出什么？贿赂？又一次的道歉？

"怎么了？"他说，"在我看来，这是我目前为止向你提出的最好的提议。"

"那是肯定的。"

他拿了纸，在书桌上为我腾出地方。

"鲁弗，你还会卖其他人吗？"

他犹豫了一下。"我希望不会。我不喜欢这样。"

"希望什么？你为什么就不能不做呢？"

又是一阵犹豫。"爸爸留下了债务，达娜。我认识的人里面，他是对金钱最谨慎的，但他还是留下了债务。"

"但你种庄稼不够偿还吗？"

"够还一些。"

"哦，你打算怎么做？"

"找一个靠写东西谋生的人，让她写一些很能说服人的信。"

10

我为他写了信。为此我不得不先读了几封他收到的信，好掌握当时做作的正式文体。我不希望鲁弗斯被迫面对某位被我用20世纪的简洁风格——在19世纪可能会被视为粗鲁甚至无礼——惹怒的债主。鲁弗斯给了我一个回信内容的大致想法，我写完之后他再认可或反对。通常情况下，他都认可了。然后我们开始一起翻阅他父亲的书。我没有再回到玛格丽特·韦林身边。

而且我再也没有回去全天候地陪她。鲁弗斯从田里找来了一个叫贝丝的年轻女孩，帮忙做家务。这最终解放了卡丽，让她有更多时间陪玛格丽特。我继续睡在玛格丽特的房间里，因为我同意鲁弗斯说的，卡丽属于她的家人，至少在晚上。这意味着我不得不忍受玛格丽特睡不着的时候叫醒我，使劲抱怨鲁弗斯在我和她刚开始好好相处的时候又把我叫走了……

"他让你做什么？"好几次她问我 —— 很怀疑的样子。

我告诉了她。

"听起来他自己可以做。汤姆总是自己做。"

我想，鲁弗斯也可以自己做，但我从没说出来。他只是不喜欢一个人工作。事实上，他根本不喜欢工作。但如果他不得不做，他希望有人陪他。我并没有意识到他特别喜欢我的陪伴，直到有天晚上他有点醉意地进了爱丽丝的小屋里，发现爱丽丝正在和我一起吃饭。他当时去和镇上的一家人吃饭 ——"某个人家想嫁掉家里的女儿。"爱丽丝告诉我说。她说的时候并不担心，尽管她知道如果鲁弗斯结婚，她的生活会变得更加艰难。鲁弗斯有财产和奴隶，显然相当有资格结婚。

他回到家，发现我们俩都没在屋里，就来到了爱丽丝的小屋。他打开门，看到我们俩一齐从桌子上抬头看他，他高兴地笑了。

"看这个女人，"他说，然后来回打量我们俩，"你们真的只是一个女人。你们知道吗？"

他蹒跚而去。

爱丽丝和我面面相觑。我以为她会笑，因为她不会放过任何嘲笑他的机会 —— 不过不是当着他的面，因为如果他认为她需要挨打，他就会打她。

她没有笑。她打了个寒战，然后站了起来，不是很优雅 —— 她已经开始显怀了 —— 在他离开后看着门外。

过了一会儿，她问道："他有没有带你上过床，达娜？"

我吓了一跳。她的直率还是能吓到我。"没有，他不想要我，我也不想要他。"

她回头瞥了我一眼。"你以为你想不想有什么关系吗？"

　　我没说话，因为我喜欢她。而且不管我怎么回答，听起来可能都会像是在批评她。

　　"你知道吗，"她说，"你让他对我很温和。你在这里的时候，他几乎不会打我。而且他从不打你。"

　　"他安排其他人来打我。"

　　"但还是……我知道他的意思。他喜欢床上的我，喜欢不在床上的你。你和我样子很像，如果你能相信人们所说的话。"

　　"如果我们能相信自己的眼睛，我们的样子就是很像！"

　　"我想是的。总之，所有这些意味着我们是同一个女人的两半——至少在他疯狂的脑子里是这样。"

11

　　时间过得很慢，波澜不兴，我在等着那个孩子出生，我希望是哈格尔。我继续帮助鲁弗斯和他的母亲。我用速记法写日记。（"这些鸡的标记是什么鬼东西？"有天鲁弗斯在我背后看到了，问我。）能够说出我的感受，即使是写出来，也不用担心可能会给自己或别人带来麻烦，真是一种慰藉。我上的秘书课程终于派上了用场。

　　我试过剥玉米，我的手又慢又笨，还磨出了水疱，而有经验的农场工人却毫不费力地就快速完成了工作，还乐在其中。我本来没理由加入他们，但他们似乎把剥玉米搞成了一个聚会——鲁弗斯还给了他们一点威士忌来助兴。而我正需要一个聚会，需要随便什么东西来消解我的无聊，让我忘掉自己。

　　这是一个聚会，没错。一个野蛮粗暴的聚会，没人因为"主人的女人们"——爱丽丝和我——在场就有所改变。我身边的玉米堆成小山，旁边干活的人嘲笑我的水疱，告诉我说这才是开始。一个罐子传了过来，我尝了一口，呛到了，引来了更多的笑声。让我惊讶的是，那是友好的笑声。一个浑身肌肉的男人对我说，可惜我已经有主了。这让我赢得了三个女人敌意的目光。工作结束后，有很多吃的——鸡肉、猪肉、蔬菜、玉米面包、水果——比农场工人见惯了的鲱鱼和玉米糊更好的食物。鲁弗斯出来当好人，提供了这顿大餐，人们也给了他想要的赞美。然后，他们在背后开他的恶心玩笑。奇怪的是，他们似乎很喜欢他，看不起他，同时又怕他。这让我感到困惑，因为我自己对他也是同样复杂的情绪。我本来以为我对他的感情复杂是因为他和我有这样一种奇怪的关系。然而，任何形式的奴隶制都会培养出奇怪的关系。只有在监工暂时出现时，才会招致简单直接的情绪，即仇恨和恐惧。然而，监工的工作之一就是被憎恨和恐惧，而主人则能保持双手干净。

过了一会儿，年轻人开始成双成对地消失，一些稍年长的也停止了吃喝、唱歌或说话，他们休息得太久，招来了不满的目光，或者更多的是理解的怀念的目光。我想到了凯文，想念他，知道今晚会是个难眠之夜。

圣诞节时，又有一个聚会——跳舞、唱歌、三场婚礼。

"爸爸过去总让他们等到剥玉米或圣诞节时结婚。"鲁弗斯告诉我，"他们结婚喜欢搞聚会，他就搞了好几次聚会。"

"只要能省几个子儿。"我没心眼地说。

他瞥了我一眼。"你最好庆幸他没有浪费钱。你才是那个一急着要用钱就慌神的人。"

那时我的脑子已经比嘴快了，我保持了沉默。他没有再卖其他人。这年收成很好，债主也有耐心。

"找到你想一起跳扫帚的人了吗？"他问我。

我惊愕地看着他，发现他并不是认真的。他在微笑，看着奴隶们在班卓琴的音乐声中做着鞠躬、换舞伴的动作。

"如果我找到了，你会怎么做？"我问。

"卖掉他。"他说。他的笑容还在，但已经没有开玩笑的意味了。这时我注意到，他在打量那个想邀我跳舞的肌肉发达的男人，也就是在剥玉米时和我说话的那个人。我得让萨拉告诉他不要再跟我说话了。他没有什么意图，但如果鲁弗斯生气的话，他的本意救不了他。

"我有一个丈夫就够了。"我说。

"凯文？"

"当然，凯文。"

"他在很远的地方。"

他的语气中有些不该有的东西。我转过身来看着他。"不要说蠢话。"

他吃了一惊，迅速环顾四周，看有没有人听到。

"小心你说的话。"他说。

"小心你的。"

他生气地走了。我们最近在一起工作得太多了，特别是现在爱丽丝到了孕后期。我很感激她亲自为我创造了另一份工作，一份让我能经常远离他的工作。在为期一周的圣诞节期间，爱丽丝说服他让我教他们的儿子乔读书写字。

"这是我的圣诞礼物，"她告诉我，"他问我想要什么，我告诉他，我希望我的儿子不会愚昧无知。你知道，我和他吵了一星期他才答应！"

但他总算答应了，这孩子每天都来找我，学习在鲁弗斯给他买的石板上笨拙地画出大大的字母，阅读鲁弗斯自己用过的书上简单的词和音节。但与鲁弗斯不同的是，乔并不厌烦他学的东西。他全身心投入这些课程中，好像它们是供他消遣而安排的谜题——他喜欢解谜。如果有东西让他捉摸不透，他会变得情绪激动——大发脾气，又是叫又是踢。但并没有太多东西会让他捉摸不透。

"你有一个非常聪明的孩子，"我告诉鲁弗斯，"你应该感到骄傲。"

鲁弗斯看起来很惊讶，好像他从来没有想到过这个身材矮小、流着鼻涕的孩子可能有什么特别之处。他一生都在看着他父亲忽视甚至卖掉他与黑人妇女所生的孩子。很显然，鲁弗斯从来没有想过要打破这个传统。直到现在。

现在，他开始对他儿子感兴趣了。也许他一开始只是好奇，但男孩吸引了他。有一次我看到他们在书房，男孩坐在鲁弗斯的一条腿上，研究鲁弗斯刚带回来的一张地图。地图摊开在鲁弗斯的书桌上。

"这是我们的河吗？"男孩问。

"不，那是迈尔斯河，在这里的东北方向。这张地图没有显示我们的河。"

"为什么没有？"

"它太小了。"

"什么太小了？"男孩抬头看着他，"我们的河还是这张地图？"

"都太小了，我觉得。"

"那我们就把它画进去。它通向哪里？"

鲁弗斯犹豫了一下。"大概在这里。但我们不一定要把它画进去。"

"为什么？你不希望地图是正确的吗？"

我发出了声音，鲁弗斯抬头看了看我。我觉得他看起来几乎有点羞愧。他赶紧把男孩放下，把他推开。

"只会问问题。"鲁弗斯向我抱怨道。

"知足吧，鲁弗。至少他没有在外面放火烧马厩或试图淹死自己。"

他忍不住笑了。"爱丽丝说过类似的话，"他皱了一下眉头，"她想让我给他自由。"

我点了点头。爱丽丝已经告诉过我，她打算为这个男孩争取自由。

"你教唆她的，我猜。"

我盯着他。"鲁弗，如果这里有哪个女人能自己拿主意，那就是爱丽丝。我没有教唆她做任何事情。"

"好吧……现在她有别的事情要拿主意。"

"什么？"

"没什么。对你来说没什么。我这次只是想改变一下，让她赢得自己想要的东西。"他说。

我没法从他那里得知更多。不过，最终，爱丽丝告诉了我他想要什么。

"他想让我喜欢他，"她极度蔑视地说，"也许，甚至爱他。我认为他想让我更像你！"

"我向你保证，他没有。"

她闭上了眼睛。"我不关心他想要什么。如果我认为这能让他给我的孩子自由，我会努力去做。但他在撒谎！他不会白纸黑字地写下来。"

"他喜欢乔,"我说,"他应该喜欢。乔就像他在这个年龄的样子,只是稍黑一点。总之,他可能会自己决定给他自由。"

"那这个呢?"她拍了拍自己的肚子,"那其他的呢?他得保证还有其他人。"

"我不知道。只要有机会我就会给他压力。"

"我本来该带上乔逃跑的,结果又怀孕了。"

"你还想逃跑?"

"如果没有别的办法获得自由,你难道不想逃跑吗?"

我点了点头。

"我不想一辈子都在这里,看着我的孩子们长大成为奴隶,也许还会被卖掉。"

"他不会……"

"你不知道他会怎么做!他不会像对我那样对你。等我生了这个孩子,身体又强壮了,我就逃跑。"

"带着刚生的孩子?"

"你不会以为我会把他留在这里吧?"

"但是……我不知道你怎么能做到。"

"我现在比我和艾萨克逃跑时知道得更多。我可以做到。"

我深吸了口气。"到时候,如果我能帮忙,我会帮你的。"

"给我一瓶鸦片酊。"她说。

"鸦片酊!"

"我得让刚生的孩子保持安静。老保姆不让我靠近她,但她喜欢你。去拿吧。"

"好吧。"我不喜欢这样。不喜欢她带着一个婴儿和一个小孩逃跑的想法。根本就不喜欢她想逃跑的想法。但她是对的。如果我是她，我也会尝试。我可能会更早地尝试，更早地被杀死，但我会一个人做。

"你再考虑一下吧。"我说，"你会拿到鸦片酊和其他我能给你的东西，但你要好好想想。"

"我已经想过了。"

"还不够。我不该说这个，但你想想，如果乔被狗抓住，或者如果他们把你推倒，把孩子抢走，会怎么样。"

12

爱丽丝生的是个女孩，在新年的第二个月出生。她很像她母亲，天生皮肤就比乔更黑，乔可能一辈子都不会有那么黑。

"是时候有一个像我的孩子了。"爱丽丝看到她后说。

"你至少可以争取一下红头发。"鲁弗斯说。他也在那里，凝视着婴儿皱巴巴的小脸，更关切地凝视着爱丽丝汗迹斑斑、疲惫不堪的脸。

第一次也是唯一一次，我看到她对他微笑——真正的笑。没有讽刺，没有嘲弄。这让他沉默了几秒钟。

卡丽和我帮助她生产。现在，我们悄悄地离开了，我们俩可能都在想同一件事。如果爱丽丝和鲁弗斯最终打算和平相处，我们谁也不想破坏他们的心情。

他们给孩子起名叫哈格尔。鲁弗斯说，这是他听过的最丑的名字，但这是爱丽丝选的，所以他还是保留了它。我觉得这是我

听过的最美的名字。我感到自己几乎自由了，一半自由了——如
果这真有可能的话，那么我等于已经在回家的半路上了。我很高
兴——窃喜。我甚至拿爱丽丝给她孩子起的名字开玩笑。约瑟夫[1]
和哈格尔。还有另外两个孩子的名字，我默默地想着——米里亚
姆和亚伦。我说："有一天鲁弗斯会明白宗教，会读《圣经》，读得
多了，就会琢磨这些孩子的名字[2]。"

爱丽丝耸了耸肩。"如果哈格尔是个男孩，我会给他起名以实
玛利。在《圣经》中，人们可能会当一段时间的奴隶，但他们不会
一直做奴隶。"

我的心情非常好，差点笑了出来。但她不会理解的，我也不能
解释。我把这一切都藏在心里，暗自庆幸奴隶不是只能在《圣经》
里获得自由。她起的这些名字只是一种象征，但我有比象征更多
的东西来提醒自己，自由是可能的——很可能的——而且对我来
说，非常接近。

是这样吗？

慢慢地，我开始平静下来。我的家族面临的危险已经过去了。
是的，哈格尔已经出生了。但针对我个人的危险……针对我个人
的危险——鲁弗斯——仍然在走动、在交谈，有时还在傍晚爱丽
丝给哈格尔喂奶的时候陪她。有几次我和他们一起待在爱丽丝的小
屋里，觉得自己像个第三者。

我并不自由。并不比爱丽丝，或者她那些有着那样名字的孩子

---

1 也就是乔。乔（Joe）是约瑟夫（Joseph）的昵称。
2 哈格尔（Hagar），《圣经》中译作夏甲，是《圣经·创世记》中的一个埃及奴隶，撒
拉的婢女，撒拉把她送给自己的丈夫亚伯兰做妻子，为他生孩子。亚伯兰和夏甲生
的长子叫以实玛利，是以实玛利人的祖先，即通常讲的阿拉伯人。

更自由。事实上，爱丽丝可能会在我之前获得自由。一天晚上，她在我独自一人的时候找到我，把我拉到她的小屋。里面只有睡着的哈格尔。乔在外面，在被更结实的孩子教训。

"你拿到鸦片酊了吗？"她问。

我透过半暗的光线望着她。鲁弗斯给她提供了充足的蜡烛，但此时此刻，房间里唯一的光亮来自窗户和一个低矮的火炉，上面有两个锅正在煮东西。"爱丽丝，你确定你还想要鸦片酊吗？"

我看到她皱着眉头。"我的确想要！我当然想要！你怎么回事？"

我支吾了一下。"这么快……孩子才几周大。"

"你给我拿到那东西，这样我想走的时候就能走！"

"我已经拿到了。"

"把它给我！"

"该死，爱丽丝，你能不能慢一点！听着，你继续在他身上用你现在那一套，就可以得到你想要的任何东西，而且能活着享受。"

令我惊讶的是，她冷酷的表情崩溃了，她哭了起来。"他永远不会让我们任何一个人离开，"她说，"你给他的越多，他要得就越多。"她停顿了一下，擦了擦眼睛，然后轻声说，"我必须在我还能走的时候离开——免得我变成人们说的那样。"她看着我，做了一件使她非常像鲁弗斯的事，尽管他们俩都没有意识到。"我得离开，免得我变成你那样。"她苦涩地说。

萨拉有一次为难我，说："你为什么让她那样跟你说话？她要是在别人面前那样说话，不可能被放过的。"

我不知道。也许是出于内疚。尽管发生了这么多事，我的生活还是比她容易。也许我容忍她骂我是想弥补她。不过，一切都得有限度。

"你想要我帮你，爱丽丝，你小心你说的话！"

"小心你的。"她嘲笑道。

我惊讶地盯着她，记起来了，知道她偷听到了什么。

"如果我像你那样和他说话，他会把我吊在谷仓里。"她说。

"如果你继续那样和我说话，我不会在乎他会对你做什么。"

她看了我很久，没有说话。最后，她笑了。"你会在乎的，而且你会帮我。不然，你就会看到自己是白人黑鬼，而你是无法忍受的。"

我虚张声势的时候，鲁弗斯从来不会揭穿我。而爱丽丝揭穿我是下意识的，而且因为我确实是在虚张声势，她才得以逃脱。我站起来，从她身边走开了。我听到她在我身后笑。

几天后，我把鸦片酊给了她。那天，鲁弗斯说起等乔长大一点，把他送到北方上学。

"你的意思是要给这孩子自由吗，鲁弗？"

他点了点头。

"好。告诉爱丽丝。"

"等我有机会的时候。"

我没有和他争论，我自己告诉了她。

"他说什么并不重要，"她对我说，"他有没有给你看任何自由证书？"

"没有。"

"等他给你看了，你读给我听，也许我会相信他。我告诉你，他用这些孩子就像在马身上用马嚼子。我已经厌倦了嘴里有马嚼子。"

我不怪她。然而，我还是不想让她走，不想让她拿乔和哈格尔冒险。见鬼，我甚至不想让她拿自己冒险。如果在其他地方，在其他情况下，我可能会讨厌她。但在这里，我们有一个共同的敌人，这让我们团结起来。

13

我计划在韦林种植园再停留些时间，看着爱丽丝离开，看她这次能不能保住她的自由。我设法说服她等到初夏再走。而我自己也准备等到那时候再尝试一些可能让我回家的危险把戏。我想家，想凯文，而且厌恶透了玛格丽特·韦林的地板和爱丽丝的嘴，但我可以再等几个月。我想。

我说服鲁弗斯让我教奈杰尔的两个年龄稍大的儿子以及两个和乔一起在餐桌旁服务的孩子。出乎意料的是，孩子们喜欢上课。我不记得我在他们这个年龄时有多喜欢上学。鲁弗斯很高兴，因为乔就像我说的那样聪明，而且好胜。他比别人领先了一步，也不打算丢掉领先的地位。

"你为什么不像他们那样喜欢学习？"我问鲁弗斯。

"别烦我。"他嘟囔道。

有些邻居发现了我在做的事，像父亲般给他建议。他们警告说，教育奴隶是危险的，会让黑人对奴隶制感到不满，让他们不适合从事田里的工作。卫理公会的牧师说，这让他们变得不听话，让他们想要比上帝希望他们拥有的更多的东西。另一个人说，教育奴隶是违法的。鲁弗斯回答说他查过了，在马里兰州并不违法，那人说应该规定是违法的。他们说这说那，鲁弗斯没有理睬，从没透露过他相信了多少。他站在我这边就足够了，我的学校也在继续。我有一种感觉，爱丽丝让他一直很快乐 —— 也许在这个过程中她自己也终于有了一点快乐。从她对我说的话中，我猜到这就是她如此害怕的原因，驱使她离开种植园，导致她对我发火。她是想要处理她自己的愧疚。

但她在等待，而且比较谨慎。我放松了下来，一有空就在想该怎么回家。我不想再依赖别人时不时的暴力 —— 这种暴力如果来临的话，可能会造成比我想要的更严重的后果。

然后，萨姆·詹姆斯在厨房外面拦住了我，我的自满被终结了。

我看到他在厨房门边等着我 —— 一个高大的年轻人。一开始我把他当成了奈杰尔，然后我认出了他。萨拉曾告诉过我他的名字。他在剥玉米那次和我说过话，后来在圣诞节又说过话。然后萨拉替我跟他说了些话，之后他没有说什么。直到现在。

"我是萨姆，"他说，"记得圣诞节的时候吗？"

"记得，但我以为萨拉告诉过你……"

"她是说过。听着，我不是那个意思。我只是想问问，你愿意教我的弟弟和妹妹读书吗？"

"你的……哦，他们多大了？"

"妹妹是你上次来的那一年出生的……弟弟是在更早一年。"

"我必须得到允许。过几天问萨拉吧，不要再来找我。"我想起了鲁弗斯在看这个人时脸上的表情，"也许我太谨慎了，但我不希望你因为我而惹上麻烦。"

他探究地看了我很久。"你想和那个白人在一起，姑娘？"

"如果我在别的地方，这里的黑人孩子都没法学到东西。"

"我不是这个意思。"

“是这个意思。都是同一件事的一部分。”

“有些人说……”

“等一下，”我突然很生气，“我不想听‘有些人’怎么说。‘有些人’让福勒每天把他们赶到田里去，像骡子一样干活。”

“让他？”

“让他！他们这样做是为了保持背上的皮肤完整，为了还能用自己的身体呼吸。好吧，不是只有他们不得不做不喜欢的事情，为了活着，为了保持完整。现在你告诉我为什么这对‘有些人’来说这么难理解？”

他叹了口气。“我就是这么告诉他们的。但你比他们过得好，所以他们嫉妒。”他又探究地看了我很久，“我还是想说，我很遗憾你已经有主了。”

我咧嘴一笑。“走吧，萨姆。不是只有农场工人会嫉妒。”

他走了。就是这样。清清白白。但三天后，一个商人用铁链子把萨姆带走了。

鲁弗斯从未对我说过一个字。他没有指责我什么。要不是我刚好从玛格丽特·韦林房间的窗户往外看，看到被锁在一起的奴隶，我根本不知道萨姆被卖了。

我匆匆对玛格丽特撒了个谎，跑出她的房间，下楼出了门。我一头撞上了鲁弗斯，感到他稳住了我，抓住了我。登革热留下的虚弱终于消失了。他的手很有力。

“回到房里去！”他嘶吼道。

我看到在他身后，萨姆正被拴进队伍里。离他几英尺远，有人在大哭。两个女人、一个男孩和一个女孩。他的家人。

“鲁弗，”我拼命地恳求，“不要这样做。没有必要！”

他把我朝门口推，我挣扎着反抗他。

"鲁弗，求求你！听着，他是来求我教他的弟弟和妹妹读书。就这么简单！"

这就像对着房子的墙说话。我设法挣脱了一会儿，两个哭泣的女人中年轻的那个发现了我。

"你这个妓女！"她尖叫起来，她不被允许接近被锁住的黑奴，但她向我走来，"你这个没用的黑鬼妓女，为什么你就不能放过我弟弟！"

她本来要袭击我。她是农场工人，辛勤劳作让她身体强壮，她很可能会打我，她认为我活该被打。但是鲁弗斯走到了我们中间。

"回去干活，萨莉！"

她没有动，站在那里瞪着他，直到那个年长的女人，可能是她的母亲，走到她身边，把她拉走。

我抓住鲁弗斯的手，低声对他说："求你了，鲁弗。如果你这样做，你会毁掉你想要保护的东西。求你不要……"

他打了我。

这是第一次，而且如此出乎意料，以至于我踉跄着向后跌倒了。

这也是一个错误。它破坏了我们之间心照不宣的协议——一个非常基本的协议——而且他知道这一点。

我慢慢站起来，愤怒且失望地看着他。

"进屋去，待在里面。"他说。

我背过身，走向厨房，故意没听他的话。我听到一个商人说："你应该把那个也卖掉。麻烦鬼！"

在厨房，我烧了水，烧到温温的，不烫手。然后我端了一盆水到阁楼上。那里很热，除了睡垫和我放在角落里的包之外，空空如也。我走过去，用消毒剂清洗了我的刀，然后把包的拉绳挂在肩上。

在温水中，我割开了手腕。

绳索

The Rope

1

我在黑暗中醒来，静静地躺了几秒钟，想记起我在哪里，是什么时候睡过去的。

我躺在一个令人难以置信的柔软舒适的东西上……

我的床。家里。凯文？

我现在可以听到我身边平稳的呼吸声。我坐起来，伸手打开灯——或想要打开灯。一坐起来，我就感到昏昏沉沉、头晕目眩。有那么一会儿，我以为我还没来得及看清家的模样，鲁弗斯就把我拉回了他身边。然后我意识到，我的手腕上缠着绷带，在跳痛——我想起我干了什么。

凯文床边的灯亮了，我看到他现在没有了胡子，但一头乱蓬蓬的灰白头发还没有剪过。

我平躺下来，高兴地抬头看着他。"你真漂亮，"我说，"你看起来有点像我曾经看到的安德鲁·杰克逊[1]的英雄画像。"

"不可能，"他说，"他瘦得要命。我见过他。"

"但你还没有看到我的英雄画像。"

---

1 安德鲁·杰克逊（Andrew Jackson，1767—1845），美国律师、军人、政治家，1829年至 1837 年任第七任美国总统。

"你到底为什么要割腕？你可能会流血致死！是你自己割的？"

"是的，它让我回家了。"

"一定有更安全的方法。"

我小心地揉着手腕。"要自杀又不能死，没有任何安全的方法。我担心安眠药。我带着安眠药是因为我想如果……如果我想死，我就能死。但我担心如果我用安眠药回家，可能你或医生还没发现我出了什么问题，我就死了。或者，如果我没死，可能会有一些可怕的副作用，比如坏疽。"

过了一会儿，他说："我明白了。"

"是你给我包扎的吗？"

"我？不，我觉得这太严重了，我一个人应付不来。我尽可能地止了血，然后给路易斯·乔治打电话。他给你包扎的。"路易斯·乔治是凯文通过写作认识的一位医生朋友。凯文曾经为写一篇文章采访过乔治，两人对彼此产生了好感。他们最后一起写了一本非虚构类的书。

"路说你没割到两只手臂的主动脉，"凯文告诉我，"只不过是擦伤了自己。"

"流了那么多血！"

"并没有那么多。你可能是太害怕了，所以没有割得那么深。"

我叹了口气。"好吧……我想我很高兴没有造成太大的伤害——只要我回到了家。"

"你觉得去看心理医生怎么样？"

"看……你在开玩笑吗？"

"我是，但路不是。他说，如果你做了这样的事，意味着你需要帮助。"

"哦，老天。必须吗？那我必须撒个谎！"

"不，这一次你可能不需要。路是朋友。不过，如果你再这样做……好吧，你可能会被关进精神病院接受治疗，不管你愿不愿意。法律会保护像你这样的人，不让你伤害自己。"

我发现自己在笑，笑得快要哭了。我把头搭在他的肩膀上，想着在某种精神病院待上一段时间会不会比当几个月奴隶更糟糕。我怀疑不会。

"这次我离开了多久？"我问。

"大约三个小时。对你来说是多久？"

"八个月。"

"八个……"他把手臂伸过来，抱着我，"难怪你会割手腕。"

"哈格尔已经出生了。"

"是吗？"他沉默了一会儿，然后说，"那是什么意思？"

我不舒服地扭了扭身子，不小心压到了一边手腕。突然的疼痛让我倒吸了口气。

"小心点，"他说，"改变一下，对自己温和点。"

"我的包呢？"

"在这里。"他把毯子拉到一边，让我看到我和我的牛仔包牢牢地绑在一起，"你打算怎么做，达娜？"

"我不知道。"

"他现在是什么样子？"

他。鲁弗斯。他已经成为我生活中的一个固定人物，甚至不需要说他的名字。"他父亲死了，"我说，"他现在在管事。"

"管得好吗？"

"我不知道。你在拥有和买卖奴隶方面做得好吗？"

"不好。"凯文确定地说。他起身去了厨房,拿着一杯水回来,"你想吃什么吗?我可以给你拿点吃的。"

"我不饿。"

"他最后对你做了什么,让你决定割腕?"

"没对我做什么。没什么重要的。他卖了一个人,让那人远离了家人,而他并没有必要这样做。我反对他的时候他打了我。也许他永远不会像他父亲那样冷酷,但他属于他那个时代。"

"那么……在我看来,摆在你面前的似乎不是什么很难的决定。"

"但我觉得很难。我曾经和卡丽谈过这个问题,她说……"

"卡丽?"他奇怪地看着我。

"是的,她说……哦,她把她的意思表达出来了,凯文。难道你在那里待得不够久,没看出来吗?"

"她从来没有向我表达过什么。我曾经怀疑她是不是有点迟钝。"

"天哪,不是的!根本不是。如果你去了解她,你就根本不会怀疑。"

他耸了耸肩。"好吧,别管了,她告诉你了什么?"

"她说,如果我让鲁弗斯死了,所有人都会被卖掉。更多的家庭会被分离。她现在有三个孩子了。"

他沉默了几秒钟,然后说:"如果孩子还小的话,她可能会和他们一起被卖掉。但我怀疑不会有人费事同时带走她和她丈夫。有人会买下她,把她嫁给另一个男人。就是生孩子,你知道的。"

"是的,所以你看,我的决定并不像你想的那么简单。"

"但是……他们还是被卖了。"

"不是所有的人。老天,凯文,他们的生活已经很艰难了。"

"那你的生活呢？"

"比他们大多数人知道的都要好。"

"等他变老之后，可能又不一样了。"

我坐了起来，试图无视自己的虚弱。"凯文，告诉我，你要我怎么做。"

他看着一旁，什么也没说。我给了他几秒钟，但他一直沉默不语。

"现在是真的了，不是吗？"我轻声说，"我们以前谈论过——天知道是多久以前的事了，但不知怎的，那时候它是抽象的。现在……凯文，如果你都说不出来，你怎么能指望我去做呢？"

2

这次我们有整整十五天的时间在一起。我在日历上把它们标记出来——6月19日到7月3日。7月4日鲁弗斯再次召唤了我，这具有某种反向的象征意义。但至少凯文和我有机会重新适应20世纪。我们似乎不需要重新适应对方。分离对我们来说不是好事，但也没有造成太大的伤害。知道彼此共有别人不会相信的经历，使我们很容易又在一起了。但是，我们和其他人在一起就不那么容易了。

我的表妹过来了，凯文应门时，她没有认出他来。

"他怎么了？"后来她和我单独在一起时，低声问道。

"他一直在生病。"我撒谎说。

"什么病？"

"医生也不确定是什么病。不过，凯文现在好多了。"

"他看起来就像我女友的父亲一样，他得了癌症。"

"朱莉，拜托！"

"对不起，但是……算了吧。他没有再打你，是吧？"

"没有。"

"嗯，这还不错。你最好照顾好自己。你看起来也不是太好。"

凯文试过开车——在骑马、坐马车五年之后，第一次开车。他说，路上的车流让他困惑，让他毫无理由地紧张。他说他差点撞了好几个人。然后他把车停在车库里，再也没开过。

当然，我不会开车，甚至不会和别人一起坐车，因为鲁弗斯还有可能会突然把我带走。不过，第一周过后，凯文开始觉得我可能不会被再次召唤了。

我没有怀疑。为了那些被鲁弗斯控制生命的人，我不希望他死，但除非我知道他死了，否则我也不会安心的。就目前的情况来看，他迟早会再给自己惹麻烦，然后召唤我。我把我的牛仔包带在身边。

"你知道，总有一天，你不用再拖着那个东西到处跑，你会回到现实生活中来。"两个星期后，凯文说。他刚刚试着再次开车，他进来时，手在颤抖。"见鬼，有一半的时间我都在想，你是不是想回马里兰州？"

我本来在看电视，至少电视是开着的。事实上，我正在翻看我从包里带回来的一些日记，想着我是否可以把它们编成一个故事。现在，我抬头看着凯文。"我？"

"为什么不呢？毕竟你上次去了八个月。"

我把日记放下，起身去关电视。

"让它开着吧。"凯文说。

我把它关掉了。"我想你有话要对我说,"我说,"我想我应该听清楚。"

"你什么都不想听。"

"对,我不想。但我要听,不是吗?"

"我的天,达娜,过了两个星期……"

"是八天,离上次我回来。再上次是三个小时左右。之间的间隔没有什么意义。"

"上次他多大年纪?"

"我上次去的时候他满了二十五岁。虽然我永远无法证明,但我已经过了二十七岁了。"

"他已经长大了。"

我耸了耸肩。

"你还记得他想向你开枪之前说了什么吗?"

"不记得,我心里有别的事。"

"我自己都忘了,但现在又想起来了。他说:'你不能离开我!'"

我想了一会儿。"是的,听上去没错。"

"我觉得听起来大错特错。"

"我是说这听起来像是他说的!我又不能控制他说什么。"

"但还是……"他停顿了一下,看着我,好像在等我说些什么,但我没有,"这听起来更像是如果你要离开我时我可能对你说的话。"

"你会吗?"

"你知道我的意思。"

"把你的意思说出来。你不说出来我没办法回答你。"

他深吸了口气。"好吧。你说过他是属于他那个时代的人，你告诉过我他对爱丽丝做了什么。那他对你做了什么呢？"

"把我送到田里，让我挨打，让我在他母亲房间的地板上睡了将近八个月，卖掉奴隶……他做了很多事，但最糟糕的事是对其他人做的。他没有强奸过我，凯文。他明白，尽管你似乎不明白，对他来说，那是一种自杀。"

"你是说他还是可以做点什么，让你想要杀了他？"

我叹了口气，走到他身边，在他椅子的扶手上坐下。我低头看着他。"告诉我，你觉得我在对你撒谎。"

他犹像地看着我。"听着，如果真的发生了什么，我可以理解。我知道那时的情况。"

"你是说你可以原谅我被强奸了？"

"达娜，我在那里住过，我知道那些人是什么样子的，而鲁弗斯对你的态度……"

"大部分时间是理智的。他知道只要我在适当的时候抛弃他，我就能杀死他。而且他相信我不会接受他，因为我爱你。他曾经说过类似的话。他错了，但我从没告诉过他。"

"错了？"

"至少有一部分。我当然爱你，我不想要其他人。但还有一个原因，而当我回到那里，这是最重要的原因。我不认为鲁弗斯会理解。也许你也不会。"

"告诉我。"

我想了一会儿，试图找到合适的词语。如果我能够让他理解，那么他肯定会相信我。他必须相信。他是我在这里，在我自己的时代的锚，是唯一知道我所经历的一切的人。

"当我看到泰丝被绑在那个买卖奴隶的队伍里，"我说，"你知道我是怎么想的吗？"我告诉过他泰丝和萨姆的事，说我认识他们，鲁弗斯把他们卖了。但我没有告诉他细节，尤其是卖萨姆的细节。两个星期以来，我一直在努力避免让他的想法朝现在的方向发展。

"泰丝和那个有什么关系？"

"我想，那个人可能是我——站在那里，脖子上挂着绳子，像别人的狗一样等着被牵走！"我停下来，低头看着他，然后轻声继续说，"我不是财产，凯文。我不是一匹马或一袋麦子。如果我必须在表面上是财产，如果我必须为了鲁弗斯而接受对我的自由的限制，那么他也必须接受限制，限制他对我的行为。他必须让我对自己的生活有足够的控制权，让我觉得活着比杀人或者死掉更好。"

"如果你的黑人祖先有这种感觉，你就不会在这里了。"凯文说。

"这一切开始的时候，我就告诉过你，我没有他们的忍耐力。现在也没有。他们中的有些人无论如何都会挣扎着活下去。我不是那样的人。"

他微微一笑。"我怀疑你是。"

我摇了摇头。他认为我是在谦虚还是什么。他不明白。

然后我意识到，他已经笑了。我疑惑地低头看着他。

他清醒了过来。"我必须知道。"

"那你现在知道了吗？"

"是的。"

这像是真话。只要我不介意他只是理解了一半，这已经足够像真话了。

"你想好怎么处理鲁弗斯了吗？"他问。

我摇了摇头。"你知道，我担心的不仅是那些奴隶会发生什么……如果我抛弃他的话。我还担心我会发生什么。"

"你会和他一起完蛋。"

"我可能会完蛋。我可能没法回家。"

"你回家从来都和他没有任何关系。你回家是因为你有生命危险。"

"那我怎么才能回家？是我有这个力量，还是我可以利用他身上的某种力量？这一切毕竟是由他开始的。我不知道我是否需要他。除非他不在了，否则我也没法知道。"

3

凯文的几个朋友7月4日过来，想让我们跟他们一起去玫瑰碗球场看焰火。凯文想去——我怀疑更多的是为了离开这房子，而不是出于其他原因。我让他去，但我不去他就不去。结果，我反正也没机会去。凯文的朋友们离开后，我就开始感到头晕。

我踉跄地走向我的包，还没走到就摔倒了，我又向它爬过去。凯文和朋友们告别后进来时，我抓住了包。

"达娜，"他说着，"我们不能再把自己关在这个房子里，等待一些不……"

他消失了。

我没有躺在客厅的地板上，而是躺在阳光下的地上，几乎直接躺在一个大黑蚂蚁的窝上。

我还没能站起来，就有人踢了我，重重地摔在我身上。我一时间喘不过气来。

"达娜！"鲁弗斯的声音说，"你在这里做什么？"

我抬起头，看到他四肢伸开地趴在我身上。我们刚站起来，就有东西开始咬我，很可能是蚂蚁。我赶紧拍了拍身上。

"我说你在这里做什么！"他听起来很生气。和上一次比，他并不见老，但他有些不对劲。他看起来很憔悴、很疲惫——好像已经很久没有睡过觉了，而且还要更久才能再睡。

"我不知道我在这里做什么，鲁弗。等我发现你出了什么事，我才会知道。"

他盯着我看了很久。他的眼睛红红的，眼下有黑眼圈。最后，他抓住我的胳膊，带着我走回他来时的路。我们在种植园里，离房子不远。看起来没有什么变化。我看到奈杰尔的两个儿子在打架，在地上打滚。我之前教的就是他们两个，他们也并没有比我上次见时长大多少。

"鲁弗，我离开多久了？"

他没有回答。我看到他正带着我向谷仓走去，很显然，等我到了那里才会知道发生了什么事。

他在谷仓门前停下，把我推了进去。他没有跟着我进去。

我一开始没看到什么东西，等我的眼睛渐渐适应了暗淡的光线，我环顾四周。我转向我曾被吊起来鞭打的地方，惊跳着退了几步。有人吊在那里，脖子被绳索缠着。是一个女人。

爱丽丝。

我盯着她，不相信，也不想相信……我摸了摸她，她的身体又冷又硬。她活着的时候，那张死灰色的脸并不难看，现在却是丑陋的。她的嘴巴张开，睁开的眼睛瞪得很大。她几乎光着头，头发像我的一样短，一样松散着。她从不喜欢像其他女人那样把头发扎起来。有好些地方让我们看起来很像，这是其中之一——这地方只有两个始终短发的女人。她的裙子是暗红色的，围裙干净而洁白。她穿的鞋是鲁弗斯让人特别给她做的，不是其他奴隶穿的那种粗糙厚重的鞋子或靴子。仿佛她穿戴整齐，梳好了头发，然后……

我想让她下来。

我环顾四周，看到绳子绕过横梁，绑在墙上的一颗挂钉上。我试图解开绳子，指甲都弄断了才想起我的刀。我从包里拿出刀，砍断绳子，把爱丽丝放了下来。

她僵硬地倒下了，就像一落地就会碎掉的东西。但她落地时没有断裂，我把绳子从她的脖子上拿下来，帮她合上了眼睛。有一阵子，我只是和她坐在一起，抱着她的头，无声地哭着。

最后，鲁弗斯进来了。我抬头看着他，他转开了视线。

"这是她自己干的？"我问。

"是的，她自己。"

"为什么？"

他没有回答。

"鲁弗？"

他慢慢地把头从一边摇到另一边。

"她的孩子们在哪里？"

他转身走出了谷仓。

我放直了爱丽丝的身体，拉平她的裙子，四处寻找可以遮盖她的东西。什么都没有。

我离开谷仓，穿过一大片草地，来到厨房。萨拉正在那里，用她那恐怖的动作熟练地切着肉。我曾对她说，她的动作看起来总是像要砍掉一两根手指，她笑了。她的十根手指都还在。

"萨拉？"现在我们的年龄相差很大了，所有与我同龄的人都叫她"萨拉姨妈"。我知道在这种文化中，这是一个表示尊重的称号，我也尊重她。但我不能完全接受"姨妈"这个称呼，就像我不能接受"姆妈"一样。她似乎并不在意。

她抬起头来。"达娜！姑娘，你在这后面做什么？鲁弗老爷又做了什么？"

"我不太清楚。但是，萨拉，爱丽丝死了。"

萨拉放下了她的菜刀，在桌子旁边的长凳上坐下。"天哪！可怜的孩子。他终于杀了她。"

"我不知道。"我说，我走过去，坐在她身边，"我认为她是自杀的。上吊自杀。我刚刚把她放下来。"

"是他干的！"她嘶吼道，"就算他没有把绳子套在她身上，也是他把她逼到了那个地步。他卖了她的孩子！"

我皱起了眉头。萨拉说得够清楚、够响亮，但我一时间弄不明白。"乔和哈格尔？他的孩子？"

"他怎么会关心这个？"

"但是……他确实关心。他要……他为什么要做这种事？"

"她跑了。"萨拉面对着我，"你一定知道她要逃跑。你和她就像姐妹。"

我不需要她提醒。我站了起来，觉得我必须四处走走，分散注意力，否则我又要哭了。

"你们确实像姐妹一样，总是吵架，"萨拉说，"总是互相争吵，跺着脚走开，又回来。就在你离开之后，她把一个说你坏话的农场工人打得灵魂出窍。"

她有吗？她会的。对我无礼是她的特权。但他人不可侵犯。

我从桌子旁踱到灶台旁，又踱到一张小工作台旁。最后回到萨拉身边。

"达娜，她在哪里？"

"在谷仓里。"

"他会给她搞一个大型的葬礼。"萨拉摇了摇头，"真可笑。我以为她终于和他安定下来——变得不那么介意了。"

"如果她这样，我觉得她不会原谅自己的。"

萨拉耸了耸肩。

"她跑的时候……他有没有打她？"

"不厉害。跟老汤姆老爷鞭打你那次差不多。"

那次温柔的鞭打，是的。

"鞭打并不重要。但他带走她的孩子时，我以为她会当场死去。她又喊又哭，没完没了。然后她生病了，我不得不照顾她。"萨拉沉默了一会儿，"我甚至不想接近她。汤姆老爷卖掉我的孩子时，我只想躺下等死。她的样子让我回想起了那一切。"

卡丽这时进来了，脸上都是泪水。她毫不惊讶地走到我面前，拥抱了我。

"你知道了？"我问。

她点了点头，然后做了个白人的手势，把我推向门口。我走了。

我在书房找到了鲁弗斯，他正在书桌前抚摸着一把手枪。

我正准备退开，他抬头看到了我。我突然想到，显然，这就是他召唤我时正打算做的事。那么，他召唤我的目的是什么呢？下意识地想让我阻止他开枪自杀？

"进来，达娜。"他的声音听起来空洞呆板。

我把我的旧温莎椅拉到他的书桌前坐下。"你怎么能这样做，鲁弗？"

他没有回答。

"你的儿子和女儿……你怎么能卖掉他们？"

"我没有。"

我说不出话来。我已经准备好了应对他任何别的回答，或者沉默。但是否认……"但是……但是……"

"她逃跑了。"

"我知道。"

"我们相处得很好。你知道。你当时在这里。都很好。你走了之后，有一次，她到我的房间来。她是一个人来的。"

"鲁弗？"

"一切都很好。我甚至还继续给乔上课。我！我跟她说过我会给他们两个自由。"

"她不相信你。你不愿意写下来。"

"我会的。"

我耸了耸肩。"孩子们在哪里，鲁弗？"

"在巴尔的摩，和我母亲的姐姐在一起。"

"但是……为什么？"

"为了惩罚她、吓唬她。为了让她看到如果她不……如果她想离开我，会发生什么。"

"哦，老天，但你至少可以在她生病后把他们带回来。"

"我希望我这么做了。"

"你为什么没有？"

"我不知道。"

我厌恶地转开了身子。"你杀了她。你就像拿着那把枪对着她的头开了火。"

他看了看那把枪，赶紧放下了。

"你现在打算怎么做？"

"奈杰尔去买棺材了。一个像样的，不是一个自制的盒子。他还会雇一个牧师，明天来。"

"我是说你打算为你的儿子和女儿做些什么。"

他无助地看着我。

"两张自由证书，"我说，"你至少欠他们这个，你夺走了他们的母亲。"

"该死，达娜！别这么说！别说是我杀了她。"

我只是看着他。

"你为什么要离开我！如果你没有走，她可能就不会逃跑！"

我揉了揉脸上我求他不要卖掉萨姆时他打我的地方。

"你没必要走！"

"你变得让我不想接近你了。"

沉默。

"两张自由证书，鲁弗，都是合法的证书。让他们自由地长大。至少你可以做到这个。"

4

第二天举行了一个户外的葬礼。每个人都参加了——农场工人、家仆，甚至对爱丽丝漠不关心的埃文·福勒。

牧师是个自由民，身材高大，煤黑色皮肤，嗓音低沉，他的面孔让我想起了我有的一张父亲的照片，父亲在我很小还不熟悉他的时候就去世了。牧师是受过教育的。他巨大的手捧着《圣经》，读着《约伯记》和《传道书》，读到我几乎站不住了。几年前，我已经摆脱了我舅舅和舅妈严格的浸信会教义。但即使是现在，特别是现在，《约伯记》中苦涩忧郁的话语仍能打动我。"人为妇人所生，日子短少，多有患难。出来如花，又被割下；飞去如影，不能存留……"[1]

我一直沉默着，擦去无声的泪水，赶走苍蝇和蚊子，听着人们的窃窃私语。

"她下地狱了！难道你不知道自杀的人会下地狱！"

"闭上你的嘴！鲁弗老爷会让你觉得你和她一起下了地狱！"

沉默。

他们埋葬了她。

事后有一顿大餐。我家里的亲戚在葬礼结束后也会举办宴会。我从来没有想过这个习俗有多久远。

我吃了一点，然后去了书房，在那里我可以独处，可以写作。有时我写东西是因为我无法把它们说出来，无法厘清我对它们的感受，也无法把它们憋在心里。我总是会在事后销毁我写的东西。这不是为了别人。甚至不是为了凯文。

我快写完的时候鲁弗斯进来了。他走到书桌前，坐在我的旧温莎椅上——我坐在他的椅子上。他垂着头。我们没说话，一起坐了一会儿。

第二天，他带我去了镇上，把我带到了老式砖房样式的法院，

---

1 译文来自《圣经》中文简体和合本。

让我看着他为他的孩子们起草自由证书。

"如果我把他们带回来，"他在回家的路上说，"你能照顾他们吗？"

我摇了摇头。"这对他们没有好处，鲁弗。这里不是我的家。他们会习惯我，然后我会离开。"

"那么，谁能照顾他们？"

"卡丽。萨拉会帮她。"

他没精打采地点了点头。

几天后的一个清晨，他去了伊斯顿角，在那里他可以搭乘汽船前往巴尔的摩。我提出和他一起去，帮他带着孩子们，但我得到的只是一个怀疑的眼神——一个我再理解不过的眼神。

"鲁弗，如果要离开你，我没必要专门去巴尔的摩逃跑。我是真的想帮忙。"

"就待在这里。"他说。在离开前，他出去和埃文·福勒谈了谈。他知道我上次是怎么回家的。他问过我，我告诉了他。

"但是为什么？"他问道，"你可能会杀死自己。"

"还有比死更糟糕的事情。"我说。

他转身走开了。

现在他比以前更多地盯着我。当然，他不可能一直盯着我。除非他想把我拴起来，否则他无法阻止我采取某种方式离开他的世界，如果我想这么做的话。他无法控制我。这显然使他不安。

鲁弗斯走了之后，埃文·福勒会在房子里待得比平常更久。他不怎么和我说话，也不给我下命令。但他就在那里。我躲到玛格丽特·韦林的房间里，她非常高兴，滔滔不绝地说话。我发现自己在笑，而且还真的和她谈了话，就好像只是两个孤独的人在交谈，不必担心两个人之间有什么愚蠢的障碍。

鲁弗斯回来了，抱着皮肤黑黑的小女孩，领着样子更像他的男孩。乔在过道里看到我，向我跑了过来。

"达娜姨妈，达娜姨妈！"一会儿他又抱着我说，"我现在读得更好了。爸爸一直在教我。想听吗？"

"我当然想。"我抬头看着鲁弗斯。爸爸？

他紧闭着嘴，瞪着我，仿佛是说，你敢说话试试。不过，我想说的只是"你怎么花了这么长时间"。这孩子长这么大，一直都在叫他父亲"老爷"。那么，现在他没有了母亲，我想鲁弗斯觉得他也该有个父亲了。我对鲁弗斯笑了，一个真正的笑容。我不想让他因为终于承认了自己的儿子而感到尴尬或戒备。

他回以微笑，似乎放松了下来。

"我重新开始上课怎么样？"

他点了点头。"我猜其他人还没来得及忘记太多。"

他们还没有忘记。原来我只离开了三个月。孩子们算是提前放了暑假。现在他们归校了。而我，慢慢地，微妙地，在鲁弗斯身上下功夫，开始督促他给他们中另外几个人自由，也许再多几个——也许在他的遗嘱中，是所有的人。我听说有奴隶主这样做过。内战离现在还有约三十年。我也许能够帮助一些成年的奴隶获得自由，他们还很年轻，可以开始新的生活。我也许最终能够为每个人做一点好事。至少，在我觉得足够安全的范围内去尝试，因为现在我自己的自由已经触手可及了。

鲁弗斯现在一直把我留在他身边，就算他不需要我。他公开地叫我和他一起吃饭，我跟他谈起给奴隶自由的时候，他似乎在听。但他没有做出任何承诺。我不知道他是不是认为在他这个年龄立遗嘱很愚蠢，或者也许他认为给更多的奴隶自由才是愚蠢。他没有说什么，所以我也不知道。

不过最后，他还是给了我答案，他告诉我的东西比我想知道的多得多。但都不能让我感到惊讶。

"达娜，"一天下午，他在书房里说，"我一定是疯了才会立下遗嘱给这些人自由，然后还告诉你这件事。我要是疯成这样肯定会早死。"

我不得不看着他，看他是不是认真的。但看着他让我更困惑了。他在笑，但我感觉他完全是认真的。他相信我会杀了他来解放他的奴隶。奇怪的是，我并没有这个想法。我的建议是真心的，但他也许有道理。最终，我也会想到这一点。

"我过去常做关于你的噩梦，"他说，"从小时候开始 —— 就在我放火烧了窗帘之后。记得那场火吗？"

"当然。"

"我梦到了你，醒来时一身冷汗。"

"梦到……我杀了你？"

"不完全是。"他停顿了一下，看了我一会儿，是我看不懂的眼神，"我梦到你离开我。"

我皱起了眉头。这与凯文听到他说的那句话很接近 —— 那句话引起了凯文的怀疑。"我离开，"我小心地说，"我必须离开。我不属于这里。"

"你属于这里！对我来说，你属于这里。但这不是我的意思。你离开了，迟早会回来。但在我的噩梦里，你没有救我就离开了。你一走了之，任我身陷困境，我受了伤，也许快死了。"

"哦，你确定这些梦是从你小时候开始的吗？听起来更像是你和艾萨克打架后想出来的。"

"那时候那些梦变得更糟了，"他承认，"但早在放火时就开始了——当我意识到你可以选择救我或者不救我时。我做了好些年的噩梦。后来，爱丽丝在这里待了一段时间后，噩梦消失了。现在它们又回来了。"

他停了下来，看着我，好像等着我说些什么——也许是让他放心，向他保证我永远不会离开他或抛弃他。但我不能让自己说出这些话。

"你明白了吗？"他平静地说。

我不安地在椅子上动了动。"鲁弗，你知道有多少人活到了老年，都从未遇到过会让你需要我的那种麻烦吗？如果你不信任我，那么你就更有理由要小心。"

"告诉我，说我可以信任你。"

我更不自在了。"你一直在做让我不可能信任你的事——尽管你知道信任必须是相互的。"

他摇了摇头。"我不知道。我从来不知道该如何对待你。你让每个人都很困惑。你对农场工人来说太像白人了，像某种叛徒。"

"我知道他们是怎么想的。"

"爸爸总是认为你很危险，因为你知道太多白人的做法，但你是黑人。太黑了，他说。是那种会观察、思考和制造麻烦的黑人。我把这话告诉了爱丽丝，她笑了。她说有时候爸爸表现得比我更有脑子。她说他对你的看法是对的，还说我总有一天会发现的。"

我吓了一跳。爱丽丝真的说过这样的话吗？

"我妈妈，"鲁弗斯平静地继续说，"她说如果在和你谈话时闭上眼睛，她就会忘记你是黑人，甚至不需要尝试。"

"我是黑人，"我说，"如果你把一个黑人卖掉，让他远离他的家人，就因为他跟我说过话，那么你就不能指望我对你有任何好感。"

他转过头去。我们之前还没有真正谈论过萨姆。我们曾经拐弯抹角，暗指过他，但没有真正提到他。

"他想要你。"鲁弗斯直截了当地说。

我盯着他，现在知道我们为什么没有谈到萨姆了。那太危险了，可能会引向其他话题。我们需要安全的话题，鲁弗斯和我——玉米的价格，奴隶的补给，诸如此类的问题。

"萨姆什么也没做，"我说，"你把他卖了，因为你认为他有什么想法。"

"他想要你。"鲁弗斯重复道。

你也一样，我想。再也没有爱丽丝为我缓解压力了。现在是时候回家了。我开始起身。

"别走，达娜。"

我停了下来。我不想匆忙离开——逃离——离开他。我不想给他任何暗示，表示我要去阁楼上，重新割开我手腕上还没变硬的伤疤。我又坐了下来。他向后靠在椅背上，一直看着我，我后悔刚才没有趁机逃开。

"这次你回家了我该怎么办？"他低声说。

"你会活下来的。"

"我想知道……我为什么要费那个事。"

"至少为了你的孩子，"我说，"她的孩子。他们是她留给你的全部。"

他闭上眼睛，用一只手揉了揉眼睛。"他们现在应该是你的孩子，"他说，"如果你对他们有任何感情，你就会留下来。"

对他们？"你知道我不能。"

"如果你想，你可以的。我不会伤害你，你也不用伤害自己⋯⋯再一次伤害自己。"

"你不会伤害我，除非有什么事情让你沮丧、愤怒或者妒忌。你不会伤害我，除非有人伤害了你。鲁弗，我了解你。我也不能留在这里，哪怕我没有一个可以回去的家——没有人在那里等我。"

"那个凯文！"

"是的。"

"我希望我向他开了枪。"

"如果你开了枪，你现在已经死了。"

他转过身来，正对着我。"你这么说，好像有什么意思。"

我起身离开。没有什么可说的了。他要求的是他知道我不能给的东西，而我拒绝了。

"你知道吗，达娜，"他轻声说，"当你第一次把爱丽丝送到我面前的时候，我看得出她有多恨我。我想，如果我在她身边睡着了，她会杀了我。她会用烛台打我。她会放火烧掉床。她会从厨房拿把刀上来⋯⋯

"我想到了所有这些，但我并不害怕。因为如果她杀了我，仅此而已。其他的都不重要。但如果我活着，我将拥有她。而且，我对天发誓，我必须拥有她。"

他站起来，向我走来。我向后退了一步，但他还是抓住了我的胳膊。"你太像她了，我简直无法忍受。"他说。

"放开我，鲁弗！"

"你们是一个女人，"他说，"你和她。一个女人。一个整体的两半。"

我必须离开他。"让我走，否则我就把你的噩梦变成现实！"抛弃，这是爱丽丝唯一没有的武器。鲁弗斯似乎不害怕死亡。现在，在悲痛中，他似乎想要死亡。但是他害怕一个人死，害怕被他依赖已久的人抛弃。

他站在那里，拉着我的胳膊，也许是想决定应该怎么做。过了一会儿，我感到他的手松开了，我抽出了胳膊。我知道我现在必须离开，在他被恐惧淹没之前。他会的。他可以说服自己做任何事情。

我离开书房，上了主楼梯，然后是阁楼的楼梯。走到我的包、我的刀跟前……

楼梯上有脚步声。

那把刀！

我打开刀，犹豫了一下，然后把刀塞回了包里，刀口还开着。

他打开门，走了进来，环顾宽敞炎热的空房间。他一眼就看到了我，但他仍然四处张望——弄清是不是只有我们俩。

只有我们俩。

他走过来，坐在睡垫上我的旁边。"对不起，达娜。"他说。

对不起？是为他差点做的事，还是为他即将要做的事？对不起。他以前用很多种方法向我道歉了很多次，但他的道歉总是很隐晦。"和我一起吃吧，达娜。萨拉在做一些特别的东西。"或者："来，达娜，我在镇上给你买了一本新书。"或者："这里有一些布，达娜。也许你可以用它给你自己做点什么。"

东西。当他知道他伤害了或冒犯了我时，他送的礼物。但他以前从未说过"对不起，达娜"。我不确定地看着他。

"我这辈子从没感到这么孤独。"他说。

这句话极大地触动了我。我知道孤独的含义。我发现我的思绪回到了我没有带凯文回家的那个时候。孤独、恐惧，有时甚至是绝望的感觉。不过，对鲁弗斯来说，绝望将不会只是偶尔出现。爱丽丝死了，被埋了。他只剩下他的孩子。但他们中至少有一个也爱过爱丽丝——乔。

"我妈妈去哪儿了？"他在回家的第一天就问道。

"离开了，"鲁弗斯说，"她走了。"

"她什么时候回来？"

"我不知道。"

男孩来找我。"达娜姨妈，我妈妈去哪儿了？"

"亲爱的……她死了。"

"死了？"

"是的，就像老玛丽姨妈一样。"她终于漂流完了最后的路程，到了她的终点。她活了八十多岁——人们说她是从非洲来的。奈杰尔做了一个盒子，玛丽被安放在爱丽丝现在躺着的地方附近。

"但妈妈还不老。"

"不，她生病了，乔。"

"爸爸说她走了。"

"嗯……去了天堂。"

"不！"

他哭了，我试图安慰他。我想起了母亲去世时我的痛苦——悲伤、孤独，待在舅舅和舅妈家里的不安……

我抱着孩子，告诉他，他还有爸爸——老天保佑。我说萨拉、卡丽和奈杰尔都爱他。他们不会让任何事情发生在他身上——说得好像他们有能力保护他，甚至有能力保护他们自己一样。

我让乔去他母亲的小屋独自待了一会儿。他想去。然后我告诉了鲁弗斯我做的事。鲁弗斯不知道是该打我还是该感谢我。他瞪着我，脸上的皮肤紧绷绷的，很紧张。最后，他放松了，点了点头，出去找他的儿子了。

现在，他和我坐在一起 —— 心怀歉意，感到孤独，希望我能够替代死者陪在他身边。

"你从来没有恨过我，对吗？"他问。

"没有恨很久。我不知道为什么。你很努力地让我恨你，鲁弗。"

"她恨过我。从我第一次强迫她开始。

"我不怪她。

"在她逃跑之前，她已经不再恨我了。我想知道你要花多长时间。"

"什么？"

"不再恨我。"

哦，天哪。我的手指不由自主地握紧了仍藏在包里的那把刀的手柄。他拿起我另一只手，合在自己两手中间，我知道这只是一种温柔的握法，但当我试图拿开手时却拿不开。

"鲁弗，"我说，"你的孩子……"

"他们自由了。"

"但他们还小。他们需要你保护他们的自由。"

"那么就看你的了，不是吗？"

我扭了扭我的手，试图突然发怒把手抽出来。顿时，他的手掌从爱抚变成了禁锢。我握着刀的右手变得又湿又滑。

"看你的了。"他重复道。

"不，该死，不是！让你活着也是看我的，已经太久了！你为什么不一开始就开枪自杀？我不会阻止你的！"

"我知道。"

他的声音很柔和，我抬头看他。

"那我还有什么可失去的？"他问。他把我推回到睡垫上，有一会儿，我们躺在那里，一动不动。他在等什么？我又在等什么？

他把头靠在我的肩上，左手搂着我，右手仍然握着我的手。慢慢地，我意识到我继续保持不动甚至原谅他，会是多么容易，太容易了，尽管我说了那些话。但要举起刀子，把它捅进我救过无数次的身体里，那将多么困难。要杀人这么难……

他没有弄痛我，只要我保持不动就不会弄痛我。他不是他的父亲，又老又丑，残暴又令人厌恶。他身上有一股肥皂的味道，好像刚刚洗过澡——是为我？他的红头发梳得很整齐，有点湿。我于他永远不会像泰丝于他父亲，不会像一个剥玉米时被传来传去的威士忌酒壶。他不会那样对我，不会把我卖掉，或者……

不。

我可以感觉到我手中的刀仍然因汗水而滑溜溜的。奴隶就是奴隶，怎么对待都可以。而鲁弗斯就是鲁弗斯，反复无常，一会儿宽容，一会儿狠毒。我可以接受他当我的祖先、我的弟弟、我的朋友，但不是我的主人，不是我的情人。他曾经明白这一点。

我猛地一扭身，挣脱了他。他抓住我，试图不弄痛我。我意识到他不想伤害我，甚至当我举起刀，甚至当我把刀插进他的身体的时候。

他尖叫起来。我从没听过任何人发出这样的尖叫——动物的尖叫。他又叫了一声，是低沉难听的咯咯声。

有一瞬间，他没抓紧我的手，但在我逃脱之前他抓住了我的手臂。然后他另一只手握成拳头打了我一拳，又打了一拳，就像很久以前那个巡逻员那样。

我把刀从他身上拔出来，举起刀，再次刺入他的背部。

这一次，他只哼了一声。他瘫倒在我身上，不知怎么还活着，还抓着我的胳膊。

我躺在他身下，被打得迷迷糊糊，感觉很恶心。我的胃似乎在翻腾，我吐在我们两个人身上。

"达娜？"

一个声音。一个男人的声音。

我努力转过头，看到奈杰尔站在门口。

"达娜，怎么……哦，不。天哪，不！"

"奈杰尔……"鲁弗斯呻吟着，发出了一声颤抖的长叹。他的身体瘫软在我身上，像灌了铅一样沉。我把他推开了——除了他的手还握着我的手臂。然后我抽搐了起来，极度痛苦地恶心。

有一个比鲁弗斯的手更硬、更有力的东西钳住了我的手臂，捏着它，让它变僵硬，使劲往里压——刚开始并不痛——融入进去，与它融为一体，就好像我的手臂不知怎么被吸进了某个东西里。某个冰冷、没有生命的东西。

某个东西……涂料、灰泥、木头——一面墙。我客厅的墙。我回到了家——在我自己的房子里，在我自己的时代里。但我还是被抓住的，和墙连在一起，就像我的手臂从墙上长了出来一样——或者长进了墙里面。从手肘到指尖，我的左臂成了墙的一部分。我看着骨肉与灰泥连接的地方，不可思议地盯着它看。正是鲁弗斯的手指抓住的地方。

我把我的手臂往回拉，用力拉。

突然间，有种如排江倒海般剧烈的疼痛，血红，难以置信的剧痛！我一声声地尖叫起来。

尾声

Epilogue

　　等我的手臂好得差不多了，我们坐飞机到了马里兰州。在那里，我们租了一辆车 —— 凯文终于又开车了 —— 在巴尔的摩闲逛，然后去了伊斯顿。现在有一座桥通往那里，不再需要鲁弗斯搭乘过的汽船。我终于好好看了看这个我曾经住得很近却很少光顾的小镇。我们找到了法院和一座古老的教堂，还有其他几座没有随时间消逝的建筑。我们还找到了汉堡王、假日酒店、德士古¹，黑人孩子和白人孩子在一起上学的学校，还有那些一直看着凯文和我的老人。

　　我们去了乡下，去了仍然是树林和农田的地方，找到了几座老房子。其中有好几栋都有可能是韦林的房子。房子维护得很好，也更好看，但基本上是同样的红砖砌成的乔治亚式殖民地建筑。

　　但鲁弗斯的房子已经不在了。据我们所知，它所在的地方现在被一片广阔的玉米田所覆盖。那座房子和鲁弗斯一样，都归了土。

　　我坚持要找到他的墓地，便向农场主询问此事。因为鲁弗斯和他父亲一样，和老玛丽与爱丽丝一样，可能被埋在了种植园里。

1　德士古（Texaco）是美国一家石油公司，1901 年成立于得克萨斯州的博蒙特，当时被称为 Texas Fuel Company。20 世纪 30 年代，德士古大力开拓海外市场。2001 年被雪佛龙收购。

但是农场主什么都不知道，至少什么都没说。我们找到的唯一线索——事实上不仅是线索——是一篇旧报纸上的文章，一个公告，称鲁弗斯·韦林先生被杀，他的房子起火，被部分烧毁。在后来的报纸上，有公告出售鲁弗斯·韦林先生财产中的奴隶。这些奴隶的名单列出了他们的名字以及大致年龄和技能。奈杰尔的三个儿子都在名单上，但没有奈杰尔和卡丽。萨拉在名单上，但没有乔和哈格尔。其他所有人都在名单上。每个人都在。

我想了想，尽可能地把一些碎片拼凑到一起。比如说，那场火很可能是奈杰尔为了掩盖我做的事而放的——他做到了。鲁弗斯被认为是被烧死的。在不完整的报纸记录中，没有任何记录表明他是被谋杀的，或者认为这场火是人为的。一定是奈杰尔做得滴水不漏。他一定还设法把玛格丽特·韦林从房子里救了出来。因为报上没有提到她的死亡。而玛格丽特在巴尔的摩有亲戚。而且，哈格尔的家一直在巴尔的摩。

凯文和我回到巴尔的摩，翻阅报纸、法律文件，想找到任何可能将玛格丽特和哈格尔联系在一起或提及她们的东西。玛格丽特可能带走了两个孩子。也许爱丽丝死后，她已经接受了他们。毕竟，他们是她的孙子孙女，是她唯一的孩子的儿子和女儿。她可能还照料了他们，也可能留着他们当奴隶。但即便如此，哈格尔至少活到了第十四条修正案[1]让她获得自由。

"他本可以留下一份遗嘱。"凯文对我说，我们在最近常出入的一个地方——马里兰州历史协会的外面，"他本可以给这些人自

---

1 美国宪法第十四条修正案于1868年7月9日通过，是三条重建修正案之一。这一修正案涉及公民权利和平等法律保护，最初提出是为了解决南北战争后昔日奴隶的相关问题。第十四条修正案对美国历史产生了深远的影响，有"第二次制宪"之说。

由，至少在这些人对他不再有利用价值的时候。"

"但还要考虑他的母亲，"我说，"而且他当时只有二十五岁。他可能觉得他还有很多时间来立遗嘱。"

"别再为他辩护了。"凯文嘟囔道。

我犹豫了一下，然后摇了摇头。"我没有。我想，在某种程度上，我是在为自己辩护。你看，我知道为什么他不愿意立那种遗嘱。我问过他，他也告诉了我。"

"为什么？"

"因为我。他害怕我事后会杀了他。"

"你甚至不需要知道这件事！"

"是的，但我想他不愿意冒任何风险。"

"他害怕……得对吗？"

"我不知道。"

"我表示怀疑，想想你从他那里拿走了什么。除非他攻击了你，否则我不相信你真的有能力杀了他。"

那时候几乎没有，我想。凯文永远不会知道最后的时刻是怎么样的。我大概给他讲过，但他没问什么问题。对此我很欣慰。此刻我只是说："那是自卫。"

"是的。"他说。

"但是代价……奈杰尔的孩子们，萨拉，其他所有人……"

"一切都结束了，"他说，"你现在没有办法改变任何事情。"

"我知道。"我深吸了一口气。"我不知道孩子们有没有被允许留在一起——也许是和萨拉在一起。"

"你找过了，"他说，"没有找到任何记录。你可能永远不会知道。"

我摸了摸汤姆·韦林的靴子在我脸上留下的伤疤，摸了摸空空的左袖。"我知道，"我重复道，"究竟我为什么想来这里。你会认为我已经受够了过去的一切。"

"你需要来的原因，可能和我一样。"他耸了耸肩，"是为了想要理解。为了亲手触摸到那些人存在过的确凿证据。为了让自己放心，自己没有疯。"

我回头看着历史协会的砖砌楼房，那是由一座早期的庄园改建而成的。"如果我们把这件事告诉其他人，任何一个人，他们都会认为我们疯了。"

"我们没疯，"他说，"现在那个男孩已经死了，我们有可能保持正常了。"

读者指南

评论文章

罗伯特·克罗斯利[1]

马萨诸塞大学波士顿分校

"奴隶制下的宗谱真是一团团乱麻啊!"

——哈莉特·雅各布斯《一个女奴生活中的事件》[2]

一

最后一位出生在奴隶制下的美国公民去世后,第一人称的美国奴隶叙事写作就应该停止了。但这种文学形式一直存在,正如奴隶制遗留下来的传统也一直存在至今。20世纪下半叶,被命名为

---

[1] 罗伯特·克罗斯利(Robert Crossley),马萨诸塞大学波士顿分校名誉教授,是本书英文版的编辑。

[2] 哈莉特·雅各布斯(Harriet Jacobs,1813 或 1815—1897),非裔美国人废奴主义者和作家,她的自传《一个女奴生活中的事件》(*Incidents in the Life of a Slave Girl*)于 1861 年以琳达·布伦特的笔名出版,现在被认为是"美国经典"。

"新奴隶叙事"的文学形式兴起，这是曾经为奴的 19 世纪美国人自传小说的变种。在通常以第一人称叙事重塑了奴隶制时代的许多历史小说中，最著名的有玛格丽特·沃克（Margaret Walker）的《禧年》（*Jubilee*，1996）、大卫·布拉德利（David Bradley）的《切尼斯维尔事件》（*The Chaneysville Incident*，1981）、谢利·安妮·威廉姆斯（Sherley Anne Williams）的《德萨·罗斯》（*Dessa Rose*，1986）、托尼·莫里森（Toni Morrison）的《亲爱的》（*Beloved*，1987），以及查尔斯·R. 约翰逊（Charles R. Johnson）的《中央航路》（*Middle Passage*，1990）。奥克塔维娅·巴特勒的回忆录兼奇幻小说的混合文体是对新奴隶叙事文体的一个独特贡献。虽然《血缘》本身不是一部科幻作品，但巴特勒给这部叙事作品注入了一种主要在现实主义传统之外创作的作者的感性。《血缘》于 1979 年首次面世，当时没有人想到过用时间旅行的传统虚构模式创作，把一个现代的非裔美国人带到内战前的种植园。时间旅行的叙事总是充满了自相矛盾的问题。如果你穿越回到一个半世纪前，杀了自己的曾外祖父，那你自己还会出生吗？ 未来是否有可能影响过去，就像正是过去塑造了未来？ 然而，每一部优秀的虚构作品都是矛盾的。它在说谎，但像真话。

《血缘》始于神秘事件，终于神秘事件。1976 年 6 月 9 日，伊达娜·富兰克林二十六岁生日这天，她与她的白人丈夫凯文搬进洛杉矶郊区的新家时，感到非常恶心。突然间，她发现自己跪在河岸边，听到一个孩子在尖叫。她蹚进河里去救他，给他做了人工呼吸。当男孩开始呼吸时，她抬头看到了对准她的步枪的枪管。她再次感到恶心，发现自己回到了她的新房子里，但全身湿透，浑身是泥。她没有产生幻觉；她被转移了，身体和心理一起被转移了。这个难以解释的如噩梦般的从一个地方到另一个地方的转移，是第一次发生，小说的主要内容就是六次时间长短不一的类似事件。有时达娜（她喜欢的她名字的简称）被单独转移，有时与凯文一起。就在她被转移之前，她会毫无征兆地出现眩晕，而只有在她认为自己有生命危险时才会被转移回到洛杉矶。第二次转移发生时，达娜发现她不仅穿越了空间，而且穿越到了过去，到了一个位于马里兰州的奴隶主的种植园，而这个奴隶主正是她自己的祖先。

达娜不由自主地回到过去，就像记忆的痉挛让她在时间上脱节一样，每次穿越只是她在 1976 年的几分钟或几小时，但她在另一个时间体系内停留的时间却被拉长，因为她的生活是一种强加在她身上的对过去的记忆。由于这种双重的时间体系，离开洛杉矶的短暂时间可能导致她在 19 世纪度过几个月，目睹并承受繁重的田间工作，忍受辱骂、鞭打和奴役的其他日常暴行。鲁弗斯·韦林，达娜第一次回到她祖先的家救起的溺水的孩子，每当他有生命危险时，他就会"召唤"她从现在回到过去。随着年龄的增长，他变得越来越令人厌恶和危险，但她必须努力让他活着，直到他和一个名叫爱丽丝·格林伍德的女奴有了一个孩子，哈格尔，而哈格尔将开启达娜这条家谱分支。只有在鲁弗斯·韦林死后，达娜才能永久地回到 1976 年，但她回来时没有了左臂。这是《血缘》所依托的一个骇人前提，而作者并没有努力将其合理化。也就是说，巴特勒并没有试图解释她在第六章结尾生动描述的这一段内容：达娜的手臂，从手肘往下，是如何与她客厅墙壁的灰泥相连接的？作者没有描写达娜的手臂如何在过去和现在的模糊交界处被切断。可以说，《血缘》并不比奴隶制的历史本身更合理、更容易解释。但这么说有点过于简单化了。这部小说的设计在逻辑上是无情的。巴特勒在一次采访中说，截肢的含义很清楚："我不能真的让她完全回来。我不能让她回到她原来的样子，我不能让她完好无缺地回来。我想，那确实象征着她没有完好无缺地回来。内战前的奴隶制给人们留下了创伤。"[1]

时间能造成伤害，也能治愈，真正地从历史角度理解人类的罪行从来都不容易，而且总是以痛苦为代价。如露丝·萨尔瓦拉焦[1]所言，达娜失去手臂成了"一种胎记"，象征着"被毁了容的历史遗产"。[2]即便文字表面上的事实很难说清楚，但《血缘》所产生的象征意义是强大有力的。激发了巴特勒想象力的，正是亲属关系、家庭、历史、家园的悖论，而不是时间旅行的悖论。特别是这部小说中有很多对"家"的矛盾性论述。"家"是美国人情感和训诫的磁石。"没有哪里比得上家"[2]；"心在哪里，家就在哪里"[3]；"你不能再回家"[4]。《血缘》对所有这些简单化的情感提出了挑战。当达娜的时间旅行终于停止，她回到了 1976 年洛杉矶的家时，回家的含义已经变得极其复杂。一旦她的手臂好得差不多了，她做的第一件事就是飞到了现在的马里兰州。她在加州的房子和韦林种植园对她来说都已成为逃不开的"家"。[3]

所有这些读起来都不像科幻小说中的经典时间旅行故事。在《时间机器》（*The Time Machine*，1895）中，H. G. 威尔斯（H. G. Wells）让他的旅行者展示他穿越到未来乘坐的闪亮时间机器，来

1　露丝·萨尔瓦拉焦（Ruth Salvaggio），北卡罗来纳大学教堂山分校的英语文学和美国研究荣誉教授，写过几本关于诗歌和女权研究的书籍。

2　1939 年上映的经典电影《绿野仙踪》（*The Wizard of Oz*）中，多萝茜（Dorothy）的台词。

3　美国著名歌手猫王的一首歌。

4　20 世纪美国作家托马斯·沃尔夫（Thomas Clayton Wolfe，1900—1938）的小说。

355

证明他的奇异旅程是真实的。在《血缘》中，转移的方式一直只是一个奇异的预设。推动巴特勒的小说情节的，是一种不可抗拒的心理力量兼历史力量，而非工程学上的壮举。达娜如何在时间中旅行是一个与巴特勒的写作目的无关的物理学问题。《血缘》与威尔斯科幻小说的相似之处，远不如与卡夫卡那部经典的异化寓言《变形记》。在《变形记》中，主人公有一天早上醒来就变成了一只巨大的甲虫，这是对准正常世界的一次荒诞的喷发。巴特勒没有给她的小说一个完整的结局，没有对时间旅行给出一个科学的解释，甚至是伪科学的解释。任由小说的结局粗糙，不经处理，就像达娜的伤口一样。巴特勒让读者掩卷后为故事和历史的交错感到心神不安，而不会因为所有谜团都解开而感到舒心。她不需要卖弄威尔斯用来标记他的旅行者穿越时间轨迹的那种技术奇迹。相反，《血缘》令人回想起每一篇美国奴隶叙事作品背后隐约可见的那段令人恐惧、厌恶的航程：从非洲到新大陆奴隶市场的中央航路[1]。在她被绑架到另一个时空的经历中，达娜重述了她的祖先可怕的、令人迷失的旅程，就像她在 1976 年通过一家临时工中介机构找到的工作——"我们这些常客称它为奴隶市场"。达娜发牢骚地讽刺说——运作起来像一个无害的、幽灵般的奴隶制的拍卖场一般。

　　《血缘》的故事背景来自作者严谨的历史调研，这一点在许多方面都与巴特勒特色的小说类型不同。除了《野种》（*Wild Seed*，1980）之外，她其他的小说，从《模式大师》（*Patternmaster*，1975）到《天赋寓言》（*Parable of the Talents*，1998），全部都设定在未来，

1　中央航路（Middle Passage），从非洲向新大陆贩卖奴隶的中段旅程，即横渡大西洋，约 80 天的航程。

通常是遭到破坏的未来，而且关注的是"正常"人类与人类突变体或太阳系外的外星人之间的权力关系。但是，如果说《血缘》与巴特勒的其他小说有着一些表面上的区别，那么，在最深层，该作是她探索人类关系中权力和感情的蛛网，探索伦理的必要性和共情的情感代价，探索超越疏离、实现联结的艰难挣扎的一个核心文本。在她所有的小说中，她都创作出了寓言，讨论了文化差异的问题，包括性别、种族、政治、经济以及心理方面的文化差异，讨论了掌控和自我掌控的问题。《血缘》与巴特勒描写未来的小说有着共同的意象，尤其是《天赋寓言》，其中电子控制的项圈和神经系统的"鞭打"不过是种植园主买卖和鞭打奴隶在科幻小说中的延伸。在这两部小说中，不变的是奴隶身份对人的贬低，就像那些生活完全被控制，无法抵抗和逃跑的受害者的决心一样。但《血缘》是一个在技术上更简单的故事，没有后一本小说的多重叙事视角，也没有科幻小说通常固有的在概念上或技术上的设定。除了瞬间穿越时空的单一的奇异前提之外，《血缘》在故事的呈现上始终是遵从于事实、依赖于作者阅读的真实的奴隶叙事，她吸收了来自图书馆和历史协会的研究资料，用来规划人物行迹的地图，她还访问了马里兰州塔尔博特县，即小说中故事发生的地点。巴特勒本人一再坚称，读者阅读《血缘》，应该把它作为"黑暗奇幻"，而不是科幻，因为"其中绝对没有科学"。她还说，这样的通用标签作为营销类别往往比作为阅读指南更有用。[4] 和卡夫卡的《变形记》或安娜·卡万（Anna Kavan）[1] 的《冰》（Ice）一样，巴特勒的小说是拒绝简单分

1　出生名为海伦·艾米莉·伍兹（Helen Emily Woods, 1901—1968），英国小说家和画家，1939 年改名为安娜·卡万，代表作是《冰》。

类的实验，它也像其他新奴隶叙事一样，模糊了小说类型的常规
界限。

二

　　1970 年，二十三岁的奥克塔维娅·埃斯特尔·巴特勒报名参
加了一个针对科幻小说新手作家的暑期讲习班，为实现她从十岁起
就心怀的理想，终于迈出了决定性的一步。巴特勒是家里唯一的孩
子，父亲在她很小的时候就去世了。巴特勒很早就意识到妇女在为
生存而挣扎。她的外祖母曾讲述了她在路易斯安那州的甘蔗地里劳
作不休，抚养七个孩子长大的故事。她的母亲奥克塔维娅·M. 巴
特勒从十岁起就开始工作，成年后一直靠做女佣维生。《血缘》即
将出版前，作者在一次采访中告诉维罗妮卡·米克森[1]，她家庭中女
性的经历影响了她年轻时的阅读内容和她最早的写作尝试。"她们
的生活有时对我来说是那么可怕，完全没有快乐或回报。我需要我
的幻想来保护自己远离她们的世界。"[5] 创作出《血缘》的强大想象
力冲动，在这个需要找到或者说创造出另外现实的孩子逃避现实的
幻想中进行了最初的试运行。巴特勒的性情和受到的严格的浸礼会
教育让她惯于离群索居。想象中的世界为她在这个缺乏回报的现实
世界中提供了慰藉，书籍取代了朋友。从六岁起，公共图书馆就成
了她的第二个家，写作成为她"积极的执念"。[6]

1　维罗妮卡·米克森（Veronica Mixon），1974 年到 1988 年在美国道布尔戴出版社
　（Doubleday）担任编辑，曾与巴特勒一起为杂志撰写文章。

　　然而，《血缘》绝不是一部逃避现实的奇幻小说。如果说孩童时期的巴特勒需要在自己和那些母亲的生活中令人畏缩的现实之间拉开一些距离，那么她仍然总是在观察。成为小说家后，她勇敢地面对并重塑了那些她小时候看到的东西。她母亲找不到保姆或负担不起保姆的费用时，小奥克塔维娅经常被带着一起去工作。即使在那时，她也目睹过奴隶制的长臂：她母亲在白人社会中宛如一个隐身人到了何种程度，更令人忧心的是，她在何种程度上接受并内化了她的这种地位。"我经常看到她从后门进去，被人议论，而她就站在那里，基本上被当成一个微不足道的人，一个不值一顾的东西……后来随着我长大，我可以理解她，我可以看到她吸收了很多她从白人那里听到的东西，我觉得甚至比她自己愿意的还要多。"当时，她更多的是责怪她母亲允许自己被贬低，而不是责怪母亲的雇主。[7]

　　这些童年记忆有一些渗透到了她成年后创作的小说中。当然，这些记忆也形成了她在《血缘》中的意图，她想象了上几代美国黑人的苦难，他们面临被美国白人无视，也被黑人中产阶级遗忘的局面。在帕萨迪纳城市学院读书时，巴特勒曾听到一个聪明的男同学一直说他被父母拖累，想要杀光上几代的非裔美国人。他对黑人历史非常了解，"但他的内心深处对这段历史并没有什么感觉"，她想。这让她想起了自己早先对母亲的愤怒，愤怒于母亲对雇主的侮辱表现出的习得性失聪。她后来说，在那一刻，她萌生了创作《血缘》的想法。[8]巴特勒和她的大学同学一样，在民权和黑人权力运动中长大成人，她努力恢复这一代人在19世纪的祖先的某些经历，是在向她家族中那些仍在为身份认同而挣扎的妇女，还有那些已经丧失了身份的更早的亲属致敬。"许多我从来就不认识，也永远不会认识的亲戚。"达娜在《血缘》开头想到她的家族在《圣经》中所记载的那些光秃秃的名字时，曾悲伤地这样想。

达娜被抛到奴隶社会中，尽管经历了种种恐怖和痛苦，但这些经历也照亮了她的过去，使她对那些被迫成为非人的几代人有了新的认识。主人公穿越到过去取得的成就之一，也是巴特勒本人的成就之一，是把奴隶个体作为人来看待，而不是作为被包装的文学或社会学类型。也许最令人印象深刻的是厨娘萨拉，她是书籍和电影中刻板印象的"姆妈"，达娜开始明白，她表面上接受羞辱，实际上隐藏了内心对主人卖掉她几乎所有孩子的深沉的愤怒。"她在激进的 20 世纪 60 年代会是被看不起的那种女人。黑鬼家奴，戴头巾的黑人，女版的汤姆叔叔——惊恐、无力的女人，已经失去了她能失去的一切，对北方的自由就像对来世一样一无所知。"在这里，我们看到文学幻想在服务于复原真实的历史和心理。作为虚构的回忆录，《血缘》既是巴特勒对回忆类文学的贡献，也是奇幻想象的一种练习。

《血缘》是一个专注的、基本上与世隔绝的文学学徒的精巧作品。早年时期，巴特勒期盼去图书馆，但她的家人很少关注她读些什么。她的老师对她在英语课上偶尔提交的科幻故事不感兴趣。她的同学们也发现她在阅读和写作方面的品位很奇怪，渐渐地，巴特勒不再与人交流她的文学兴趣。在青春期，她沉浸在西奥多·斯特金（Theodore Sturgeon）、利·布拉克特（Leigh Brackett）和雷·布雷德伯里（Ray Bradbury）的科幻小说世界中。黑人女性作家在这个小说类型中的缺席并没有阻止她的雄心。"坦率地说，我从来没有想过，我需要一个和我样子相像的人给我指明方向。我很无知，很傲慢，很执着。写作让我别无选择。"[9]

在 20 世纪 40 年代和 50 年代，没有黑人作家，也几乎没有女性作家发表过受关注的科幻小说。因此也毫不奇怪，很少有黑人读者——我们也可以推断，很少有黑人女孩——在当时面向白人青少年男孩的科幻小说中发现多少吸引他们的东西。有些科幻小说具有挑衅性的种族主义色彩，包括罗伯特·海因莱因（Robert Heinlein）的《第六纵队》（*The Sixth Column*，1949），书中在未来种族战争中的英雄主人公被不加掩饰地起名为"惠特尼"。在这类小说中，有色人种的角色可以获得的最高荣誉是为他的白人战友牺牲自己的生命，正如《第六纵队》中一位名叫富兰克林·罗斯福·松井的亚裔士兵和利·布拉克特的小说《消失的维纳斯人》（*The Vanishing Venusians*，1944）中的一个黑人角色。其他书籍则坚决地试图当"色盲"，想象在未来世界中种族不再是一个起作用的因素。像阿瑟·C. 克拉克（Arthur C. Clarke）的《童年的终结》（*Childhood's End*，1953）这样的小说体现了白人自由主义者的幻想，幻想一个单独的黑人角色在一个以白人为主的社会中友好地、自然而然地发挥作用。

20 世纪 50 年代的勤奋读者如果想要在科幻小说中找到一个不是以白人的条件被同化的高人一等的黑人形象，就只能找到一些承认种族，并允许种族影响小说主题和意识形态问题的文本。[10] 也许最有趣的例子是巴特勒年轻时读过的一本书，即布雷德伯里的《火星编年史》（*Martian Chronicles*，1950）中的一章。这一章的标题为"空中之路"，讲述了在 2003 年南方黑人大规模移民到火星的故事。当整个黑人群体团结起来，确保社群所有人能偿还债务，并及时到达火箭基地开始大逃亡的时候，南方的经济和白人至上的文化假设都遭到摧毁。赤脚的白人男孩惊诧地汇报了这个出人意料的黑人乌托邦策略："拥有的人帮助没有的人！这样他们全都能获得自由！"

在一次嘲讽抨击非裔美国人历史进步是传言的演讲中，一个气急败坏的白人抱怨说：

> 我不明白他们为什么现在离开。情况越来越好。我是说，他们每天都得到更多的权利。他们到底想要什么？人头税没有了，越来越多的州通过了反私刑法案，还有各种平等权利。他们还想要什么？他们赚的钱几乎和白人一样多，但是他们还是走了。[11]

"空中之路"可能是白人创作的科幻小说中描写黑人和白人关系最深刻的一个章节。但这种罕见性也表明了，在第二次世界大战之后所谓的黄金时代，美国科幻小说领域对黑人读者和像奥克塔维娅·巴特勒这样有抱负的作家来说是多么陌生。在被问到有关她是几乎唯一一位写科幻小说的非裔美国女性的问题时，她经常回答说，你必须先成为读者，才能成为作家。

巴特勒的成长时期和早期职业生涯恰逢美国科幻小说从门上摘下了"仅限男性"的牌子。对这一小说类型的重大扩展和重新定义是由厄休拉·勒古恩（Ursula K. LeGuin）、乔安娜·拉斯（Joanna Russ）、帕梅拉·萨金特（Pamela Sargent）、爱丽丝·谢尔顿（Alice Sheldon，以 James Tiptree, Jr. 的笔名写作）、帕梅拉·佐琳（Pamela Zoline）、玛吉·皮尔西（Marge Piercy）、琼·斯隆切夫斯基（Joan Slonczewski），以及巴特勒本人完成的。在由女性作家写作的大部分小说中，外星人并不是来自遥远星球的怪兽形象，而是现代的、熟悉的人类社会中的隐形异类：作为异类的女性，有时候，更具体地说，是黑人女性、奇卡纳人[1]、家庭主妇、女同性恋者、贫困妇女或未婚妇女。谢尔顿的著名小说《男人看不见的女人》（*The Women Men Don't See*，1974）讲述了一对母女宁可与外星人一起登上飞船，也不愿意留在地球上继续不被关注，显得无足轻重。这篇小说是重新构想旧科幻小说表现人类形象的试金石。巴特勒写道："长期以来，科幻小说写的是那些可能存在的人，或可能不存在的人——外星生物。然而，不幸的是，这些让我们开始思考外星生物可能性的科幻小说作家中，很少有人努力让我们思考在地球家园的人类异化问题。"[12]随着美国女作家放弃了在科幻小说中占主导地位的人物类型，转而创作更丰富的多元化的人类形象，她们共同为科幻小说历史谱写了新的篇章。

在巴特勒职业生涯行进的同时，非洲裔美国作家也开始书写一个篇章——尽管是薄薄的一章。《血缘》在1979年首次出版时，唯一公认的非裔美国科幻和奇幻小说作家是塞缪尔·R. 德兰尼（Samuel R. Delany）。而在《血缘》庆祝出版25周年之际，形势正在发生明显的变化。史蒂芬·巴恩斯（Steven Barnes）、朱厄尔·戈麦斯（Jewelle Gomez）、娜洛·霍普金森（Nalo Hopkinson）、查尔斯·R. 桑德斯（Charles R. Saunders）和塔纳里夫·迪尤（Tananarive Due）已经加入了德兰尼和巴特勒的行列。而雪莉·托马斯（Sheree Thomas）出版的重要文集《暗物质：海外非洲侨民推想小说[2]世纪选集》（*Dark Matter: A Century of Speculative Fiction from the African*

1　墨西哥裔女性。

2　推想小说（Speculative fiction）是一种广泛的文学分类，包括科幻、恐怖、奇幻、架空历史、乌托邦和反乌托邦、超级英雄等，共同的特点是其中包含现实中不存在的事物。一般来说，推想小说虽然有非现实事物，但作者在故事中仍旧追求逻辑的合理性。有些作家更偏好"推想小说"这个分类。

Diaspora，2000）展示了许多当代黑人作家的非现实主义小说，同时也从过去挖掘出了一些惊喜，如 W. E. B. 杜波依斯（W. E. B. Du Bois）在 1920 年出版的小说《彗星》（*The Comet*）。1979 年以来，巴特勒已成为非洲裔美国科幻和奇幻作家中的领军人物，成为第一位（也是迄今为止唯一一位）获得著名的五年期麦克阿瑟基金会奖学金的科幻作家。自 1988 年第一版灯塔 [1] 版《血缘》问世以来，批评界对巴特勒的兴趣大增。1988 年，我们可以列出几乎所有已经出版的关于她作品的批评文章，而这些为数不多的文章中大部分都发表在发行量很小的不知名杂志上。而如今，要列举与巴特勒有关的专著和文章，必须精挑细选，主要的大学和商业出版社，当代文学、非裔美国人研究和科幻小说研究的主要期刊上都有关于巴特勒的批评研究。而且人们的兴趣不仅仅是学术上的，也不仅仅局限于科幻小说迷。2003 年春天，纽约州罗切斯特市第三次举办了题为"所有罗切斯特人都读同一本书"的年度活动。估计有四万到五万人阅读了《血缘》，在当地的阅读小组中进行了讨论，并在三天时间里，巴特勒多次出现在大学、图书馆和书店的时候，读者都有机会见到她，并与她讨论此书。

三

1980 年，查尔斯·R. 桑德斯——他本人也是非裔的英雄和神话奇幻作家——写了一篇题为《为什么黑人不读科幻小说》（*Why*

1　灯塔出版社。

Blacks Don't Read Science Fiction）的文章。二十年后，他在《暗物质》选集中发表了一篇更为乐观的续篇:《为什么黑人应该读（和写作）科幻小说》[*Why Blacks Shoulder Read (and Write) Science Fiction*]。如果说有哪位当代作家要对桑德斯改变看法负责的话，那就是奥克塔维娅·巴特勒。她重新划定了科幻小说的文化界限，吸引了新的黑人读者——以及潜在的作家——来关注这个 20 世纪最独特的小说类型。她比其他任何一位非裔美国作家都更坚持不懈地运用这一类型的传统方式来讲故事，并带着一种政治学和社会学的倾向，这些故事讨论了非洲裔美国人的经历中出现的问题、感受和历史真相。她的小说都专注于缺乏权力、遭受虐待，但致力于争取掌控自己生活的权力，并在必要时强硬地行使这种权力的妇女。巴特勒不只将科幻小说作为一种"女权主义说教"——贝弗利·弗里德（Beverly Friend）[1] 的术语——而且她的小说脱胎于一种黑人女权主义美学。她的小说尖锐地揭露了各方面的沙文主义（性别、种族和文化），并由于她的历史意识而得到充实，这种历史意识塑造了她对真实过去、虚构过去及未来的奴役生活的描写，同时，小说中也体现了关于争取个人自由和文化多元主义的斗争。

与此同时，巴特勒一直想要避免读者把她的小说当作一个临时讲坛。她对一位采访者说:"小说家不能太说教，也不能太好辩。"[13] 她通往读者头脑的路径是通过他们的本能和神经。这需要会讲故事，而不只是提出一系列好问题。科幻和奇幻小说是具有丰富隐喻性的文学。就像玛丽·雪莱（Mary Shelley）在《弗兰肯斯坦》

1　贝弗利·弗里德（Beverly Friend），芝加哥奥克顿社区学院的退休英语教授，曾是《芝加哥日报》的科幻小说评论家。

（*Frankenstein*）中创造了一个诞生于男性科学家的想象力的怪物孩子，以此来隐喻女性被排除在创作行为之外，还有威尔斯在《时间机器》中用生活在地下的多毛的莫洛克人和生活在地上的衰弱的爱洛伊人，来比喻维多利亚时代英国楼上楼下的阶级划分，巴特勒也擅长用隐喻来戏剧化一个物种、种族或性别对另一个物种、种族或性别的暴行。在《血缘》中，最有力的隐喻是时间旅行本身。穿越到过去是一种戏剧化的手段，让过去重现，让读者在想象中生活在再创造的过去，把过去作为一种感受到的现实来理解，而不只是一种习得的抽象概念。巴特勒为《血缘》中的每一个主要情节所起的章节标题："河流""火""坠落""争斗""风暴""绳索"，进一步鼓励读者理解其中的隐喻义。一位评论家指出，这些章节的标题暗示了故事中发生事件的根本性、预言性、典型性。[14]《血缘》毕竟不是一部关于种族主义的纪录文献，尽管小说创作的细节极其生动，赋予它一种令人信服的"身临其境"的纪录片的力量。但是，最后她的作品成功地吸引了读者，让他们恐惧、感动，因为它不是如编年史般写成的小说。

巴特勒指出，白人作家在科幻小说中加入黑人角色，只是为了说明某个问题，或者作为表示作者厌恶种族主义的标示；许多科幻小说中的黑人被表现为"另类"。[15]巴特勒的所有小说都在无声地抵制这么一个观念，即科幻小说中的黑人角色之所以存在是有原因的。在巴特勒的小说中，黑人主人公的存在，就如一座山的存在，因为她就在那里。尽管巴特勒果断地利用小说作为寓言的力量，创作出与现今世界沉重现实的惊人类比，但她也在她想象中的世界里理所当然地加入黑人角色。虽然她经常使用女性作为主人公，使人关注到她所践行的黑人女权主义美学，但同样重要的是，我们需要注意到在她的小说中总是有大量的有色人种角色。《血缘》的一个激动人心的特点是，它既关注了在奴隶制家庭中被孤立的现代黑人妇女的独特境况，也关注了她在所处的奴隶社群中的复杂的社会和心理关系。奴隶们尽管生活在严重的压力之下，但他们也构成了一个丰富的人类社会：达娜骄傲脆弱的祖先爱丽丝·格林伍德；哑巴女佣卡丽；厨娘萨拉，一边揉面团一边诉说旧怨；年轻的奈杰尔，达娜教他读一本偷来的启蒙读物；农场工人萨姆·詹姆斯，他恳求达娜教他弟弟妹妹认字；爱丽丝的丈夫艾萨克，在逃跑失败后受刑，然后被卖到密西西比州；甚至还有缝纫女工莉莎，她向主人告发了达娜，并因为与白人主人共谋而受到了其他奴隶的惩罚。尽管黑人社群不断地因其成员突然离开而破裂——他们的离开是由于白人控制者精心策划或纯粹的一时之念——但这个群体总是能重新拼凑到一起，从共同的痛苦和愤怒中汲取力量。反而是小说中的白人角色看起来古怪、孤立、可悲、疏离。

《血缘》中最能说明问题的白人不是马里兰州的奴隶主，而是与达娜结婚的那个思想解放的现代的加利福尼亚人。凯文·富兰克林是个好人。他爱达娜，厌恶支配着内战前马里兰州生活方方面面的奴隶制度，他被困在过去的时候还曾为地下铁路 [1] 工作。然而，由于其性别和种族，他受到了白人至上主义文化的牵连。整部小说中，巴特勒巧妙地暗示了鲁弗斯·韦林和凯文·富兰克林之间的相似之处：他们的面部表情，他们的语言，甚至在一段时间后，他们

1 　地下铁路（Underground Railroad）是 19 世纪美国秘密路线网络和避难所，用来帮助非裔奴隶逃往自由州和加拿大，得到了废奴主义者和同情者的支持。取其寓意，并非字面意思的地下铁路。地下铁路形成于 19 世纪早期，在 1850 年到 1860 年达到顶峰。有估算称截至 1850 年，有 10 万个奴隶通过"铁路"逃走。

的口音都在达娜的脑中融合，以至于达娜将他们混淆了。"我给她那个丈夫，是为了使她的生活更复杂。"巴特勒曾调皮地评论说。[16]小说中最微妙的细节之一是在某一章达娜被迫成为鲁弗斯·韦林的秘书，为他处理信件和账单；在 1976 年，凯文曾试图让他的妻子为他打手稿和写信，没有成功，但仍然很能说明问题。当凯文和达娜同时回到 19 世纪的马里兰州时，他们能在一起过夜的唯一方法是对外假装是主人和奴隶，以迎合当时流行的黑人妇女是白人男性的性财产的观念。但是，达娜意识到，一个人越是经常扮演这样的角色，这种假装就越接近于现实："我觉得我真的在做一件可耻的事，高兴地为我所谓的主人扮演妓女。我走开了，心里很不舒服，隐约觉得很羞愧。"而且，她担心凯文很容易地就开始融入白人、男性、南方的日常生活。达娜周旋于她生命中的两个白人男子之间，她不仅意识到连接了自己和鲁弗斯之间的血缘关系，而且意识到连接了鲁弗斯和凯文之间性别和种族的双重联系。这两个白人男子在达娜的生命中交会，不仅戏剧性地说明了即使是"进步的"白人男子也很容易落入文化统治的模式中，也暗示了"丈夫"和"主人"这两个词不可思议的同义性。[17]

达娜最后返回洛杉矶的日期是 1976 年 7 月 4 日，即美国《独立宣言》正式通过 200 周年纪念日。小说从主人公的生日绕了一圈回到了美国的国庆日，在这个过程中，巴特勒巧妙地将个人意识与社会历史联系在一起，并鼓励读者思考个人身份与政治身份之间的关系。在公开的庆祝活动中被轻描淡写或流于感伤，或者被抹去了的那一段历史，在达娜 7 月 4 日回家之时原模原样地重现了。达娜回到南加州的时候，已经对非裔美国人的历史有了更真实的了解，而不仅仅是大众媒体提供的那些美化了的版本。可以预见的是，她对《飘》中衍生出来的种植园描写嗤之以鼻，但她也明白了，即使看了最优秀的书也不足以为奴隶生活的亲身体验做准备。达娜回到过去的头几次，她的文化、教育和历史知识有时会使她产生一种安全的错觉。在某一段章节，她写厨房的友好气氛让她很愉快，奴隶们聚在一起吃饭、聊天，通常没有白人监工的打扰。她观察到"一个女孩和一个男孩，坐在地板上用手抓东西吃。我很高兴看到他们在那里，因为我在书上读到，他们这个年龄的孩子被赶到一处，像猪一样从食槽里吃东西。显然不是所有地方都这样。至少，这里不是"。尽管没有指明典故，但达娜这里呼应的是弗雷德里克·道格拉斯 1845 年写的《一个美国黑奴的自传》(*Narrative of the Life of Frederick Douglass, An American Slave, Written By Himself*，巴特勒在为写作《血缘》调研期间精读了这部作品)第五章的一段情节，描写了劳埃德上校种植园的喂食时间：

> 我们的食物是煮熟的粗玉米面，叫作玉米糊。玉米糊被倒进大木盘或木槽里，放在地上。然后像唤猪进食一样叫孩子们来，孩子们就像猪群一样涌过来吞吃玉米糊。有的手拿牡蛎壳，有的拿着碎瓦块，有的光着手，没人拿着勺子。[18]

因为孩子们的食物和待遇都比道格拉斯的《自传》中写的更好，达娜错误地以为厨房是她的避难所。这个错误的判断导致了她教奴隶儿童阅读这件事被发现后第一次遭受恶毒的鞭打。她试图逃离种植园后，被鲁弗斯·韦林的父亲第二次鞭打，另一个女奴为她包扎伤口时，她愤怒地表示："我所受的教育和对未来的认识都没能帮助我逃跑。"书籍没有告诉她为什么那么多的奴隶会接受他们的处境，也没有告诉她，在被占有的屈辱情形下可能有怎样的勇敢。

达娜发现，要了解过去，电影更不可靠。好莱坞电影的价值观和剧院舒适的座位，使观众与那些声称符合历史事实的内容绝缘。达娜回顾某天晚上，她目睹了白人巡逻员追捕一个奴隶并殴打他，而她就蹲伏在离那人的幼小女儿几码远的灌木丛中。这名奴隶的罪行是当与他生来自由的妻子在床上被逮住时，拿不出主人的书面许可。

> 我可以实实在在地闻到他的汗味，听到他每一次粗重的呼吸声，每一声叫喊，鞭子的每一次抽打。我可以看到他的身体在震动，在抽搐，在鞭子下挣扎，他的叫喊声久久不息。我感觉胃里面翻江倒海，不得不强迫自己一动不动，保持安静。他们怎么还不停下！
>
> "求求你了，老爷。"黑人哀求道，"看在老天的分儿上，老爷，请……"
>
> 我闭上眼睛，绷紧了肌肉，抵制住呕吐的冲动。
>
> 我在电视和电影里看到过有人被打。我见过他们背上流淌着过于鲜红的人工血浆，听过他们排演充分的喊叫声。但我从没有趴在他们附近，闻着他们的汗水，听着他们的哀求和祈祷，在他们的家人和自己面前受尽屈辱。对于眼前的现实，我的心理准备可能还不如不远处那个哭泣的孩子。

在这种第一人称视角的紧张时刻，《血缘》揭示了自己与19世纪出版的前奴隶回忆录的文学亲缘关系，因为巴特勒在这部小说中

最大的成就是将奇幻游记和奴隶叙事这两种类别融为一体。她在
《血缘》中吸收了前奴隶的经典回忆录的叙事策略，并偶尔刻意在
语言和情景上与这些文本相呼应。由此，她建立了一种高度的真实
性和严肃性，当代作家在挖掘威尔斯式的时间旅行小说传统时，很
少能达到这样的程度。

《重构女性》（Reconstructing Womanhood）是黑兹尔·V.卡
比（Hazel V. Carby）对美国黑人妇女写作传统的女权主义修正。该
书对比了男性奴隶回忆录中作为受害者的女性奴隶与某些自传中
出现的截然不同的形象，如哈莉特·雅各布斯（Harriet Jacobs）的
《一个女奴生活中的事件》（Incidents in the Life of a Slave Girl）、露
西·德兰尼（Lucy Delany）的《来自黑暗的光》（From the Darkness
Cometh Light），以及玛丽·普林斯（Mary Prince）的《西印度奴隶
玛丽·普林斯传》（History of Mary Prince, a West Indian Salve）。卡
比认为，在这些叙事中，女性将自己定义为代理人，而不是单纯的
受害者；她们记录主人对她们的暴行，是为了强调她们对抗侵害、
要求自由的历程。巴特勒虚构的自传作者达娜将女奴回忆录的这种
意识形态和美学延伸到了 20 世纪下半叶。《血缘》的大部分是忍耐
的历史，但也有许多英雄主义和体现人性的行为，以达娜自卫杀人
的行动告终，最终以可怕的代价将达娜从她暴虐的祖先手中解放了
出来。[19]

由于宗谱的联系，达娜被她祖先的过去束缚，这要求她必须让
暴虐的奴隶主活着，直到她自己的家庭分支开始存在。达娜履行了
哈莉特·雅各布斯为了保护自己和孩子而容忍的妥协原则。尽管感
到厌恶和羞耻，雅各布斯还是为了保持她的核心操守和自由意志，
向强加给 19 世纪女性的性标准做出了妥协。她不情愿地践行了一

种由限制奴隶制下黑人妇女伦理选择的极端环境而决定的情境伦理学[1]。正如雅各布斯回忆录的几位评论者所言，我们理解《一个女奴生活中的事件》必须围绕关键的一句话，即她对支配妇女在系统性压迫下的选择和行为的道德规范的回顾性修正："然而，在平静地回顾我一生中的事件时，我仍然觉得不应该用与评判他人相同的标准来评判女性奴隶。"[20] 巴特勒笔下的达娜必须痛苦地走向类似的伦理相对主义[2]，因为她发现，一个20世纪末的黑人女权主义者的道德选择不可能在奴隶州的世界里不受惩罚地行使。在回到马里兰州的早期，达娜告诉凯文，她自己时代的伦理要求摇摇欲坠，然而，尽管如此，她的观点和选择也必定与他的有着根本性的不同：

> 你也许可以作为旁观者来经历这整个过程。我可以理解，因为大多数时候，我也是一个旁观者。这是一种保护。这是1976年为我在1819年提供了屏蔽和缓冲。但有时……我无法保持这种距离。我被拉入了1819年，而我不知道该怎么做。

她在19世纪停留的时间越长，保护性的缓冲就变得越短，直到五年（马里兰州的时间）后，达娜发现自己被分割成了两部分，在绝对的标准和务实的选择之间被撕扯。1976年加利福尼亚的达娜无法想象，自己竟然会协助一个白人男子对另一个黑人妇女进行性剥削，但1824年马里兰州的达娜却发现自己陷入了一个道德陷阱。

---

1 情境伦理学（situational ethics）是道德伦理的一个特殊观点，即认为一个行为是否道德是由它所处的情境决定的。情境伦理学认为，道德判断必须在整个情境的背景下进行，必须将情境的所有规范性特征作为一个整体来看待。

2 伦理相对主义是一种立场，认为道德或伦理并不反映客观或普遍的道德真理，而主张社会、文化、历史或个人境遇的相对主义。

鲁弗斯·韦林要求她劝说爱丽丝·格林伍德和他上床。虽然她知道
她的家谱需要追溯到鲁弗斯和爱丽丝所生的孩子，但一开始达娜还
是认为鲁弗斯的提议令人厌恶，她愤怒地拒绝了。但是当鲁弗斯告
诉达娜，如果她拒绝他的提议，如果达娜不试图改变爱丽丝的想
法，他就会殴打爱丽丝，甚至可能把她打死。这时，她陷入了哈莉
特·雅各布斯的两难境地："他有他那个阶层一切的低俗狡诈。不，
我不能拒绝帮助这个女孩，至少帮助她避免一些痛苦。但如果我这
样帮她，她会看不起我的。我也会看不起自己。"这种情境下所要
求的选择既不符合达娜自己的内在标准，也不符合更广泛意义上的
女权主义的姐妹情谊原则；她感受到了和雅各布斯一样的羞耻感，
但她也选择了妥协。

最后，对于《血缘》的读者来说，也许最有力、最有价值的是
本书给了他们一个简单的提醒，所有这些历史都离我们不算太远。
巴特勒缩短了当时和现在之间的距离，让我们把注意力集中在过去
和现在之间的连续性上。穿越到过去的奇妙幻想成为历史现实的一
课。也可能提醒了我们，历史的进步从来都不是一件确定的事情。
达娜回到19世纪当奴隶的多次经历之间，有一次在1976年的短暂
间隙，达娜阅读了纳粹死亡集中营的犹太幸存者的回忆录："殴打、
挨饿、污秽、疾病、酷刑，每一种可能的恶行。仿佛德国人试图在
短短几年时间完成美国人花了近两百年做的事。"美国奴隶制的系
统性恐怖可能为后来程序化的压迫和种族灭绝提供了一个榜样。

像达娜和凯文一样，《血缘》的读者可能会发现自己与内战前
南方的人物和事件有着密切的血缘关系，只是我们不愿意承认而
已。在小说的尾声中，达娜感到必须前往现在的马里兰州，"亲手
触摸到那些人存在过的确凿证据"，这本奇幻小说的读者可能也会

发现他们对历史的感性认识得到了强化和深化。在《血缘》中，奥克塔维娅·巴特勒设计了她自己的贯通过去和现在的地下铁路，其终点是读者被重新唤醒的想象力。

——2003 年 5 月

注释

[1] Kenan, 498.

[2] Salvaggio in Barr, et al., 33.

[3] 拉什迪（Rushdy）的《孤儿的家庭》（*Families of Orphans*）敏锐地评论了《血缘》中"家"的概念。在他后来的《记住世代》（*Remembering Generations*）一书关于《血缘》的一章中，他把家庭作为一种社会结构进行了全面的分析。关于《血缘》及其历史最全面的讨论，参见戈万（Govan）的《向传统致敬》（*Homage to Tradition*）、勒韦克（Levecq）的《权力与重复》（*Power and Repetition*），以及库比契克（Kubitschek）在《索取遗产》（*Claiming the Heritage*）中的章节。

[4] Beal, 14; Kenan, 495; Potts, 336—337. 并非所有的评论者都愿意接受巴特勒的免责声明。有些评论者认为遗传学和社会生物学是《血缘》背后的基础科学，而不是物理学。见埃莉诗·蕾·赫尔福德（Elyce Rae Helford）和南希·耶瑟尔（Nancy Jesser）的文章。

[5] Mixon, 12.

[6] 见巴特勒在《血孩子》中的文章《积极的执念》（*Positive Obsession*），125—135。

[7] Beal, 15; Rowell, 51.

[8] McCaffery, 65.

[9] 奥克塔维娅·巴特勒写给灯塔出版社的短信，1988 年 2 月 12 日。

374

[10] 乔治·R. 斯图尔特（George R. Stewart）的《地球忍受》（*Earth Abides*，1949），想象在北美发生了生物大灾难后的新文化演变。一位黑人女族长照管这个新社会，警告人们不要重复旧文化中的殖民主义统治和奴役模式。在西奥多·斯特金（Theodore Sturgeon）关于有超能力的社会弃儿的三部系列中篇小说《超人类》（*More Than Human*，1953）中，有心灵感应能力的双胞胎黑人女孩帮助创建了作者称为"人类格式塔"的一种新型人类社区。然而，在这两部书中，黑人角色在很大程度上是带着刻板印象的，扮演着次于白人男子的角色。

[11] Bradbury，96.

[12] Quoted by Govan，"Connections，Links，and Extended Networks"，87，n. 12.

[13] McCaffery，69.

[14] Kubitschek，27.

[15] Harrison，32—33. 另见巴特勒的短文《孤独恐惧症的反应》（*The Monophobic Response*）。

[16] Kenan，497. 关于对过去和现在以及身为祖先的奴隶主和现代的丈夫二者身份的类似模糊化，见盖尔·琼斯（Gayl Jones）的《科雷吉多拉》（*Corregidora*，1975；rpt. Boston：Beacon Press，1986）。

[17] 库比契克提供了另一种解读，认为凯文和鲁弗斯在生理上的类同实际上指向了性格上的根本差异。

[18] Douglass，52.

[19] 《血缘》的结尾可以与20世纪70年代另一部著名的女性主义时间旅行小说，玛吉·皮尔西（Marge Piercy）的《时间边缘的女人》（*Woman on the Edge of Time*，1976）的最后一段情节进行对比。在这部小说最后，康苏拉·拉莫斯（Consuela Ramos）为了自卫杀死了她的医生，这是一个革命性的行为，目的是将她去过的未来乌托邦变为现实。

[20] Jacobs，56.

辅助资料

Allison, Dorothy. "The Future of Female: Octavia Butler's Mother Lode." In *Reading Black, Reading Feminist: A Critical Anthology*, Henry Louis Gates, Jr., ed. New York: Penguin, 1990.

Beal, Frances M. "Black Women and the Science Fiction Genre: Interview with Octavia Butler." *Black Scholar* 17 (March–April 1986): 14—18.

Beaulieu, Elizabeth Ann. *Black Women Writers and the American Neo-Slave Narrative: Femininity Unfettered.* Westport: Greenwood, 1999.

Bedore, Pamela. "Slavery and Symbiosis in Octavia Butler's *Kindred.*" *Foundation* 31 (Spring 2002): 73—81.

Bradbury, Ray. *The Martian Chronicles.* 1950; rpt. New York: Bantam, 1954.

Carby, Hazel V. *Reconstructing Womanhood: The Emergence of the Afro-American Woman Novelist.* New York: Oxford University Press, 1987.

Davis, Charles T. , and Henry Louis Gates, Jr. , eds. *The Slave's Narrative.* New York: Oxford University Press, 1985.

Douglass, Frederick. *Narrative of the Life of Frederick Douglass, An American Slave, Written By Himself,* Benjamin Quarles, ed. Cambridge: Harvard University Press, 1960. Originally published 1845.

Foster, Frances Smith. "Octavia Butler's Black Female Future Fiction." *Extrapolation* 23 (Spring 1982): 37—49.

Friend, Beverly. "Time Travel as a Feminist Didactic in Works by Phyllis Eisenstein, Marlys Millhiser, and Octavia Butler." *Extrapolation* 23 (Spring 1982): 50—55.

Gomez, Jewelle. "Black Women Heroes: Here's Reality, Where's the Fiction ? " *Black Scholar* 17 (March–April 1986): 8—13.

Govan, Sandra Y. "Connections, Links, and Extended Networks: Patterns in Octavia Butler's Science Fiction." *Black American Literature Forum* 18 (Fall 1984): 82—87.

376

————. "Homage to Tradition: Octavia Butler Renovates the Historical Novel." *MELUS* 13 (Spring–Summer 1986): 79—86.

Harrison, Rosalie G. "Sci-Fi Visions: An Interview with Octavia Butler." *Equal Opportunity Forum Magazine* 8 (1980): 30—34.

Helford, Elyce Rae. "'Would You Really Rather Die Than Bear My Young?': The Construction of Gender, Race and Species in Octavia E. Butler's 'Bloodchild.'" *African American Review* 28 (Summer 199): 259—271.

Jacobs, Harriet A. *Incidents in the Life of a Slave Girl, Written By Herself*, ed. Jean Fagan Yellin. Cambridge: Harvard University Press, 1987. Originally published 1861.

Jesser, Nancy. "Blood, Genes and Gender in Octavia Butler's *Kindred* and *Dawn*." *Extrapolation* 43 (Spring 2002): 36—61.

Kenan, Randall. "An Interview with Octavia E. Butler." *Callaloo* 14 (Spring 1991): 495—504.

Kubitschek, Missy Dehn. Claiming the Heritage: African-American Women Novelists and History. Jackson: University Press of Mississippi, 1991.

Levecq, Christine. "Power and Repetition: Philosophies of (Literary) History in Octavia E. Butler's *Kindred*." *Contemporary Literature* 41 (Spring 2000): 525—553.

Long, Lisa. "A Relative Pain: The Rape of History in Octavia Butler's *Kindred* and Phyllis Alesia Perry's *Stigmata*." *College English* 55 (February 1993): 135—157.

McCaffery, Larry. "An Interview with Octavia E. Butler." In *Across the Wounded Galaxies: Interviews with Contemporary American Science Fiction Writers*, Larry McCaffery, ed. Urbana: University of Illinois Press, 1990.

McKible, Adam. "'These Are the Facts of the Darky's History': Thinking History and Reading Names in Four African American Texts." *African American Review* 28 (Summer 1994): 223—235.

Mixon, Veronica. "Futurist Woman: Octavia Butler." *Essence* (April 1979): 12—15.

O'Connor, Margaret Anne. "Octavia E. Butler." *Dictionary of Literary Biography*, vol. 33: *Afro-American Fiction Writers After 1955*, Thadious M. Davis and Trudier Harris, eds. Detroit: Gale, 1984.

Potts, Stephen W. " 'We Keep Playing the Same Record' : A Conversation with Octavia E. Butler." *Science-Fiction Studies* 23 (November 1996): 331—338.

Rowell, Charles. "An Interview with Octavia E. Butler." *Callaloo* 20 (Winter 1997): 47—66.

Rushdy, Ashraf. "Families of Orphans: Relation and Disrelation in Octavia Butler's Kindred." College English 55 (February 1993): 135—157.

————. *Neo-Slave Narratives: Studies in the Social Logic of a Literary Form*. New York: Oxford University Press, 1999.

————. *Remembering Generations: Race and Family in Contemporary African American Fiction*. Chapel Hill: University of North Carolina Press, 2001.

Salvaggio, Ruth. "Octavia Butler." In Marleen Barr, et al. *Suzy McKee Charnas, Octavia Butler, Joan Vinge*. Mercer Island, Wash. : Starmont House, 1986.

————. "Octavia Butler and the Black Science-Fiction Heroine." *Black American Literature Forum* 18 (Fall 1984): 78—81.

Saunders, Charles R. "Why Blacks Don't Read Science Fiction." In *Brave New Universe: Testing the Values of Science in Society*, Tom Henighan, ed. Ottawa: Tecumseh Press, 1980.

————. "Why Blacks Should Read (and Write) Science Fiction." In *Dark Matter: A Century of Speculative Fiction from the African Diaspora*, Sheree R. Thomas, ed. New York: Warner Books, 2000.

Thomas, Sheree R., ed. Dark Matter: *A Century of Speculative Fiction from the African Diaspora*. New York: Warner Books, 2000.

Washington, Mary Helen. "Meditations on History: The Slave Woman's Voice." In *Invented Lives: Narratives of Black Women 1860—1960*, Mary Helen Washington, ed. New York: Doubleday, 1987.

图书在版编目（CIP）数据

血缘 / (美) 奥克塔维娅·E. 巴特勒著 ; 莫昕译 .
北京 : 中国友谊出版公司 , 2025. 1. -- ISBN 978-7
-5057-5969-5（2025.9 重印）

Ⅰ . I 712.45

中国国家版本馆 CIP 数据核字第 2024ZB 0571 号

著作权合同登记号　图字：01-2024-5723

书名	血缘
作者	〔美〕奥克塔维娅·E. 巴特勒
译者	莫　昕
出版	中国友谊出版公司
发行	中国友谊出版公司
经销	新华书店
印刷	河北鹏润印刷有限公司
规格	840 毫米 × 1194 毫米　32 开
	12 印张　278 千字
版次	2025 年 1 月第 1 版
印次	2025 年 9 月第 2 次印刷
书号	ISBN 978-7-5057-5969-5
定价	65.00 元
地址	北京市朝阳区西坝河南里 17 号楼
邮编	100028
电话	（010）64678009

如发现图书质量问题，可联系调换。质量投诉电话：010-82069336